中国古代国家治理丛书

清代国家治理

清政通鉴

Qingzheng Tongjian

马平安 著

团结出版社

图书在版编目（CIP）数据

清政通鉴 / 马平安著 . -- 北京：团结出版社，
2023.10
ISBN 978-7-5234-0344-0

Ⅰ . ①清… Ⅱ . ①马… Ⅲ . ①中国历史 - 研究 - 清代
Ⅳ . ① K249.07

中国国家版本馆 CIP 数据核字（2023）第 145167 号

出　版：团结出版社
（北京市东城区东皇城根南街 84 号　邮编：100006）
电　话：（010）65228880　65244790（出版社）
（010）65238766　85113874　65133603（发行部）
（010）65133603（邮购）
网　址：http://www.tjpress.com
E-mail：zb65244790@vip.163.com
tjcbsfxb@163.com（发行部邮购）
经　销：全国新华书店
印　装：三河市东方印刷有限公司

开　本：170mm × 230mm　16 开
印　张：14.5
字　数：220 千字
版　次：2023 年 10 月　第 1 版
印　次：2023 年 10 月　第 1 次印刷

书　号：978-7-5234-0344-0
定　价：53.00 元

前言　清政的脉向

十七世纪初，在东北地区，明朝建州左卫首领努尔哈赤统一了女真诸部，于1616年在赫图阿拉（今辽宁新宾）自称金国汗，建立后金政权。崇德元年（1636年），努尔哈赤之子皇太极在沈阳改国号为“大清”。清顺治元年（1644年），清军乘李自成农民军推翻明王朝的时机，进入山海关内并迁都北京，其后又用将近二十年的时间统一了全国。一般在习惯上，把清朝从沈阳迁都北京、皇太极的幼子福临即位，作为清王朝统治全国的开端，从1636年直至1912年清帝逊位、清朝灭亡，共历二百六十八年。

清朝的建立大体与欧洲资本主义的兴起相同时。十七世纪中叶，英国资产阶级革命的胜利为英国资本主义的发展扫清了道路，从而也为英国建立世界工商业霸权奠定了基础。十八世纪工业革命完成后，西方列强在亚洲、非洲、美洲广泛进行殖民扩张。清政府实现对全国统治之初，中国虽然在综合国力上居世界首位，但所面临的却是千年未有之变局，所谓的“西方秩序”正铺天盖地向中国侵袭而来。

顺治十八年（1661年），清世祖顺治皇帝病死，遗诏由其子爱新觉罗·玄烨即位，翌年改元康熙。康熙皇帝是清王朝历史上非常有作为的君主之一，也是中国历史上很有影响的政治家。他在位六十一年（1662年—1722年），勤政事，重德治，承担起清王朝由乱到治的历史重任，在政治、经济、军事、文化等领域里确立和实行一系列奠基性的政策措施，为清王朝的强盛奠定了基础，并与其子孙雍正皇帝、乾隆皇帝一起，开创了延续至十八世纪末的“康乾盛世”。他在位期间，注意采取轻徭薄赋、与民休息的政策，恢复经济与社会秩序；整顿吏治，惩治贪污；用儒家思想治国；先后削“三藩”割据势力，统一台湾；击败噶尔丹叛乱，加强对西藏地区的管理，有效地挫败了沙俄对中国东北地区的侵略，使中国成为一个疆域辽阔、民族众多、多元一体的牢固统一的国家。经过康熙皇帝半个多世纪的治理，清朝的疆域幅员辽阔广大，西起巴尔喀什湖和葱岭，东至鄂霍次克海和库页岛，北抵漠北和外兴安岭，西北包括唐努乌梁海，南有西沙和南沙群岛，东南有台湾诸岛屿，基本上奠定了中国今天疆域版图的基础。在这个疆域辽阔、边防巩固、经济发展、社会稳定的国度，各民族文化上相互交流和习俗心理上相融相通，各民族团结一致，中华民族凝聚力空前提高，中国是当时世界上最强大繁荣的国家。

康熙六十一年（1722年），清世宗雍正皇帝即位，在他统治的十三年间，他重视整顿吏治，严惩腐败，注意调整与解决康熙朝晚期出现的一些社会矛盾与问题，使得“康熙盛世”的局面得到较好的维持，清王朝继续向前发展。

雍正十三年（1735年），清高宗乾隆皇帝即位，他在位的六十年中，清王朝的发展进入了全盛时期。这个时期，也是中国学术文化昌盛的时期。在整个学术界，经学、史学、文字学、音韵学、训诂学、金石考古学、地理学以及天文历算学等，都呈现出一片繁荣向上的景象，在中国学术史上占有重要地位。在政治上，经过顺、康、雍、乾四朝的中央集权，清朝中央政府对地方拥有绝对发号施令的权力，中央与地方关系也长期处于基本稳定运行的状态。历史清楚地表明，在即将到来的西方殖民势力汹涌东侵的前夕，中国的统一和强大，对于中华民族抵御外来侵略、和平发展，有着巨大的作用与影响。

清朝从嘉庆、道光时期开始走向衰落。从乾隆晚年开始到嘉庆二十一年（1816年），乾隆、嘉庆皇帝昧于国内外形势，治国乖方，拒绝与外部世界联系和向外开拓，使国家两次失去振兴的机会。清仁宗嘉庆皇帝从嘉庆元年（1796年）即位到嘉庆二十五年（1820年）病死，期间发生的历时九年、波及五省的白莲教起义，将清王朝的盛世一扫而空，清朝从此盛极而衰，一蹶不振。道光元年（1821年），清宣宗道光皇帝即位。在他统治的近三十年间（1821年—1850年），财政拮据，军备废弛，白银外流，特别是道光二十年（1840 年）英国发动了侵略中国的鸦片战争，用炮舰打开中国的大门，将中国带入半殖民地半封建社会的苦难之中，中华民族开始面临前所未有的生存危机。嘉道时期（1796 年—1850 年）的半个多世纪，是清朝由盛转衰的中期阶段。

其后，在西方军事、经济、文化等狂风暴雨般的冲击中，清王朝进入了衰世阶段，即晚清时期。在这个阶段，先后经历清文宗咸丰皇帝（1851 年—1861 年）、清穆宗同治皇帝（1862 年—1874 年）、清德宗光绪皇帝（1875 年—1908 年）、清宣统皇帝溥仪（1909 年—1911 年）数位君主的统治。光绪至宣统时期，清朝核心统治者是慈禧太后。咸丰至宣统年间，外有列强的不断侵略，先后发生了第二次鸦片战争、中法战争、中日甲午战争、八国联军侵华、日俄在中国东北地区的战争；内有民众的起义与革命运动，主要有太平天国运动、义和团运动、辛亥革命等。面对内忧外患，焦头烂额的清朝统治者虽然也在极力振兴，先后进行了洋务运动、戊戌变法、清末新政、君主立宪等挽救统治危机的尝试与努力，然积弊已深，大势已去，已非个人主观意志和能力所能改变，最终回天乏力，清王朝在 1911 年—1912 年的辛亥革命中覆灭，中国历史从此走向了共和新时代。

目　录

第一章　中央决策及运行

从清政权入关到康熙中期，清政府的决策机构是议政王大臣会议。这种带有原始社会末期军事民主制痕迹的行政决策体制与皇权集中存在着矛盾。入关后，为适应统治的需要，清政权基本沿袭了明朝行政体制并进而有所调适。但在清朝前期，历史的包袱十分沉重，传统制度构成对皇权的威胁和专制主义中央集权管理体制格格不入。清初几位雄才大略的皇帝毅然摈弃了传统体制中不适合专制皇权发展的部分，通过对行政决策及管理体制的一系列变革，逐步完善从中央到地方的行政决策与运作体系，尤其是军机处的建立，高度保障了中央政府的决策力与行政机制的高效运作，对于巩固清朝统治起到了重要的作用。

一、清廷统治权威之确立

清王朝是中国最后一个封建王朝。

在这个王朝的康、雍、乾时代，中国是当时世界上最强大的国家，政治稳定、经济发展、疆域广阔、国防强大。所有这一切，都与清朝统治者所建立的政权模式及所采取的智慧性的统治政策有着密切的关系。

众所周知，清政权是建立在大规模军事征服基础上的，军事镇压是其政治控制的一个显著特点。但是，清王朝统治仅限于此是远远不够的。原因很明显，政治文化是政治体系中人们对政治态度的反映，是政治行为的基础。儒家思想既是中国传统文化的代表，也是影响中国传统政治的基本观念形态。自汉至清，儒家思想对于稳定中国政治秩序，满足中国人的政治认同起到了十分重要的作用。这一点，在中国传统政治中表现得尤其突出。

入关之初，清朝统治者也曾想把旧俗保留下来，推广到全国各地，但事实证明行不通，最终不得不放弃，以求适应新的社会环境。

定都北京后，睿智的清朝统治者迅速继承了明王朝统治的积极成果，恢复科举制度，用理学治国，这为清朝统治在全国的建立奠定了牢固的意识形态基础。

儒家的政治思想具有浓厚的人伦道德色彩。在政治生活中，它关注的不是每一个具体的人，而是人与人之间的互助义务以及由此而衍生出来的各种社会关系。

儒家认为，君臣之间、君民之间的关系如同家庭中的父子关系一样，各方都应该自觉维持共同的礼仪秩序。对于臣民，君主应该像父母对待子女那样起到表率的作用，做好道德教化，“为政以德”，“道之以德，齐之以礼”。对于君主，臣民应该像子女对待父母那样表示绝对的恭敬与忠诚，所谓“君使臣以礼，臣事君以忠”。

儒家这种以人伦为特点所表现的政治思想之所以能成为中国传统的政治文化，是有其广泛社会基础的。家国同构，就是这一表现的高度文化浓缩。

传统中国是个家族取向的社会，家族不仅是传统社会的基础，也是传统社会中个人一切活动的中心。个人的存在以家族的存在为前提，个人的发展也以家族的发展为目标。维持家族生存，主要是依靠伦理道德关系，所以，家族特别强调伦理道德秩序与个人责任担当的关系。儒家将家族的人伦关系政治化并与国家命运联系起来，实现忠孝同构、家国同构，从而演变为约定俗成的中国传统的政治文化。正是在这种儒家文化的基础上，清朝统治者成功地建立了自己的政治权威。一方面，推崇和利用儒家思想，任用大批汉族儒生，改变异族征服者的不利形象；另一方面，又仿效秦汉以来中国的君主官僚政体，建立了一套更加适合自身实际情况的官僚政治体制。

二、皇帝决策与执行机构

从根本上说，清王朝统治体系之所以能够正常的运作，是因为它如汉承秦制那样，全盘采纳了明王朝的政治制度及其运作的模式。

从政治管理的层级秩序来看，清朝的中央政治体制沿袭明朝但又较前朝有所完善，皇权更加集中。

1. 议政王大臣会议

后金和清初期，议政王大臣会议是商讨决定军国大事的重要机构，其集议区所称议政处。它与内阁等中枢机构不同的是，除了决策职能以外，还兼具审理案件、征调兵将等有关政务方面的职能，但又不属于具体的执行机构，“凡军国重务，皆命赞决焉”[①]。之所以如此，应该是与努尔哈赤建国初期，政简事稀，且军政不分有一定的关系。

到了皇太极时期，议政制又有所变化。皇太极在原八旗贝勒下，再设八大臣及十六大臣。八大臣每旗一名，“总理一切事务”，“凡议政处，与诸贝勒偕坐共议之。出猎行师，各领本旗兵行，凡事皆听稽察”。这每旗一名总理旗内一切事务的大臣，

① 昭裢著：《啸亭杂录》卷 2，《五大臣》。

便是通常所称的固山额真。十六大臣分两组共三十二人，一组“佐理国政，审断狱讼，不令出兵驻防”[①]，另一组“出兵驻防”，也就是参与调遣兵丁，受理词讼。设立八大臣和十六大臣，并让八大臣与诸贝勒共坐议政，目的是提高大汗的权力，削弱诸贝勒的实力。

崇德元年（1636年），皇太极改金为清。称帝后，皇太极首先将原贝勒称号改为亲王、郡王、贝勒、贝子等封爵，重新对兄弟子侄加以封赐。接着崇德二年（1637年），他再次采取措施，打破原来只有王、贝勒才有资格参政的陈规，把爵位较低的贝子尼堪、罗托、博洛也吸收进来，并以“向来议政大臣或出兵、或在家有事，咨商人员甚少”为理由，每旗复设议政大臣三员，使参与议政的成员更加广泛。皇太极特别告诫这些议政者，要他们“殚心事主”“为国宣劳”[②]，把服从君命放在最重要的位置。议政王大臣会议集议时，通常都有皇帝在场，同时作出决定。皇帝不在时，得经奏请同意后才算有效。经过皇太极的一番改造，议政王大臣会议的权力，较之初时八位和硕贝勒共议国政时，已经大为削弱，变成掌握在皇帝手中、听命于皇帝的一个工具了。

清朝入关以后，议政王大臣会议权力又有所扩张，干扰到皇权的集中。这种由满洲亲贵大臣一手把持政务的权力运作模式，既不利于调动汉族大臣参政的积极性，也不利于清朝政权建设的进一步完善。所以，康熙皇帝亲政后，便通过一系列手段，如裁减、斥罢宗亲贵族参政议政资格，使会议参加者仅剩下各旗都统（即原来的固山额真）、各部旗员尚书、内大臣等一般满、蒙、汉军高级官员。大致从康熙中期以后，议政王大臣会议因无亲郡王参加，取消了“王”字，只称“议政大臣会议”了。同时议政的范围也大大缩小，大体限于诸如八旗王公大臣袭爵、革斥、旗人生计、婚丧礼仪等一般性事务，某些满洲或八旗内部的重大案件，如康熙时参与集议皇八子胤禩谋夺储位案、雍正初年议处将军年羹尧及国舅隆科多不轨事案，皇帝也命其进行讨论。

---

① 《清太宗实录》卷1，天命十一年九月丁丑。

② 《清太宗实录》卷34，崇德二年四月丁酉。

不过，在涉及边疆事务及重大军政决策，像撤销三藩，征讨准噶尔，筹措西藏、青海军务，与沙俄的和战及签订《尼布楚条约》《布连斯奇条约》等，皇帝总是要他们进行讨论。这是因为在关系军务、民族、国防等方面，统治者不愿让汉官更多地涉足其中。雍正年间，议政大臣会议遭到冷落，很多本来相沿由议政大臣集议的用兵和处理边疆民族事务之事都归由军机处承旨办理。乾隆皇帝即位后，继续行施乃父的方针。此时的议政大臣已逐步地沦落为奖励勋臣贵胄的一种虚衔了。乾隆五十六年（1791年），乾隆皇帝下旨："自雍正年间设立军机处之后，皆系军机大臣每日召对，承旨遵办，而满洲大学士、尚书向例俱兼议政虚衔，无应办之事，殊属有名无实"，故令自此日起，"所有议政空衔著不必兼充，嗣后该部亦毋庸奏请"[①]。这样，在清朝初年极为重要的决策机构——议政王大臣会议，至此退出了历史的舞台。

2. 内阁

内阁是清初另一个重要的行政机构。内阁之名，自明代始见之。它是明初朱元璋废除宰相后，为协助皇帝处理政务而设置的一个办事机构。入值内阁者称大学士，开始职位较低，且排在六部之下。但因为内阁参与批答本章，撰拟诏旨，具有实权。加上明朝中后期皇帝大多荒于政事，于是"阁职渐崇"，终至成为"六部承奉意旨，靡所不领"[②]的一个名副其实的中枢机构。

清代内阁仿效明制，不过在实际内容上有实质性的变化。

清初，内阁掌议天下之政，是辅佐皇帝办理国事的中枢机关，设有大学士满、汉官员各二人，协办大学士满、汉官员各一人。初设时内阁地位极高，为清朝行政总汇之所。朝廷颁发所有文件均由内阁拆封，经大学士阅后提出处理意见供皇帝选择；皇帝核定的文件也交由内阁秉旨拟定，再以上谕形式发交有关下属机构执行。根据清初的规制，大学士为"百僚之长"[③]。凡是皇帝颁定的制诏诰敕，例由内阁草拟

---

① 《清高宗实录》卷 1389，乾隆五十六年十月乙丑。

② 《明史》卷 72，《职官志一》。

③ 《龚自珍全集》，上海人民出版社 1975 年版，第 320 页。

发出，下属臣僚向皇帝所进的题奏表笺，亦经内阁票签，奉旨后转发六科或各部院传抄遵行。从这一点来看，内阁确实是个协助皇帝办理国家政务的最高中枢机构。所以在清代，很多人都把内阁称为唐代之中书省，将入内阁叫作登政府，又比拟大学士为前代之相国、宰执。

但是，上述情况，以及由此而来的种种称谓，在很大程度上也只是就形式而言的。在清朝专制主义中央集权高度发展的条件下，内阁每行一事，都是严格秉承皇帝的旨意。正如乾隆皇帝所言："夫宰相之名，自明洪武时已废而不设，其后置大学士。我朝亦相沿不改，然其职仅票拟承旨，非如古所谓秉钧执政之宰相也。"①

康熙朝设立南书房，转移了内阁的部分权力。雍正皇帝设立军机处，"密勿重务，咸在军机"，内阁"秉成例而行，如邮传耳"②，大学士"必充军机大臣始得预政事"③，否则"几与闲曹无异"④了。

3. 南书房

南书房是另一个辅佐皇帝办理国事的中枢机构。自康熙中期以后，参与中枢决策重任的有内阁、议政王大臣会议和南书房。对于这三者的关系，有人曾作有如下评述："章疏票拟，主之内阁；军国机要，主之议政处；若特颁诏旨，由南书房翰林院视草。"⑤

康熙皇帝把中枢权力一分为三，它们之间既各有分工，又相互牵掣，最后均集中于皇帝之手，使之能更方便地加以控制和使用。

4. 军机处

雍正以后，军国大事均归军机处办理。从此，军机处成为皇帝发号施令最重要的机构。这种体制一直延续到宣统三年（1911 年）责任内阁成立才停止。

---

① 《清高宗实录》卷 1129，乾隆四十六年四月辛酉。

② 《清朝经世文编》卷 14，《章奏批答举要序》。

③ 《清史稿》卷 288，《张廷玉传》。

④ 《春明梦录》卷下。

⑤ 《养吉斋丛录》卷 4。

军机处设立于雍正七年（1729 年），开始是因处理军务而临时设立，后来由于皇权集中的需要演变为常设机关。军机处主要官员称军机大臣，由皇帝从亲王、大学士等人中选任。军机处直接听命于皇帝，秉承皇帝的旨意，办理枢务，处理国家军政大事，凡“军国大事，罔不总揽”，成为有清一代最高权力机关。具体而言，它的职权主要有：起草皇帝谕旨，充当皇帝顾问，议决皇帝交付的政务，协助皇帝处理军务，审议撰拟题奏，审理重大案件，推荐任命重要官员。军机处设立的目的是便于皇帝直接控制大臣与操纵权力，完全是中央集权高度强化的产物。

5. 六部

六部是清朝中央行政管理机关。六部长官均由皇帝任命，每部设满、汉尚书各一人，满汉侍郎各二人，各部之间有所分工。吏部掌管文官任免、调动、考核、升降、赏罚等；户部掌管全国疆土、户籍、田亩、赋税、俸饷、货币等；礼部掌管祀典、军礼、丧礼及学校、科举等；兵部掌管全国军事和武官的考核任免等；刑部掌管法律制定和刑狱；工部掌管土木兴建、水利兴修等。六部之间不但职能不同，而且相互牵制，共同听命于皇帝。

6. 都察院和理藩院

中央重要的行政机构还有都察院和理藩院。都察院是国家最高监察机关，主要分管官员考核，整饬纲纪。理藩院是清朝创设的管理少数民族事务的中央机构。

清朝中央集权，经过顺治、康熙两朝的调整，到雍正、乾隆时期已经高度集中。康熙皇帝说：“惟是天下大权，当统于一”；他认为：“天下之事，岂可分理乎。”[①] 乾隆皇帝更是强调“乾纲独揽”的重要性。他说：“本朝家法……一切用人听言，大权从无旁假”“即左右亲信大臣，亦未有能荣辱人，能生死人者”。[②]

---

① 《清圣祖实录》卷 275，康熙五十六年十一月辛未、丙子。

② 《清高宗实录》卷 323，乾隆十三年八月辛亥。

三、朝廷决策的信息渠道

清朝最高统治者的决策主要通过如下渠道来完成。

（一）呈递题奏本章

中央各部院以及地方督抚、将军、提镇等官员，凡有涉及“钱粮、刑名、兵丁、马匹、地方民务所关大小公事”①，以及其他有关奏闻请旨等事，都通过题奏本章的形式，报告给皇帝，大体上公事用题本，私事用奏本。有时候，为补充或简洁地说明题本中所涉及的内容，还常常得附送图册、单、签之类。比如，“河工报销及各项营建工程，例应绘图缮册，随本进呈。各处钱粮报销，又朝审、秋审本，皆缮册。其乡试、会试题名录，钦天监时宪书式，及随本奏报如之”。另外，还有像随本“进呈”的名单、缺单、履历单、祭祀点单，及“刑部本内有罪应重辟，或案关服制，罪名加重而核其情有可原，或死者在保辜限外，例得减等者”，须加附夹签，②使皇帝可以更方便地了解题请的内容从而作出正确的决策。

（二）进行密折陈奏

密折制度是清朝的独创，始于康熙二十年（1681年）或可能更早一些。在此以前，官员们请示报告，均通过题奏本章进行。由于题本、奏本多以上报或请示某项具体事务为主，不但内容死板单一，对皇帝渴望了解的吏治民生之事，反映得很少，而且因来往批发，都得通过内阁等衙门，不利于灵活机密行事，因而密折陈奏遂为皇帝所喜用。不过，奏折在刚刚出现时，也只是作为题本的补充，或报告某一特定交办事务的，有的大臣也用来向皇帝请恩、谢恩，并不机密。康熙二十年末，康熙

---

① 光绪《大清会典事例》卷13，《进本》。

② 光绪《大清会典》卷2，《内阁》。

皇帝派遣他的亲信，内务府包衣曹寅、李煦，分别出任江宁织造和苏州织造。曹、李二人除为皇家督办锦袍绸缎外，也受嘱刺探江南官民舆论及地方动静。他们用奏折随时向康熙皇帝报告消息。康熙皇帝也在原折上进行朱批，或交代某些使命。比如，康熙皇帝曾在李煦的奏折中朱批道："近日闻得南方有许多闲言，无中作有，议论大小事。朕无可以托人打听，尔等受恩深重，但有所闻，可以亲手书折奏闻才好。此话断不可叫人知道。"[①] 他又给另一亲信、入直南书房的王鸿绪的奏折朱批道："京中有可闻之事，卿书奏折与请安封内奏闻，不可令人知道。"王鸿绪在具折奏闻后也说："臣此密折，伏祈即赐御批密发，并望特谕总管面交臣子，以免旁人开看之患。"[②] 可见奏折谈论之事，以及有关朱批，颇多涉及机密，不可当众公开。通过密折，皇帝得知不少从题奏中无法得知的内容，有助于进一步扩展最高统治者的政治视野，以便及时有效地对出现的问题做出正确决断，所以特准密奏的人员也在不断扩大。在康熙二十年至三十年间（1681 年—1691 年），密折还只是少数皇帝的亲信像曹寅、李煦及王鸿绪等人的特享权利，至康熙四十年末五十年中期，所有在京大臣和地方督抚提镇等官均可密奏了。康熙五十一年（1712 年）正月康熙皇帝曾向在朝领侍卫内大臣、大学士以下，副都统、学士、侍郎以上各官，发了一道上谕，要求在朝诸大臣也像地方督抚提镇一样，"将应奏之事，各罄所见，开列陈奏"。在这一上谕中，康熙皇帝说："朕为国为民，宵旰勤劳，亦属分内常事。此外所不得闻者，常令各该将军、总督、巡抚、提督、总兵官，因请安折内附陈密奏，故各省之事不能欺隐，此于国计民生大有裨益也。"[③]

康熙时期的密折制度，到雍正时又进一步扩大范围，连地方的布政使、按察使、学政等官，以至一部分道员、知府、同知、副将等中级官员，亦可获得密折言事的权力。雍正元年（1723 年），雍正皇帝给在朝的科道各官颁发的一道上谕中说："尔

① 《康熙朝汉文朱批奏折汇编》第 1 辑，中国第一历史档案馆，第 659 页。
② 《康熙朝汉文朱批奏折汇编》第 1 辑，中国第一历史档案馆，第 277 页。
③ 《清圣祖实录》卷 249，康熙五十一年正月壬子。

等科道诸臣，原为朝廷耳目之官，凡有所见，自应竭诚入告，绝去避嫌顾忌之私，乃为忠荩”，并要求他们“每日一人上一密折，轮流具奏，一折只言一事，无论大小时务，皆许据实敷陈，即或无事可言，折内亦必声明无可言之故”①，以便他择言“施行”。道、府、同知特准奏事的做法，乾隆时虽一度被停止，但到了嘉庆四年（1799年），嘉庆皇帝以“监司大员职任巡查，视京中科道相等”，复准各省道员“照藩臬两司例，密折封奏”②。

总之，清代密折陈奏所述及的内容是相当广泛的，凡是中央与地方的一切官民之事，皇帝都需要了解。正如雍正皇帝在一次谈话中所言：“朕于天下之事无不周知者，以进言之路广也。若如尔等之无所陈奏，朕虽欲周知天下之事，其可得乎。”③由此看来，密折陈奏是康熙以来清朝皇帝获得朝廷内外信息的一个重要来源。

（三）御门听政

御门听政也是清朝皇帝了解政情的一个重要途径。它虽不始于清朝，但真正能坚持施行的则是在有清一代。清沿明制，实行朝会制度。朝会有大朝、常朝之分。御门听政是朝会的一种形式。所谓御门，就是皇帝临御乾清门。偶尔也安排在瀛台东门等处。康熙时，皇帝驻跸西郊畅春园，则选择居于澹宁居前殿。雍正以后，皇帝又常居于圆明园中，故听政亦在该园勤政殿举行。

清代皇帝的听政活动，一般分前后两段进行。前段主要是接受各部院的本章，吏部引见官员及听取有关陈奏。此时皇帝也会就有关官员的奏请发表意见，或与所引见的官员进行交谈，但主要属于听政。后一段是各部院堂官奏请完毕、引见官员们退出乾清门后，皇帝与大学士、学士共同讨论折本中的题奏之事。折本，就是各部院所上题本，经内阁“草签”进呈后，未经皇帝认可，折角退回内阁以备再议的那

① 《清世宗实录》卷 4，雍正元年二月丙寅。

② 姚元之著：《竹叶亭杂记》卷 2。

③ 《清世宗实录》卷 82，雍正七年六月甲申。

部分题本。据《康熙起居注》中的记载，在讨论折本时，皇帝除直接面谕决断外，常频频发问。大学士和学士也可无拘束地发表自己的看法及观点，甚至进行某种争论，有时气氛还相当热烈。康熙皇帝曾对君臣共同讨论折本谈过他的看法，他说："一切政事，皆国计民生所关，最为重大，必处置极当，乃获实效。"又说："朕每详览奏章，内有所疑，或折五六本、七八本，咨询尔等者，务欲得至当耳。"同时，他还对一些"不各以所见直陈，一切附会迎合"的官员提出批评，认为此"于事何益"，表示"朕从来不惮改过，惟善是从"[①]。

实际上，清代的御门听政，从顺治时就已经开始。顺治皇帝亲政后，吏科给事中魏裔介鉴于皇帝荒于政务，曾上疏力请重视朝会说："深居高拱，不如询访臣邻；批答详明，不若亲承颜色。故事有朔望之朝，有早朝、晚朝、内朝、外朝，今纵不能如往制，请一月三朝，以副励精图治至意。"[②]魏氏所言视朝之制，实际上就包括了御门听政。

在清代，将御门听政规范化和制度化的，是康熙皇帝。

康熙前期三藩战争期间，前线军报频传，政务丛杂，有很多军政大事亟待与大臣们商讨处理，所以康熙皇帝对听政抓得很紧。特别是三藩之乱的头几年，有时一月内得听政二十七八次（按规定每逢大朝、常朝日，以及国有庆典，或忌辰祭祀，或皇帝有病，都停止御门听政），而且每当晨曦未露，皇帝便已至御门，故有"未明求衣，辨色视朝"的说法，有时一天之内，还两次或三次御临乾清门。康熙中后期，清朝的局势转向稳定，政事有所减少。有的大臣便建议减少听政次数，对此，康熙皇帝却有不同看法。他说："若必预定三日、五日以为奏事常期，非朕始终励精之意也。"[③]他还说："朕听政三十余年，已成常规，不日日御门理事，即觉不安，若隔三四日，恐渐致倦怠，不能始终如一矣。"[④]

---

① 《康熙起居注》，康熙二十二年闰六月二十三日。

② 《清稗类钞》，《朝贡类》。

③ 《皇朝通典》卷 52，《礼十二》。

① 《清圣祖实录》卷 161，康熙三十二年十二月癸酉。

雍正以后，随着军机处的建立和奏折制度的推广，京城内外发生的事件，大臣们常常通过密折陈奏的方式及时报告给皇帝，然后由皇帝密加批示，或交由军机处办理。这样，御门听政的次数亦因需要性变小而大为减少。雍正时，每月约为三至四次，乾隆时再减至每月一次。到了道光时，一月还轮不上一次。但即便如此，御门听政仍有着特殊的政治意义。正如有人所说："御门之典，六部堂上官及司员均得侍班，故人才贤否，堂陛熟知。"[①] 嘉庆皇帝甚至亲自撰文，论说御门听政的重要性。他说："我朝家法，无一日不听政临轩，中外臣工内殿进见，君臣无间隔睽违，上下交泰，民隐周知，视前明之君，深居大内，隔绝臣工，竟有不识宰相之面者。相去奚啻霄壤。"在文中，嘉庆皇帝还以"君勤则国治，怠则国危"[②] 来勉励自己。道光二十六年（1846 年），在一次御门听政时，因"吏部堂官全行误班"，其他各部堂官也多有缺席，这使道光皇帝大为恼怒，下谕将吏部各官交都察院"严加议处"，其余各衙门堂官"著吏部查明迟误各员，据实具奏"[③]。由此看来，清朝统治者是始终十分看重御门听政的。皇帝把它当成由内廷联系外朝的一条良好的沟通渠道，借以加强皇帝与臣工的联系，周知民隐，听取各方意见，以便及时做出正确的决策。所以，尽管后来御门听政的次数减少了，但要完全取消这条信息渠道，则绝无可能。

（四）陛辞请训

按照清朝的规定，凡外任的省级官员，如总督、巡抚、布政使、按察使，以及武职的将军、都统、提督、总兵等，每当升转调迁或任职至一定期限，均得奏请陛见，目的是向皇帝述职请训。

清朝陛辞请训的做法，从顺治年间便已开始。如顺治十三年（1656 年）三月，浙江巡抚陈应泰奉命"陛见于瀛台"。康熙初年曾一度停止了布政使和按察使大计

---

② 《清稗类钞》，《朝贡类》。

③ 《皇朝政典类纂》卷 178，《礼》26，《嘉礼》。

④ 《清实录》，道光二十六年十二月辛西。

之年的入觐活动。但自三藩之乱后，康熙皇帝的看法有了改变。他认识到通过陛见请训，一方面可借以考察官员们的在任治绩，了解各地民情；另一方面也是为了加强皇帝权威，使这些兵政在握的封疆大吏们心存畏惧之心，不敢藐视朝廷，以至于专权跋扈。康熙二十八年（1689 年）四月，兵部在议复都察院左都御史希福等条奏、请求将进京入觐官员扩大到提镇等武职时，康熙皇帝便以不久前刚刚平息的三藩头目吴三桂、耿精忠等人为例说："常来朝见，则心知敬畏。"① 可见朝觐不失为使外官明了"朝廷法度，不敢妄萌邪念"的一个较好的办法。乾隆十四年（1749 年），清政府又进一步就布政使和按察使的陛见请训，做了更具体明确的规定："藩臬两司，有通省钱谷刑名之责，前经臣工条奏，令其抵任三年，请旨陛见，以明述职之意。"② 通过陛辞请训，皇帝既可以了解臣下，同时也可以有意识地将其施政意图交代给下属，并征询实行的效果，尽量做到君臣上下之间能时时互通声息的效果。

（五）派遣钦差大臣探访察究

为了更准确地了解与解决某项重大问题，皇帝有时会派钦差大臣临时替他处理或者解决某项事情。"皇上因在外诸臣于民生疾苦不以上闻，朝廷诏旨不行下达，废弛驿站，侵冒钱粮，民隐莫申，民冤无诉，于是屡遣在内诸臣访查察究。"③ 这些奉旨前往办事的官员，便是钦差大臣。钦差大臣除需随时奏请交办事务进展情况和提出处理意见外，行前和回朝交差时，都得面见皇帝接受垂询，其内容就不限于本身所办公事，常常包括路途所见所闻，以及其他民情风俗等。

（六）皇帝亲自外出巡视

清朝皇帝出巡，原因很多，如谒陵祭祖、进香朝佛、狩猎习武，另外也带有

---

① 《康熙起居注》，康熙朝二十二年四月。

② 《清实录》，乾隆十四年十月丙申。

③ ［清］徐锡龄、钱泳辑：《熙朝新语》卷 6。

很大程度的观赏游览的性质。但无论如何，考察“民情吏治”，进行“兴利除弊”，仍是出行的主要目的。正如康熙皇帝所说：“朕时巡之举，原欲周览民情，察访吏治。”[①] 他还说：“臣下之贤否，朕处深宫，何由得知，缘朕不时巡行，凡经历之地必咨询百姓，以是知之。”[②] 又说：“古人之君，居深宫之中，不知民间疾苦者多，朕于各处巡行，因目击之故，知之甚确。”[③] 乾隆皇帝也说他的出巡，“盖欲周览民情，懋登治理，凡地方之利弊，官吏之贤否，与夫政令之得失，清跸所至，日切畴咨”[④]。其实，即使是谒陵朝佛，也同时兼有了解地方政情民意的意义。例如，乾隆皇帝到山西五台山拜佛，声称要“周知闾阎利病，举登之衽席之安也”[⑤]。皇帝走出深宫大内，进行实地巡视，咨询风土人情，考察文武官员，有助于扩展眼界、周知民情，这对最高统治者做出正确的决策，无疑是有益的。[⑥]

四、政令发布与推行途径

皇帝通过上面提到的种种途径，直接或间接地得到信息，然后经由有关大臣讨论或参与意见，再呈皇帝审定同意后，最后形成各种政令，以诏旨等方式加以颁布，并向下推行。这就是清朝政府发布和推行政令的大体过程。

不过，在清朝统治全国的二百六十八年中，由于各个时期的情况不尽相同，作为最高权力象征的皇权集中程度，在政令的形成和发布上，也常常有所差别。

---

① 《康熙起居注》，康熙二十三年十一月十一日。

② 《清圣祖实录》卷 201，康熙三十九年十月丁卯。

③ 《康熙起居注》，康熙四十二年十月。

④ 《清高宗实录》卷 374，乾隆十五年十月丙子。

⑤ 《清高宗实录》卷 275，乾隆十一年九月乙卯。

⑥ 参见白钢主编，郭松义、李新达、杨珍著：《中国政治制度通史》第十卷，清代，人民出版社 1996 年版，第 59 —72 页。

（一）从顺治到康熙初年

顺治时期，由于清朝统治者刚刚入关，立足未稳，重要军国大事，均要通过议政王大臣会议讨论，经皇帝（或摄政王）批准后，再交由有关部门执行。至于一般日常政务，清政府则效仿明朝的做法，继续实行内阁票拟制度。

所谓票拟，就是由内阁根据下面臣工所上题奏，按照成宪，先拟出初步意见，进呈皇帝审定后，批红发交执行部门遵行落实。

题本根据不同的投递机关分为两种。在京各部院府寺监衙门进呈的通称“部本”，可直送内阁。外省督抚等官员送交的叫“通本”，得先经通政司衙门汇齐再转呈内阁。顺治十年（1653年），顺治皇帝发现所行票拟制度中，各部院奏事，都先经皇帝面谕，回署抄录，再送内院照谕批红，在手续上很不完备，中间容易出现作弊现象。故规定各部院奏事奉谕后，形成文字，还得呈皇帝审阅，确定无误，再退回内阁批红，发交有关衙门执行。对于通本的周转，于顺治十七年（1660年）也做了改进，通政司收本后，直接封进皇帝，待顺治皇帝看阅后，再交内阁“发译”，改变了原来题本先进内阁，再呈皇帝的做法。当时，顺治皇帝经常亲临内阁票本房，与大学士等一起斟酌讨论题本的批答。

顺治年间，由于满洲贵族上层对汉官颇存疑虑，内阁行事都谨小慎微，以致顺治皇帝也感到需要有所改进。他对汉族大学士说“尔等职司票拟，一应章奏，有成规者尔等不过照例拟旨，凡有改正，皆朕亲裁，未能俾尔等各出所见，佐朕不逮，是皆朕向来不能委任大臣之咎，以致尔等俱未获尽展才猷”，鼓励他们“殚力赞襄”[①]。

康熙初年，因皇帝年纪尚幼，鳌拜等四大臣辅政，他们打出“复旧章”的旗号，复更内阁为内三院，又将大学士正二品秩降为正五品，连沿袭成例而行的批红大权也收归辅政大臣掌握，汉族官员的作用进一步降低。

---

① 《清世祖实录》卷135，顺治十七年五月壬午。

（二）康熙时期

自康熙皇帝亲政、清除鳌拜擅权势力后，内阁重新得到恢复。在一般情况下，内阁的票拟工作很少受到干预。这是因为题本中涉及的内容，绝大部分属于正常范围的请示报告，批复这些请示都有成规可以参照，不用有所顾虑。真正需要皇帝费心考虑的是有关人事安排，或少数属于工作建议性质的题本，即前面提到在御门听政后与大学士、学士们讨论的折本。这是康熙时期行施中央政令的一个重要方面。

（三）雍正以后时期

雍正以后，由于军机处的设立和奏折制度的广泛推行，议政王大臣会议和内阁在中枢咨询决策中的位置大大降低，乾隆时最终撤销了议政王大臣会议。臣工们的很多奏请，都通过皇帝朱批，直接传达贯彻。高级官员出缺升调，改由军机大臣拟单请旨。像康熙时期那样，皇帝和大学士、学士们经常就人事问题进行讨论的场面已不多见。但这并不等于皇帝不再向臣下征求意见。雍正以后，皇帝在批示密折时，凡事关重大者，往往也要通过有关部门和大臣的讨论。当然，这都是一些重大举措或者特案。在通常情况下，大臣所上奏折，除一部分由皇帝朱批后径交本人阅看承办外，另有相当数量的奏折，只能靠皇帝与军机大臣商讨决定。至于各部院呈递的奏折，皇帝则随时通过召见有关大臣面商的办法，加以解决。到后来索性规定，六部堂官与军机大臣一样，都得安排到内廷值班，以便为皇帝提供咨询。至于朝廷决策具体向下传达运转的途径，除皇帝朱批径交者外，可分为“明发上谕”和“寄信上谕”两种。“明发上谕”由军机处撰拟，经皇帝审定后，交给内阁发布，再由有关部科承办。“明发上谕”的范围多属于例行性的政务，如巡幸、谒陵、经筵、蠲赈，及内臣自侍郎以上，外臣自总兵、知府以上黜陟，调补暨晓谕中外之事，并不机密。“寄信上谕”简称“寄信”，其内容为告诫臣工、指授方略、查核政事、责问刑罚之不当者等，多属不宜公开的机要之事。寄信于直省等地方的，叫作“廷寄”。廷寄又因受文者职位不同而称谓不一。经略、大将军、钦差大臣、将军、参赞大臣、都统、副都统、办事大臣、领队大臣、总督、巡抚、学政者，叫作“军机大臣字寄”；发往盐政、关差、布政使、按察使的，称“军机大臣传谕”，均由军机处径交兵部捷报处，用快马飞递形式发出。递交的速度则看事务的缓急而定，或者日行三百里，或四百里，或五百里至六百里，甚至有日行八百里的。到了光绪年间，因电报通至天津，所以寄信也改由军机处交由电报局转发，叫作“电寄”[①]。总之，有清一代，清政府十分重视中央政策的贯彻与执行，政令能够基本做到上传下达。

① 参见白钢主编，郭松义、李新达、杨珍著：《中国政治制度通史》第十卷，清代，人民出版社 1996 年版，第 74—80 页。

第二章　地方基层之治理

中国传统乡村的社会控制，实际上存在着两种基本形式：一种是官方的行政控制系统；另一种是非官方的社会控制系统。就清政府官方的控制系统而言，它对乡村关注的主要是赋税和治安，而乡村其他的事务则由非官方的控制系统——士绅与族长来联合负责与管理。这是因为中国乡村幅员辽阔，人口众多，清政府的地方行政体制没有控制广大乡村社会的能力，也没有办法承担地方或乡村所有的社会功能。因此，官府必须依靠乡绅与族长的合作才能维持赋税的征收与农村社会的安定。实际上，除了税收和治安外，清政府一般也不过多干预乡村事务。在乡村，清政府除了利用官方的地方行政控制系统以外，更多的是依靠家族与地方乡绅来实行间接的统治。家族与乡绅构成非官方的地方控制系统，这是清朝统治者根据实际情况而采取的一种变通而有效的做法。

一、里甲制度之演变

明清两代，政府对基层社会——乡村的治理，已经达到一个很高的水平。明王朝推行里甲制度与保甲制度，清王朝继续沿用这一办法，只是雍正以前重里甲，雍正以后重保甲。

里甲制度为明太祖朱元璋所创建。

明初建立的里甲制度，大致上是以基层社会中既有的村社组织为基础建立起来的。一里或一甲，大体上就是一个不同规模或不同层次的村社共同体。明朝政府除了以里甲为编制户籍、征收赋役的组织外，也赋予其多方面的职能，如维持地方秩序，办理地方司法、行政事务，劝课农桑，推行教化，组织乡村祭祀活动等事宜。

洪武三年（1370年），明朝政府进行大规模的人口统计。洪武十四年（1381年），“诏天下编赋役黄册，以一百十户为一里，推丁粮多者十户为长，余百户为十甲，甲凡十人。岁役里长一人，甲首一人，董一里一甲之事，先后以丁粮多寡为序。凡十年一周，曰排年”[①]。黄册每十年编造一次，开列每户人丁的姓名、年龄、籍贯及田土财产，内容详尽，作为征收赋役的根据。明朝中期后，为解决黄册制度中出现的各种问题与弊病，政府又编制人丁编审册：“各直省人丁，或三年，或五年，查明造册，谓之编审。”[②]人丁编审册比较简明，主要登载人丁及应纳丁银数量，与黄册并行。

里甲制度的作用在于调查田粮丁口，以作为征收赋役的依据。

里甲长“董一里一甲之事”，首要职责是田赋、丁徭之征。“明室赋重，县令催科难遍，故分编里甲，使之催赋，俗曰经催，是役之设，为催赋役也，赋办则役举

---

① 《明史》卷77，《食货志一》。

② 《清世祖实录》卷87，顺治十一年十一月丙辰。

矣。”[①]其次是督令农民遵守法规，不得离境他往，从而使之长期固着在土地上，以保证赋役征收，维护地方基层统治秩序的稳定。里甲制度对于加强、巩固明王朝统治，发挥了重要的作用。

明中叶后，里甲积弊日益严重，已不能适应社会经济的发展需要，渐有运转不灵之势。虽然里甲之形式一直作为户籍登记和征收赋税的系统存续了下来，但它与现实的社会基层组织已经分离开来。这种变化，使国家对编户齐民的控制方式也不得不做出相应的调整，从而引起了明中期以后以“一条鞭法”为中心的赋役制度的改革。“一条鞭法”实行的原因之一，即在于适应里甲制度的上述变动，根据既成的社会事实调整里甲制度的社会职能。在此情况下，里甲制就失去了原来户籍登记和征收赋税的作用而变得不再重要。

明清之际战乱不止，土地荒弃，人口死亡、逃徙严重，里甲体系瓦解。清朝定都北京后，首先推行保甲制度，着手重建统治秩序，随后为控制田亩和人口，保证赋税征收，又恢复了里甲制度。

顺治三年（1646年），清政府下令修订《赋役全书》，以“因田定赋，计丁授役”。[②]顺治五年（1648年），开始编审人丁，恢复里甲制度，“令三年编审一次（顺治十三年改为五年编审一次），凡三年编审，责成州县印官，察照旧例造册，以百有十户为里，推丁多者十人为长，余百户为十甲，城中曰坊，近城曰厢，在乡曰里，各有长。凡造册人户各登其丁口之数，而授之甲长，甲长授之坊厢里各长……民年六十以上开除，十六以上增注”[③]。由此可见，清王朝的编审人丁及里甲制度，与明王朝并无不同。不过，由于当时战火未熄，统治秩序正在建立，财政极为困难，这一重要决定未能贯彻执行。

顺治十三年（1656年）初，“四方以次荡平，兆民宁辑”[④]。这一说法虽然言过其

① 《清朝文献通考》卷22，《职役考二》。

② 《清朝文献通考》卷21，《职役考一》。

③ 《清朝文献通考》卷19，《户口考一》。

④ 《清世祖实录》卷98，顺治十三年二月丁巳。

实，但毕竟反映出清王朝的统治已日趋巩固。顺治十一年（1654 年）十一月，“户部奏言，人丁地土，乃财赋根本，故明旧制，各直省人丁，或三年、或五年查明造册，谓之编审，每十年又将现在丁地汇造黄册进呈。我朝定鼎以来，尚未举行。今议自顺治十二年为始，各省责成于布政使司，直隶责成于各道，凡故绝者开除，壮丁脱漏及幼丁长成者增补，其新旧流民俱编入册，年久者与土著一体当差，新来者五年当差。至于各直省地土，凡办纳钱粮者为民地，不纳钱粮者，不分有主无主，俱为官地，各边镇俱应照例分别。其荒田旷土，招民开垦，一如兴屯之法。畿内满汉错杂之处，难以清查，如有隐地漏粮，讦人告发。从之”。[①] 这是清政府正式、全面编审人丁、汇造黄册的开始，也是恢复里甲制度的重要步骤。

早在顺治十二年（1655 年），清王朝对赋役不均已进行了整顿：“赋役原有定额，自流贼煽乱之后，人丁逃散，地亩荒芜，奸民乘机隐漏，良善株累包赔，或有地而无粮，或有粮而无地，或有丁而无差，或有差而无丁，甘苦不均，病民殊甚。著各布政使严饬该道府，责令州县官查照旧册，著落里甲，逐一清厘……事毕造册报部，以凭复核。”[②] 此次整顿，是对户丁、田亩的一次清查，在里甲长直接经手下，使每一里甲的人丁、田亩都能落实，并造册报部，这对里甲制度的恢复与巩固起了重要作用。

顺治十四年（1657 年），修改后的《赋役全书》颁行全国，清朝赋役制度进入了一个新的阶段，这不仅有助于贯彻上述措施，对里甲制度本身也大有裨益。通过以上一系列步骤，顺治年间里甲制度基本恢复，为清王朝征收赋役提供了基本保障。[③]

清政府由前朝继承下来的里甲制度，虽然不具有村社共同体的性质和职能，但仍是一种政府在登记户籍、征收赋税时唯一可以作为依据的系统。尽管里甲户籍早

---

① 《清世祖实录》卷 87，顺治十一年十一月丙辰。

② 《清世祖实录》卷 88，顺治十二年正月壬子。

③ 参见白钢主编，郭松义、李新达、杨珍著：《中国政治制度通史》第十卷，清代，人民出版社 1996 年版，第 209—211 页。

已十分混乱以至于严重失实，但地方政府要掌握或稽查具体的纳税人或课税对象，并向其课征赋税，只能通过这一系统来进行。清王朝建立之初，在直接利用明朝旧籍向里甲人户征税的同时，也直接沿袭明代里甲制度的规定。在顺治三年（1646 年）刊布的《清律集解附例》中，有关里甲制的条文，就是照抄明代旧制。顺治五年（1648 年）发布的编审天下户口、攒造黄册的法令，也明确指示各地，“照旧例攒造黄册，以百有十户为里，推丁多者十人为长，余百户为十甲”[①]。但这种几乎是照抄明初里甲制法令文字的规定，只意味着清政府无意废除明代遗留下来的里甲制度，并不意味着清政府要重建像明初那样的里甲制度。实际上，当时清政府编审户口的出发点不过是为了掌握更切近实际的人丁田产状况，各级政府希望办到的，至多也只不过是利用原来的里甲系统进行更准确的人丁和田产的登记而已。在编审时，清政府只是利用原有的里甲系统来进行，并没有在当时自然形成的社区组织的基础上重建像明初那样的里甲组织。因此，清朝各州县用作征税和户籍管理的里甲体制，基本上一直维持着明末留下的格局。虽在不少地方也曾做过一些整顿或调整，但里甲的基本构造事实上并没有实质性的改变。

康熙五十一年（1712 年），清政府宣布滋生人丁永不加赋：“今海宇承平已久，户口日繁，若按见在人丁，加征钱粮，实有不可。人丁虽增，地亩并未加广。”所以“应令直省督抚，将现今钱粮册内，有名丁数勿增勿减，永为定额，其自后所生人丁，不必征收钱粮，编审时止将增出实数察明，另造清册题报”。[②] 雍正皇帝即位后，摊丁入亩被正式提上议事日程，雍正二年（1724 年），直隶省开始实行摊丁入亩（康熙晚期广东、四川两省的大部分地区已经实行），其他各省也纷纷效法。雍正末年，除个别省份外，赋役制度中的这一重大变革，已经在全国范围内基本完成。摊丁入亩使赋役合而为一，赋役内容大为简化，人丁编审制度也随之失去了存在的意义。“旧例原恐漏户避差，是以五年编造。今丁既摊入地粮，滋生人丁又不加赋，则

① 光绪《大清会典事例》卷 157，《户部 · 户口》。

② 《清圣祖实录》卷 249，康熙五十一年二月壬午。

编审不过虚文。”[①] 人丁编审制度为里甲组织执行其征收赋役的职能所必需，同时也是通过定期规划人户，以整顿、维护里甲组织结构的重要方式，既然其已成为“虚文”，也就标志着里甲制度的消亡。

如果我们将清朝的里甲制度与明朝的里甲制度作一比较，就会发现二者之间还是有着不同内容的。

第一，随着田地成为赋税征收的主要依据，户籍黄册中登记的内容也愈益侧重于田地而忽略人口，里甲编成的原则也因而呈现出从田不从人的倾向。另外，在明末清初，东南几省都曾展开过称为“均田均役”的改革尝试，其内容是“通计该州县田地总数，与里甲之数，将田地均分，每图若干顷”[②]，从而使里甲直接以一定的田地数（或税粮额）编成。如浙江海宁州，在康熙十一年（1672 年）审定后，就是以三千亩编为一里。不言而喻，这种以田产亩数而不是按人户编成里甲，根本不可能与由自然或习惯形成的乡村共同体相吻合。

第二，由于里甲的编成倾向于从田不从人，随着土地买卖转移日益频繁，同一里甲之内的户口分属于居住在不同乡部，甚至不同州县人户的情况越来越普遍。“旧编里甲，以田地坐落为定，粮户四散。”[③] 又如山东新城县，“旧分四十约，村庄杂乱，远近不齐。每一里人户，又散居各约。其共约者，多不共里，里差不能划一；共里者，多不共约，催粮奔走艰难”[④]。史料表明，清代州县中的里甲不是按自然村来划分的。

第三，构成里甲的基本单位“户”，在明初时是作为纳税主体的个体家庭，到清代已逐渐衍变为一定的课税客体的登记单位，而个人或个体家庭，则是作为纳税责任人来拥有或支配里甲户口的主体。在里甲户籍中，同一户名之下，往往包括多个不同的家庭，由不同的纳税人共同支配，户名只是一个虚构的姓名，而不是现实的纳税人。如在浙江省，“浙俗粮册，并无的姓的名，或子孙分析，承用诡名，至辗转

---

① 王庆云：《石渠余记》卷 3。

② 乾隆《苏州府志》卷 11，《田赋》。

③ 乾隆《镇海县志》卷 2，《田赋》。

④ 孙元衡：《顺庄编里条约》，见康熙《新城县续志》。

授受，又联合数姓，报作一户”[①]。在宗族组织较为发达的广东、福建、湖南、江西等省，一个户名常常是由一个宗族或其支派开立和使用。

第四，里甲中的职务更为复杂化和非正规化。明代里甲制下有里长、甲首、里老等名目，均由政府规定一定的职责、选充的标准和办法。随着里甲制度的解体，里老一类职务逐渐名存实亡，里长的性质和任务也发生了变化。尤其是“一条鞭法”改革取消了里长轮役制度，将原来由里长甲首负担的征收解运钱粮的任务改为由官府统一办理，原来意义上的里长亦已改变了性质。但与此同时，由于里甲制仍是政府登记和催征赋役的系统，政府颁发赋役数目，催促交纳，追查拖欠都要根据里甲的编排来进行，仍需有一批担任这些职责的人役。于是，在州县和里甲之间出现了种种非正式的五花八门的职务，其名称有图差、图总、里催、经催、柜头、圩长、塘长、里排、总催、里书、税书、该年，等等。这些职务或名同实异，或名异实同，在不同年代、不同地区，甚至不同场合，他们的职责及其与里甲人户的关系都不尽相同。这些差异及其动态，常常反映出当地社会矛盾和权力关系多变的现实。由于清朝里甲制下登记在户籍中的户名大多并非真实姓名，里甲组成又不以现实存在的乡村组织为基础，“一甲之人，杂寄各乡，且地无坐落，人不认识”[②]，“不得不用一熟识根柢之人，令其查造传催”[③]。结果，里排、图差、总催这一类职务，“往往地方猾棍，熟惯衙门者钻充，或在城之豪蠹包揽，非图侵蚀钱粮，即借端科派花户”[④]。这些人垄断了实征粮册，父子相承，世代以包揽催收钱粮为业，成为清代社会中一股特殊的势力。由于里甲编排已经不以现实的村落组织为基础，里甲户籍中的户名又并非真实的纳税人姓名，州县政府只有通过这些专业化的图差书役，才能根据里甲户籍来向纳税人征税，所以，尽管这些图差书役常常与政府及地方社会之间存在着矛盾，但他们在政府与基层社会之间又充当着一种不可缺少的中介角色。

---

① 《朱批谕旨》卷 96，雍正五年七月二十四日，徐鼎奏。

② 乾隆《临清直隶州志》卷 3，《田赋》。

③ 《朱批谕旨》卷 96，雍正五年七月二十四日，徐鼎奏。

④ 黄六鸿：《福惠全书》卷 6，《钱谷部一》。

里甲制度的上述变化，意味着清朝国家权力渗透和控制乡村基层社会的方式更为复杂化，在一定意义上反映出国家权力对乡村基层社会直接控制能力的削弱。但与此同时，地方上的士绅、书差等中介势力的作用则显得更为重要了。清政府实际上认识到了这个问题，因此，一方面，继续采用里甲制度来登记户籍和征收赋税；另一方面，则一直在探索建立一种新的乡村基层行政组织，以强化政府对基层社会的控制。从清朝初期就开始建立、康熙后期特别是雍乾以后进一步推广实施的保甲制度，就是清政府为在乡村基层社会渗透其行政权力而采取的主要措施。①

里甲制度从清朝统治者定都北京直至雍、乾之际，存在将近一个世纪，对清朝统治的巩固与加强起到了一定的作用，只是由于它的组织结构和运转方式逐渐落后于社会形势的发展，弊端丛生，最终为保甲制度所取代，完成了其本身的历史使命。

二、保甲制度之运作

保甲制度取代里甲制度，乡村基层事权得以统一，是清朝地方基层组织的重大变化与改革，适应了清政府对乡村治理的需要。

早在顺治元年（1644 年），刚入关立足未稳的清王朝就企图建立起一种新的地方组织来控制与管理基层民众。“各府州县卫所乡村，十家置一甲长，百家置一总甲，凡遇盗贼、逃人、奸宄窃发事故，邻佑即报知甲长，甲长报知总甲，总甲报知府州县卫。府州县卫核实，申解兵部。若一家隐匿，其邻佑九家、甲长、总甲不行首告，俱治以重罪不贷。”②这时推行的保甲制度，将全体村民编入保甲，在总甲、甲长督率下，以连坐法强迫他们参与清除“盗贼”，查究逃人等事，以维护地方基层治安。同时，招回的难民和归顺的“土寇”，也被编入保甲。

---

① 参见韦庆远、叶显恩主编：《清代全史》第五卷，方志出版社 2007 年版，第 316—319 页。

② 《清世祖实录》卷 7，顺治元年八月癸亥。

尽管顺治元年（1644 年）的保甲法令尚处于革创阶段，并不完备，带有应急之意，不过它终究为有清一代推行的保甲制度奠定了基础。对于入主中原伊始的清朝统治者来说，也只有在保甲制度初步建立、社会秩序有所好转之后，才能着手恢复以征收赋役为目的的里甲制度。

顺治二年（1645 年）二月，“直隶巡抚王文奎疏言，畿南各卫所地亩钱粮，宜令州县就便征收，屯丁兼听管摄。凡属军宅屯庄，不拘乡村城市，概入保甲，一人为盗，九家连坐”。[①] 这一建议反映出保甲制度的实施范围正在扩大。

顺治六年（1649 年）四月，清廷下令：“自兵兴以来，地多荒芜，民多逃亡，流离无告，深可悯恻。著户部、都察院，传谕各抚按，转行道府州县有司，凡各处逃亡民人，不论原籍别籍，必广加招徕，编入保甲，俾之安居乐业。察本地方无主荒田，州县官给以印信、执照，开垦耕种，永准为业。俟耕至六年之后……方议征收钱粮。其六年以前不许开征，不许分毫佥派差徭……务使逃民复业，田地垦辟渐多。”[②] 为逐步将大量逃亡人口固定在土地上，使他们开垦荒田，提供赋役，进而稳定秩序，巩固统治，清政府充分发挥了保甲制度的作用。

康熙二十五年（1686 年），直隶巡抚于成龙奏，“顺、永、保、河四府旗民杂处，盗警时闻，非力行保甲不能宁谧。应将各屯庄旗丁同民户共编保甲，令屯拨什库与保正、乡长互相稽查，有事一体申报究治。下兵部议。从之”。[③] 这一措施表明，顺治元年（1644 年）颁行保甲法令四十三年后，清政府才开始顾及将旗丁编入保甲的问题。

康熙四十七年（1708 年），清朝统治者作出加强保甲的重要决定，其诏令曰：“先是，顺治元年即议力行保甲，至是以有司奉行不力，言者请加申饬。部臣议奏，弭盗良法，无如保甲，宜仿古法，而用以变通。一州一县城关各若干户，四乡村落各

① 《清世祖实录》卷 14，顺治二年二月乙卯。

② 《清世祖实录》卷 43，顺治六年四月壬子。

③ 《清朝文献通考》卷 22，《职役考二》。

若干户，户给印信纸牌一张，书写姓名、丁男口数于上，出则注明所往，入则稽其所来。面生可疑之人，非盘诘的确，不许容留。十户立一牌头，十牌立一甲头，十甲立一保长。若村庄人少，户不及数，即就其少数编之。无事递相稽查，有事互相救应，保长、牌头不得借端鱼肉众户。客店立簿稽查，寺庙亦给纸牌，月底令保长出具无事甘结，报官备查，违者罪之。”①

这一法令确立了保甲三级编制的架构，并明确了以村庄为基础设立保甲，不必拘于户数的原则。一般认为，这一法令奠定了清朝保甲法的基本架构和原则。

这一法令之所以出现，究其原因，主要是因为当年发生的浙江大岚山张念一等人的反清武装起义及朱三太子案件。它牵涉浙江、江苏、山东等省很多人，影响甚大。清统治者因而加强保甲制度，以进一步控制、监视地方百姓。

此次重新拟订、推行的保甲制度，较过去有了较大发展，主要表现在：

第一，保甲组织扩大，由二级增为三级；每一保甲管辖人户达到一千户，为顺治元年（1644 年）以来保甲辖户的十倍。

第二，稽查人户、维护治安的办法更加周密，保甲长的职责明显加重，州县对保甲的控制程度也有所增长。这一切都强化了保甲的功能，密切了州县与保甲的联系，而保长地位的提高，又为农村中的头面人物出任此职创造了条件。

不过，康熙四十七年（1708 年）修改后的保甲制度，只是切实推行了一时，康熙晚年又松弛下来。雍正皇帝决心大力整顿。雍正四年（1726 年）四月，雍正皇帝指出：“弭盗之法，莫良于保甲，朕自御极以来，屡颁谕旨，必期实力奉行。乃地方官惮其繁难，视为故套，奉行不实，稽查不严。又有藉称村落畸零，难编排甲；至各边省，更藉称土苗杂处，不便比照内地者。此甚不然……苟有实心，自有实效。嗣后督抚及州县以上各官，不实力奉行者，作何严加处分；保正、甲长及同甲之人，能据实举首者，作何奖赏；隐匿者，作何分别治罪……著九卿详议具奏。”② 同年七

① 《清朝文献通考》卷 22，《职役考二》。

② 《清世宗实录》卷 43，雍正四年四月甲申。

月,"吏部遵旨议覆,保甲之法,十户立一牌头,十牌立一甲长,十甲立一保正,其村落畸零及熟苗熟僮,亦一律编排。地方官不实力奉行者,专管、兼辖、统辖各官,分别议处。再,立民间劝惩之法,以示鼓励,有据实首告者,按名数奖赏;隐匿者,加以杖责"①。同时,吏部"又奏准,直省督抚,转饬府州县等官,将绅衿之家,一体编次保甲,听保甲长稽查,如有不入编次者,该地方官详报题参,比照脱户律治罪,地方官瞻徇情面,不据实详报者,照徇庇例议处"②。

雍正皇帝关于保甲的这一谕旨,以及随之采取的措施,是对顺治、康熙时期保甲制度的补充与发展,主要表现在:

第一,保甲有了明确的奖惩措施,以此督促官民(从督抚到"齐民")一体重视保甲。

第二,保甲的实施范围有了扩展,开始在"熟苗熟僮"中推行,其后又相继推行于棚民、寮民、蛋户等人户及甘肃回民,并在苏州踹坊设立坊总、甲长。尤其突出的是,清政府将"绅衿之家"也一律编入保甲,即通过加强对绅权的控制与压抑,达到更加严密地统治地方的目的,这是清王朝专制主义中央集权制极度强化在地方基层组织建设上的相应体现。

乾隆二十二年(1757年)至二十四年(1759年),乾隆皇帝又对保甲制度进行了一次大规模的整顿与提高。

第一,这次"更定保甲之法"仅限于"顺天府五城所属村庄,暨直省各州县乡村",城市除外。

第二,编列保甲或加强管理的范围十分广泛,涉及"绅衿之家""旗民杂处村庄""边外蒙古地方种地民人""在内地开张贸易或置有产业"的"客民",盐场工人、矿厂工人、棚民、寮民,"沿海等省商渔船只"的"船主、舵工、水手","内河一切船只""渔船网户","苗疆寄籍内地久经编入民甲者""云南省有夷人与民人错处者"

① 《清世宗实录》卷46,雍正四年七月乙卯。

② 光绪《大清会典事例》卷127,《吏部》。

“寺观僧道”，等等。至于“甘肃省番子、土民”“四川省改土归流各番寨”等，则“责成土司查察”，或“听抚夷掌堡管束”，“各省回民令礼拜寺掌教稽查”。“外来流丐”少壮者“递回原籍安插，其余归入栖流等所管束”。

第三，“甲长三年更代”，“保长一年更代”，“士民公举诚实识字及有身家之人，报官点充，地方官不得派办别差”。

第四，保甲长“专司查报”甲内的盗窃、邪教、赌博、窝逃、奸拐、私铸、私销、私盐、晒麴、贩卖硝磺并私立名色敛财聚会，以及“面生可疑、形迹诡秘之徒”，“户口迁移登耗，责令随时报明，于门牌内改换填给”，[①] 等等。

乾隆皇帝所推行的“保甲更定之法”是对清入关以来一百一十余年保甲制度的全面总结和进一步完善，显示出清王朝对乡村基层统治加强的事实。清朝统治者所以作此重要决策，原因有二：一是乾隆十八年（1753 年）以前，乡村并不平静，官民冲突时有发生，秘密宗教也很活跃。二是康熙后期人口流动已呈现无法抑止之势，摊丁入亩后又有了更进一步发展，这必然会影响到统治秩序的稳定。在这种形势下，清朝统治者不得不将保甲制度作为维护其统治的一个重要措施。乾隆皇帝在清王朝鼎盛之时大力加强保甲制度，固然表明他有居安思危的深远考虑，但更值得注意的是，这一重要决策从一个侧面反映出清王朝所谓的“全盛”，其实是处于危机四伏之下，外盛内衰之势已露端倪，而作为清王朝最高统治者的乾隆皇帝，在一定程度上已意识到这一点。

此后，清王朝的保甲制度基本固定下来，由于历代清帝不断督促、检查，加之每次在民间动荡后都要“通查保甲”，因而基本没有出现过分废弛的状况，只是在社会秩序表面平静时，地方官吏对保甲就“奉行不力”了。

嘉庆、道光年间，阶级矛盾尖锐，游民遍地，秘密会社活动空前活跃，不少地区的保甲组织已不能胜任其维护治安的职责。咸同时期，在太平天国运动的打击下，保甲制度的地位、功能终于发生了变化。

---

① 《清朝文献通考》卷 19,《户口考一》。

早在嘉庆年间的白莲教起义时，波及地区的地主乡绅为维护其自身利益，控制乡民，对抗起义军，就已自办乡团，弥补清王朝兵力的不足，取得了一定成效。鸦片战争结束后，有的官员曾向清廷提出“团练乡兵，以杜后患”的建议。太平天国运动发生后，八旗、绿营军屡战屡败，咸丰皇帝“叠降谕旨，令各省督抚晓谕绅民，实行团练，自卫乡闾”，“绥靖地方”，其后“郡邑士民办理团练，尚能随同官兵剿贼，是团练足以补兵力之不逮，具有明证”。不过“团练之法，只能防小支千余之游匪，不能剿大股数万之悍贼”。曾国藩就是以办团练开始，逐步组成湘军的。

团练出现的最初阶段，有的官员认为“团练即保甲也，有事为团练，无事为保甲”。有的则建议：“团保团练之法，必先保甲，州县编查保甲既成，然后计若干牌保而为一团，每团设立团总、团长，即于各牌保中，择士民之贤能者为之。通一州县若干团，练丁若干人，连环保结、造册，由州县申详各道，以凭查验。”[①]这显然是企图将团练置于官方的控制之下。然而，其后势态发展表明，那只是一厢情愿的想法，官府并不能完全控制团练。相反，团练，尤其是豪强控制的团练对中央政府的独立性却日渐增大，成为基层组织的实际控制者，而保甲则逐步成为团练的附庸或是团练的一个组成部分。这种状况，对晚清中央与地方关系的变化产生了重要的影响。

光绪二十四年（1898 年），义和团运动兴起前，国内形势日趋紧张，慈禧太后责令各省督抚“实力奉行……保甲、团练等事”。光绪二十五年（1899 年）各省督抚纷纷奏报“筹办团练、保甲事宜”。有的提出“团保并行……保甲为本……官督绅团”的原则。有的总结过去办理团练的经验教训，强调团练“不许以劣绅豪霸滥充，毋以大绅充当，以杜一县数官，恃符挠法之弊，专管查奸御匪等事，不准干预地方事件”[②]。由此可见，直至清末，清王朝在竭力控制团练的同时，依然力求发挥保甲制度的作用，不过这终究不能改变团练取代保甲控制地方基层的事实。

---

① 《清朝续文献通考》卷 215，《兵十四》。

② 《清朝续文献通考》卷 216，《兵十五》。

保甲制度对于清王朝治理乡村有着极其重要的意义。

第一，清王朝是中国历史上推行保甲制度用力最强、规制最详、施行范围最广的一个王朝。特别是在雍正、乾隆以后，从中央到地方，推行保甲制度愈趋积极，朝廷内外，缙绅士大夫也都积极响应。从官方的法令看，清代的保甲制度也比前代更为严密，不但一般土著民户一律编入保甲，流动人口，从矿厂丁户、盐场灶丁、客商游民，直至来往过客，都在保甲编查之列，保甲长不但要告发罪犯，还要稽查出入，如此种种，法令不可谓不严。在保甲制的职能方面，除了“弭盗安民”，即维持地方治安秩序这一基本作用外，清政府也力图赋予保甲以多方面的职能，如参与地方司法行政事务，办理赈济，推行教化，等等。浙江、江苏、安徽等省，在雍正年间还曾推行过一种称为“顺庄编里法”的改革，“照依保甲烟户册内人户，查其所有田地粮额，归入本户的名造册，于各里就近用滚单传催”①，从而把地方征税事务与保甲制度联系起来。这些事实表明了清政府推行保甲法的出发点，是加强其对基层社会的控制，使保甲成为如同历代乡里组织那样的基层行政组织。②

第二，清王朝是高度中央集权制的君主政体。在错综复杂、变幻多端的国际、国内环境下，其所以能够进行富有成效的集权统治，而且长达二百六十八年之久，保甲制功不可没。保甲组织在地方州县的控制下，直接对广大民众进行统治，使清王朝各项法令能够得以贯彻执行，地方基层统治秩序得到维护与巩固，而保证对农民的赋役征取，又是清王朝中央及地方机构能否正常运转的决定性因素之一。

第三，作为保甲组织之长的保长，既要受地方州县严密控制，又由地主乡绅所推荐，受到他们的操纵。这种一身二任的状况，不仅使保长能够将清王朝的政令、地方州县交办的事务及时传达给地主乡绅，同时也保证了地主乡绅的要求、意见可以通过保长，迅速上达于州县。地方乡绅虽然可以直接与地方州县官员会面，但经常的、大量的联系还是通过保长来完成。保甲组织促进了地方州县与地主乡绅之间

---

① 《朱批谕旨》卷 174 之 5，雍正五年十月十三日，李卫奏。

② 参见韦庆远、叶显恩主编：《清代全史》第五卷，方志出版社 2007 年版，第 321 页。

的联系，调和了二者的矛盾，从而使双方能够更好地相互配合，共同实现对乡村的治理。因地主乡绅大多是本地富豪大户、各姓宗族的头面人物，所以州县通过保甲组织与地主乡绅的结合，就不仅是政权与绅权结合，而且是政权与族权的结合，这对清王朝加强地方基层的统治只能更为有利。由此可见，保甲组织是地方州县与地主乡绅之间联系的不可或缺的媒介，是清政府在乡村基层得以实现其统治的一种重要工具。[①]

三、乡绅与乡村之控制

清代疆域广大，官僚制度在乡村治理上力有不逮。按官制，全国的官员约有两万名文官和七千名武官。[②] 以这些数目有限的官员编制成行政、军事系统，控制一个人口众多的庞大的传统帝国，显然存在很多不周的地方。清代行政系统是由中央政府委派官员到各省、府、州、县，以作为中央政府的代表负责管理地方。县一级是直接临民的行政单位。因回避制度之故，知县以上的官员不能在原籍任职。新上任的知县及其带来的私人助手——幕僚，皆不熟悉当地的情况，甚至可能不懂当地的方言。县衙门虽设有书吏、衙役，但县吏除为收税、缉捕等事需要出外执勤外，皆高居衙门，平日并不同平民百姓发生交集。有清一代，朝廷虽然不乏将政治势力渗透到乡村基层社会的用意，但皆不能收到良好的效果。真实情况是官僚制国家与乡村基层社会分离，行政机构与平民百姓脱节。这种情况，就需要一个社会阶层充当官民之间沟通与联系的桥梁，以方便上意下达，下意上通，联络官民。清代乡绅阶层的崛起正是适应了乡村治理这一客观需要。

事实上，在中国这个传统农耕社会中，乡绅阶层古已有之。不过明朝以后，乡

---

① 参见白钢主编，郭松义、李新达、杨珍著：《中国政治制度通史》，人民出版社 1996 年版，第 216—225 页。

② 参见费正清：《剑桥中国晚清史（1800—1911）》上卷（中译本），中国社会科学出版社 1985 年版，第 16 页。

绅阶层在基层社会的控制系统中发挥的作用越来越大，尤其是清代，民间动荡不断，这种作用更加凸显出来。

清朝科举制度承袭明制。作为一种选拔官员的制度，其细则因时而更改，局部规定前后也有所差别，这是在所难免的。“科举必由学校。”[①] 清代学校也分国学和地方学。国学，即国子监，地方则设有府、州、县学。入国子监的监生，皆月给膏火银，可谓是官费学生。入地方学的生员，也有优遇：一曰“免其丁粮”；二曰“厚以廪膳”；三曰“各衙门官以礼相待”[②]。这里所说的廪膳，可比拟为奖学金。贫寒的生员，还可从本学学田[③]以及本宗族的族产中得到经济上的资助。从以上优遇可见，从生员开始，士子已不同于一般的庶民，而是一个特殊的精英阶层了。

明清两代举人和入了府、州、县学的生员，均可取得终身入仕的资格。举人中式成为进士，固然可以得到官爵，就是举人本身和监生也有出仕的可能。清代的知县，约有三成半出身举人，进士出身的只占两成多一点。至于生员，被认为可通过科举，或选入国学而有出仕的希望，因而也具有准官僚的资格。学校和科举造就的这批人才形成固定的社会阶层。这一社会阶层，分为缙绅和绅衿两个等第。缙绅是指现任和退职的文武官员，以及封赠、捐买的实名、虚衔官员；绅衿则包括有功名而未仕的举、监、生、员，他们着青衿之服，以示与平民有别。

如上所述，清朝统治者通过科举和学校，以及捐纳制度，滋生出日益增多的乡绅。这些科班出身的乡绅可通过座主、同年以及上下属、门生故旧等关系结成社会关系网，同朝廷、各级地方官府保持着密切的联系。他们之中除个别是由于天资聪颖，得到宗族资助得以入学校读书而获得功名外，绝大部分都有殷实的家产，有家学渊源的环境。他们固然可以享有赋役的优免权，但中国历来缺乏绝对排他自由的私有权，朝廷又没有为之提供有效的法律豁免权来保护他们的私有财产免遭官府的

---

① 张廷玉：《明史》卷 69，《选举志一》。

② 光绪《大清会典事例》卷 389，《礼部・学校》，“训士规条”。

③ 参见光绪《大清会典事例》卷 392，《礼部・学校》，“优恤诸生”。

勒索甚至没收。因此，他们只有通过个人的关系，勾结官府来保护其财产，亦则利用其社会身份、地位来维护其乡绅地主的经济地位。这也是为什么富商巨贾和庶民地主热衷于用巨款捐纳，以取得官爵虚衔了。

在清朝乡村治理体系中，地主和乡绅两种身份牢固地结为一体，他们因为在基层社会中拥有特权与声望，进而更加注意与官府建立良好和谐的关系，往往在城乡间势力盘根错节，牢不可破，成为清王朝在地方上实现统治的实力拥有者。

既然清朝乡绅既享有赋役豁免等特权，又同官府有着密切的关系，其本身又具有功名身份，有的还是现任或致仕的朝廷命官，而官府因为高高在上不同乡村社会直接往来，那么，在乡村基层社会代表朝廷、官府者，显然是非乡绅阶层莫属了。他们身穿长袍，举止儒雅，满口仁义道德，以维护儒家礼教为己任，以官府的代言人自许。又由于他们的社会地位、他们的财富、他们的见识，使他们在乡村基层社会具有无可怀疑的权威。“民之信官不若信士”，这正是清政府重视士绅作用的原因所在。

有清一代，乡绅对乡村基层社会的控制作用，是通过多种渠道实现的，总结起来，主要表现在：

第一，操纵宗族、保甲组织，在地方事务上拥有绝对的发言权。作为清朝基层社会政权的组织形式，宗族的作用越来越大。但宗族的真正操纵者是乡绅，他们在乡村基层社会长期积累起来的权威、声望，也使他们在宗族事务中能够发挥重要的作用。有的乡绅径自充当族长、族正，把持乡村宗族大权。他们制定族规束缚村民族众，训诫族众遵守封建法纪，按时完纳赋税；对违反族规者进行制裁，在祠堂进行私刑审讯；利用族田、义田、学田的收入，赈济贫困的本宗族成员，资助本族子弟入学读书。以上这些，无论是温情脉脉的宗族救济，抑或是凶残严厉的私设公堂，都是朝廷许可的。清朝法律明文规定，族正、族长有权惩罚违反族规的宗族成员，州县官员也往往让族正、族长先行调解本族或宗族间的纠纷，调解无效，才禀官剖断。由于乡绅和政府根本利益一致，所以一旦民众起来反抗政府，乡绅们会毫不迟疑地站在朝廷一边，而且因为利害攸关，他们往往比地方政府官员行动更积极、更主动，举措更彻底、更果断。因此，在清朝乡村治理方面，统治者甚至发出了地方治安责之疆臣不如责之乡绅的感叹。由此可见，清朝乡绅在稳定和强化乡村基层社会统治秩序中发挥着难以取代的作用。

第二，通过举办社会公益、公共工程建设、慈善事业、宗教祭祀等方式来实现对乡村基层社会政权的控制。乡村公益事务中最主要的是仓储、赈济、公共工程。平粜、赈灾，关系到乡村社会的稳定，历来是清政府重视的大事情，因而国家特别重视仓储，在各"省会至府州县，俱设常平仓，或兼设裕备仓，乡村设社仓，市镇设义仓"，储粮备荒。虽然清朝有比较完善的储谷制度，但因政府财力有限，乡绅捐谷便成为仓谷的重要来源之一。康熙五十四年（1715 年），"议定绅民捐谷，按数之多寡，由督抚道府州县分别给扁，永免差徭"[①]。乡绅在仓储方面的另一个作用是主持社仓、义仓。一旦灾荒发生，乡绅参与核实灾情，申报赈济，销谷救灾，这对于缓和社会矛盾、预防发生社会动乱起到了一定的作用。

修桥铺路、疏浚河道、修堤筑围等地方公共工程建设，也是乡绅主持基层社会日常事务的典型表现。有的工程涉及面比较大，由官方组织，乡绅捐资。有的工程由乡绅组织，以各种方式集资、派工。各地小型的公共工程大多如此。总之，在各地的社会公益事业中，乡绅是比较活跃的，他们也希望通过主持公共事务提高声誉，扩大影响。

另外，地方上的神诞祭祀、迎神赛会等祭祀主持活动，也是乡绅控制基层社会的重要表现之一。在传统社会中，民众多是鬼神信仰者。但是在一个地方上，往往以某一神祇做主神，该地方的居民皆参加此神的庆典。乡绅则往往是这一庆典的实际领导者，他们即使不出面主持，也是幕后的决策者。乡绅借此来达到其控制地方的目的。

第三，掌管乡村教化，从思想上控制广大民众。清朝是幅员辽阔、多民族杂居的朝代，各个地方之所以统属于中央政府，而且统一的局面之所以能够长期保持稳

---

① 《清史稿》卷 121，《食货二》。

定，与乡绅阶层推行教化具有重要的关系。制定家法族规、乡约，宣讲皇帝的谕旨等，是乡绅教化民众的重要内容。例如，宣读康熙九年（1670 年）颁布的“上谕十六条”，就是乡村教化的一个典型表现。内容如下：

敦孝悌，以重人伦。

笃宗族，以昭雍睦。

和乡党，以息争讼。

重农桑，以足衣食。

尚节俭，以惜财用。

隆学校，以端士习。

黜异端，以崇正学。

讲法律，以儆愚顽。

明礼让，以厚风俗。

务本业，以定民志。

训子弟，以禁非为。

息诬告，以全良善。

诫窝逃，以免株连。

完钱粮，以省催科。

联保甲，以弭盗贼。

解仇忿，以重身命。①

第四，维护地方利益。乡绅一方面俨然以官方代表的姿态，对乡村社会进行直接管理和统治。另一方面，作为地方利益的代言人，乡绅又不时地向地方官府，乃至朝廷反映基层社会的愿望与要求。地方官，尤其新任者，也往往就地方的施政，不时向乡绅征询意见。正因为乡绅与官僚集团有着广泛的联系，他们才可以把乡村

① 韦庆远、叶显恩主编：《清代全史》第五卷，方志出版社 2007 年版，第 338—339 页。

基层社会的要求直接向有决策权的高级官员反映，促使问题早日得到解决。当地方的利益受到严重危害时，乡绅理所当然会站出来为地方利益与官府抗争。

总之，清朝乡绅阶层扮演着沟通官僚政治与乡村社会的桥梁和“缓冲器”的作用。正是因为乡绅阶层的居中调节，使清朝乡村基层社会具有很强的应变能力。当中央政府强大时，地方乡绅的活动受到较多的约束，乡绅的离心倾向、破坏性行为会受到国家政权的严厉打击；当中央政权对乡村基层社会的控制能力削弱时，朝廷就假手乡绅填补基层控制的真空，允许并鼓励乡绅积极参与地方政治活动，维持地方统治秩序。这种情况决定了乡绅的取向会对清王朝统治秩序的稳定及清政权的兴衰产生一定的影响。

第三章　军政权力之嬗变

长期以来，清王朝的政治权威是建立在军事镇压与军事统治的基础上的。从兵制上看，在清朝前中期，主要依靠八旗和绿营来实现其对全国的统治。鸦片战争后，外患频生和内忧不断，八旗与绿营衰落不堪，湘军、淮军等地方武装相继崛起，由此导致高度集中于清朝中央政府的军队管理权和调动权不断下移。八国联军侵华之役后，伴随清末新政时期新军的编练及先后倒戈反清，清王朝覆亡已经不可避免。

一、对八旗与绿营之倚仗

清朝前中期，清王朝赖以统治的基础是八旗和绿营。八旗军包括满洲八旗、蒙古八旗和由入关前降清明军组成的汉军八旗，共二十余万人。八旗军兵籍世袭，占有圈占的土地，不同于一般军队，是享有特权的重要军事力量。入关后，八旗军仍沿用以旗统兵的建制，分为“禁旅八旗”和“驻防八旗”两种，但已不归旗主所有，而直属皇帝指挥调动，构成清朝军队的骨干。禁旅八旗接近十万人，负责守卫宫廷和京师。驻防八旗十多万人分布于全国各军事要地。绿营兵是入关后清政府招募和收编的汉族地主武装，以绿旗为标志，约六十万人，配合驻防八旗屯戍全国各地。八旗军的训练、装备、兵饷等待遇都远比绿营兵优越。八旗和绿营构成正规军，直接归皇帝统辖与调遣，不另设统一指挥全国军队的统帅。所有军队调防均须向皇帝奏报，各级武官的任命亦须经皇帝批准。皇帝直接通过军机处控制军队，比起历代皇朝军权更加集中。除正规军外，尚有西南少数民族地区的土兵、西藏的番兵等地方武装，汉族地区则有当地招募的乡兵团练。一般战事结束，团练即告解散，并非正规军队。清中后期，八旗和绿营军备废弛，腐败不堪，清政府主要依靠乡勇的力量来维持地方秩序，团练逐渐演变为正规的“勇营”。到鸦片战争前夕，清朝统治已经表现出一个十分明显的特点：军队尤其是八旗军的存在和保持既有的战斗力，是清王朝赖以强固皇权和维系社会安定的命脉所系。如果这种号称“经制之师”的军队出现问题，清政府的统治权威就会被削弱，统治危机就会爆发。

二、清朝前中期军政权力之归属

太平天国运动发生之前，对于清王朝而言，国家经制兵八旗、绿营的管辖权，都是直属于中央政府而不是归将帅或地方督抚私有。

清朝初年，清政府为了彻底消灭国内各种抵抗势力，不得不容忍及允许三藩地方割据势力的存在，让三藩握有兵权。但到了康熙初年，全国底定，康熙皇帝就力持撤藩，不惜动用全国之力对藩进行讨伐，最终把兵权全部收归中央政府所有。

在八旗军的权力归属方面，清初已全部收归皇帝所有。起初，八旗本为旗主所有，各有旗主，互不相属。清太宗时期开始逐渐收权。及顺治皇帝入关后，乘摄政王多尔衮之丧，一举而扫除强藩，将八旗军军权悉数收归朝廷掌握。故顺治皇帝亲政以后，八旗军制已与未入关以前的旧制大不相同，其军政权力已尽握于皇帝一人之手。

在绿营方面，其制兵和兵籍掌于兵部，兵部直接对皇帝负责。及三藩平定，康熙皇帝汲取教训，开始实行三年俸满加衔更调制度，使武官不得久驻一地。康熙二十二年（1683 年）四月，又定提、镇陛见制度，以使其常来朝见，心知敬畏。不仅如此，康熙皇帝还定武官不得在任所置产入籍的条例，遇丁忧及因事解任的军事将领均令立即回籍。这样，就起到了防范将领及其子孙寄居任所、与旧部熟习、久而致生弊端的作用。通过这些手段，绿营军的兵权，就全部通过兵部集中在皇帝一人的手中。如遇重大的兵事，皇帝则特简经略大臣、参赞大臣寄以军令，以专征伐，事毕则解除兵权。如雍正时年羹尧平定青海，功震一时，手握重兵，驻军西陲，但雍正皇帝要收他的兵权，他也不敢不奉旨交还。这是因为按照清朝的制度规定，兵权归于国家，不得为将帅或地方所私有，将帅不过借皇帝的权威出典兵戎，故朝廷得以用一纸朝命来收回其兵权。这种情况，直到太平天国运动爆发之初还是如此。

三、太平天国的军事打击

十九世纪中国政治的变化和皇权的削弱，有来自西方列强侵略的因素，但更重要的是来自基层民众的造反运动以及统治集团内部的军事分离倾向。

人口与资源的矛盾一直是中国社会的基本矛盾之一。十八世纪以来，这一矛盾更加突出。康熙年间规定“滋生人丁，永不加赋”的政策，至雍正元年（1723 年）又在全国推行“摊丁入亩”的赋税制度。这一切虽然在一定程度上减轻了贫苦农民的负担，但带来的一个更为严重的后果是人口的急速膨胀。清初全国人口只有几千万，十八世纪中叶增加到一亿多，至十九世纪中叶，中国人口已狂增到四亿多。人口与资源的比例关系开始严重失调，土地不足，劳动力过剩，一场周期性的社会危机已经悄然而至。伴随社会危机的到来，不是统治者的积极应对，相反却是官僚阶层的全面腐败。清初，政府尚有财政节余，至乾隆、嘉庆年间，由于军费开销巨大和各级官吏的侵吞，清政府的财政年年赤字。道光年间，白银大量外流，加上沉重的战争赔款，财政已经面临崩溃的局面。军政机构冗员充斥，官员结党营私，贪污成风，无疑增加了基层民众对政府的不满情绪。所有这一切引发了一系列的民间反政府运动，诸如西南苗民的起义、秘密会社的兴起、白莲教的蔓延，等等。虽然这些反抗运动一次又一次地被清政府镇压了下去，但最终还是酿成了一场更大规模的反抗风暴——太平天国运动。

1851年—1864年，洪秀全掀起了中国历史上规模最大的一次农民反政府风暴。咸丰元年（1851年）金田起义后，太平天国将矛头直接指向腐败的清政府，公开向清王朝的统治权威发起挑战。咸丰三年（1853年）太平军攻克南京，改名天京并定都于此。随后，太平天国建立了自己的一套从中央到地方的政权机构，颁布了一系列内政外交的政令，并派兵北伐、西征，继续扩大战果。这样，太平天国雄踞东南半壁江山，与清政权形成了南北对峙的局面。在太平天国的猛烈冲击下，清王朝的军事力量受到了极大的削弱。太平天国基本上摧毁了清政府作为军事支柱的八旗、绿营武装，除了依靠地方新兴的军事力量进行自救外，清政府似乎已经难以再同太平天国进行有效的对抗与较量。

太平天国运动对近代中国的军事与政治变局产生了十分重要的影响。一个民族的军事制度和权力结构的新生是不能凭空出现的。“有洪杨内乱为之因，遂生曾、胡、左、李迭握朝权之果”；“金田一役，实满汉权力消长之最初关头也”。[①] 在太平天国的打击下，清政府为了自救，被迫下移权力给地方，从而形成了中央与地方二元权

① 《李鸿章事略》，北京古籍出版社1999年版，第13页。

力分割的局面，这是导致清王朝灭亡的重要原因之一。

四、湘淮军的崛起与军政权的下移

在镇压太平天国的过程中，以曾国藩为代表的地方军事、政治势力开始崛起，从而改变了清朝两百多年来权力一统的格局。

（一）地方军事独立化局面的形成

在十八世纪末至十九世纪初，川、陕、鄂交界地带爆发了大规模的白莲教反政府起义，这不仅大大损耗了清政府的经济实力，更重要的是重创了清王朝的正规军——八旗军与绿营兵。在镇压白莲教起义的过程中，清政府开始动员和利用地方武装，“团练”就是在这样的情况下出现的。团练一般是在官方监督下，由地方士绅领导，以村寨为基点，其任务是筑墙设防，坚壁清野，实行武装自卫。团练的出现是清朝地方武装产生的开始，也是地方军事化的前奏。不过，这一时期的地方武装并没有扩大化，尚不足以影响到中央与地方的平衡关系；清朝的正规军也没有完全被削弱，仍然是清政权赖以维系统治的主要武装力量。

但是，太平天国运动却给地方军事武装的崛起提供了机缘。太平天国运动的规模之大、组织之精良远非白莲教起义所可比拟。在这支强大的反政府军事势力面前，清政府赖以生存的八旗、绿营武装不堪一击。对于地方士绅来说，现在他们发现地方利益与地方秩序受到了严重威胁，而清朝官方对于地方日益扩大的混乱局面竟然无能为力。在对清政府的军事力量感到失望的同时，士绅们就不得不寻求自身的力量来保护地方利益，维护地方秩序。于是，他们便利用自己的家族组织或地方势力，组成非官方的地方武装，以便同太平军进行有效的对抗。在湖南，举人江忠源在家乡新宁组建了一支民团，以维持这一地区的社会治安。当太平军在广西威胁到新宁地区时，江忠源又率领这支地方武装同太平军对抗。在江西，举人刘于浔利用家族关系在家乡南昌一带举办团练。在与太平军对抗过程中，刘于浔还联合周围其他团练武装，组成了一支强大的地方武装。后来在贵州、江苏、安徽、河南等地，一些地方武装也纷纷涌现。本来，清政府对于士绅自行组建团练一直怀有戒心，但是，面对太平天国在军事上的摧枯拉朽之势，清政府根本无力顾及地方治安，因此，只能放任地方自救。然而，随着地方武装势力的不断增强，清政府开始担心，又急欲加以控制，于是任命各省在籍官僚负责办理地方团练，以加强对地方武装的监督与控制，这就是团练大臣的由来。这一时期，清政府在东南各省任命了许多团练大臣，曾国藩、袁世凯的叔祖父袁甲三就是其中的典型。咸丰二年（1852 年）曾国藩回到家乡湖南，着手领导地方团练与太平军作战。但不久他发现团练远不是太平军的对手，而且团练自身组织也存在种种弊端。于是，他自作主张重建了一支新式的地方军队，这便是湘军的开始。不久，曾国藩依靠这支地方武装肃清了太平军在湖南的势力。

为了镇压捻军，清政府也于咸丰三年（1853 年）派兵部侍郎周天爵率领清兵三千进驻宿州，同时又派时任兵科给事中的袁甲三协助工部侍郎吕贤基办理安徽团练，组织地主武装，配合清军作战。次年，周天爵病死，不久，吕贤基也被捻军所杀，袁甲三奉旨接统驻宿州的清军，并兼督办安徽团练大臣，很快成为捻军的劲敌。袁甲三在皖北切断了太平军与捻军的联系，使得曾国藩无北顾之忧，得以全力整建湘军以对付太平天国的军事力量。在袁甲三的带领下，袁世凯的三叔祖袁凤三、四叔祖袁重三、生父袁保中、养父袁保庆也都纷纷举办团练，加入了镇压太平天国、捻军的行列中。

地方政治军事化的出现改变了清王朝的地方统治秩序，扩大了地方士绅的权力。本来，清政府对于乡村的控制主要是通过官方和非官方两个控制系统的协调，但团练等地方武装的出现改变了这种协调关系，使非官方的地方控制系统变得日益重要起来，清政府对乡村的影响力与控制力显然在迅速降低。清政府允许地方自卫，实际上等于承认了非官方的地方武装的合法性。太平天国运动失败后，团练等地方武装遂取代了保甲制度的功能，逐渐由军事组织演变成了军政合一的地方组织，士绅的作用也逐渐随之日益扩大，从而形成了地方公事，官府离开士绅就不能有所作为的局面。地方武装发展所导致的另一个后果，便是地方政治的军事化。地方武装虽然暂时稳定了地方秩序，但却促进了地方士绅的军人化和地方对军事的迷信，扩大了地方的独立性，中央政府对地方政治的实际控制能力在日益下降，代之而起的是地方政治的军事化。这是造成中国近代乡村社会长期动荡不安的一个十分重要的原因。

（二）督抚军事专权局面的出现

太平天国运动爆发以后，清朝的正规军受到重创。作为其军事支柱的八旗、绿营武装基本上被摧毁，清朝统治者失去了控制国家武装力量的实际能力，国家军政大权渐渐落到地方官僚的手中。进入咸丰朝，一部分督抚利用内战所提供的机遇，不顾原有体制的限制，越权采取各种措施，把持与包揽本应属于中央政府的军政、财政、人事权力，使督抚职能发生了根本性的变化，即完成由平时性向战时性职能的转变。与之不同，另一部分督抚，虽也有所变化，但仍拘泥于原有体制的各种限制，远未完成向战时性督抚转变。结果，在激烈持久的内战中，前者建功立业，声威赫赫，后者或兵败身死，或失地被革；以致前者日多，后者日少，造成全国“改制”局面。随着地方武装的扩张，清朝中央政府军权的下移，地方上出现了军政合一的局面，这是清朝入关后从未有过的现象，中央对地方的严密统治的局面终于被打破，其主要标志就是湘军、淮军的兴起及其对地方权力格局的改变。

（三）曾国藩开近代历史兵为将有之先例

晚清军队由朝廷掌控到为私人所窃有，追溯起来，实始自湘军兵为将有制度之开创。前面提到，十九世纪五六十年代，为了镇压太平天国运动，清政府下令各地在籍大臣，连省督办团防。曾国藩采用新的方法，将湖南分散的地方团练进行合并，形成了独立的军事武装——湘军。在镇压太平天国的过程中，这支军队迅速发展壮大，膨胀成为一个震慑朝野的湘军集团。之所以如此，就在于曾国藩组建军队，采取了颇为有效的方法：兵为将有。在湘军集团内部，曾国藩利用同乡、门生、故吏、戚友等地缘、血缘、师生的关系纽带来形成军队的骨干，并由这些骨干自行在家招募士兵，这样便形成了从士兵到将领直至以曾国藩为中心的层层隶属机制。军队所信仰、效忠的，不再是国家而是曾国藩个人。湘军的这个特点，奠定了曾国藩在近代中国军队私人半私人化先驱的地位。

起初，湘军建立的主要目的是对抗湖南地区的太平军，后来湘军越出湖南，在东南各省纵横驰骋，成为对抗太平军的主力，这样湘军就由一省之军上升为维系清王朝统治的主要军事力量。

湘军之所以能形成强大的政治军事势力，有其特殊的组织形态与发展过程。湘军既不同于一般的地方团练，也不是受清廷直接指挥的经制之师，而是曾国藩一手创立的私人武装，其特征主要有四：一是兵为将有。清廷的绿营兵是世袭兵制，兵为国有。将领平时各驻其府，遇事由清廷授以兵符，率兵征战，事后则兵将各归其所，兵将并无私谊，难以结党营私。曾国藩利用清朝军事力量遭到重创的机会，改世兵制为募兵制，规定士兵归将领所有。统领由大帅挑选，营官由统领挑选，哨弁由营官挑选，什长由哨弁挑选，士兵由什长挑选，层层招募，各有宗派，上下一气。这样，兵权不再是国家所有，而是落入将帅个人之手。二是私谊至上。由于湘军是自行招募而成，将存兵存，将亡兵散，其上下级之间的利害关系休戚与共。将领在招募士兵过程中，重视利用同乡或家族关系，将领之间往往也是同乡、同年或师生之类的关系。整个湘军都是依靠这种私人关系来维持的，这就助长了湘军的派系观念。曾国藩本人就十分看重这一点，无论是战时调兵遣将还是平时向朝廷举荐官员，他都很强调从私人关系出发，将自己的心腹股肱竭力举荐。三是军饷自筹。八旗军、绿营兵是清朝的经制之师，故其兵饷均由政府提供。湘军初建时，军饷尚由官方提供若干，后来曾国藩发现中央财政枯竭，索要无望，于是决定自筹。湘军军饷一般由大帅就地自筹，然后自上而下分发，事后向户部核实报销。自筹军饷不仅提高了湘军内部的团结，而且也大大增加了湘军的独立性。曾国藩本人即承认：“我朝之制，一省所入之款，报明听候部拨，疆吏亦不得专擅。自军兴以来，各省丁漕等款，纷纷奏留，供本省军需，于是户部之权日轻，疆吏之权日重。”四是各尊其长。由于以上原因，在湘军中便养成一种风气，除非招募、选拔过自己的顶头上司，其他人无论官职大小、地位高低皆拒不从命。所以，不仅湘军以外的人无法指挥调遣，即使湘军内部亦节节钤束，层层下令，任何人难以越级指挥下级部队。湘军的这些特点，表明湘军不仅有别于八旗、绿营，而且具有很强的独立作战能力。在与太平军的对抗中，湘军地位日益提高，就说明了这一点。

对于湘军集团的崛起，清廷从开始就很不放心。在军事上利用它的同时，在政治上对其首领的权限严格加以限制。咸丰四年（1854 年），当曾国藩带领湘军攻占武昌的消息传到北京时，咸丰皇帝喜形于色。这时有人提醒他，“曾国藩以侍郎在籍，犹匹夫耳。匹夫居闾里，一呼，蹶起从之者万余人，恐非国家福也”[①]，咸丰皇帝听后大惊，立即收回任命曾国藩为湖北巡抚的成命。咸丰十年（1860 年），当太平军第二次进攻江南大营，大败绿营军，清政府已经无兵可恃时，才不得不任命曾国藩为两江总督兼钦差大臣，统辖苏、浙、皖、赣四省军务，所有巡抚、提督均归他节制。这样，清朝中央政府的兵权开始下移，湘军代替八旗、绿营成为国家的军事主力。与此同时，曾国藩本人也由湘军统帅变为东南各省的最高行政长官，军权与政权合一，从而开启了晚清督抚在军事上专权之局面。

为了便于作战，曾国藩又利用自己手中的权力，把大批湘军将领举荐为封疆大吏，如举荐李续宜为安徽巡抚，沈葆桢为江西巡抚，左宗棠为浙江巡抚，李鸿章为江苏巡抚。接着，四省的巡抚又将自己的部将举荐为各省的布政使、按察使；以此类推，布政使、按察使又将自己的部下举荐为各府道州县的军政长官。这样，东南地区就出现了以曾国藩为首的湘军集团，其中坚人物有胡林翼、左宗棠、李续宜、曾国荃、李鸿章等人。这些人手中既拥有重兵，又掌握地方行政大权。同时，他们还因沿袭湘军军饷自筹的习惯，控制地方财政，诸如举办厘金，改革田赋，甚至扣留解往中央政府的税收，使清政府控制地方的能力逐步丧失。此外，湘军集团还排斥异己，任用亲信，控制地方的用人大权。这样，湘军集团利用镇压太平天国运动，

① 薛福成：《庸庵全集·庸庵文续编》卷下，光绪十三年刊，第 7 页。

控制了东南诸省的军权、政权、财权与用人权，遥相呼应，清朝统治者最不愿意看到的内轻外重的局面终于出现了。①

种种事实表明，湘军集团在扑灭太平天国以后，虽然没有公开与中央政府分庭抗礼，但是督抚在军事上专权的局面已经形成。不仅如此，随着高层官僚阶层内部的分化和清政府统治的乏术，这种军事上的督抚专权、内轻外重的局面无法得到有效的控制和解决，呈现出不断增长的趋势。

曾国藩死后，湘军集团及其后起者淮军集团，已经替代八旗、绿营军成为清政府赖以维持统治的重要支柱。到光绪末年，朝廷一兵、一卒、一饷、一糈，都不得不仰求于督、抚。而为督、抚者，又都各专其兵，各私其财，唯知自固疆圉，而不知有国家。故康有为至以当时十八行省，比于十八小国。②“督抚一喜怒而百城皆风靡；督抚一去留而属吏半更新”③的局面，使朝廷“什么事都办不成，外务部正式许诺过的事，各省竟断然拒绝照办……外省反对朝廷似乎日渐激烈。前途如何谁能逆料”？④

五、袁世凯对北洋军的控制

通过 1895 年至 1898 年的天津小站练兵，袁世凯的军事地位迅速崛起。庚子之役后，袁世凯更是利用担任直隶总督兼北洋大臣重要职务之便，在清政府实施新政的合法条件下，利用慈禧太后、奕劻等人的信任，在军事权力方面迅速扩展，培植了一个由他控制的、占据国家要害部门与重要地位的军事官僚集团——北洋军。袁世凯军事地位的迅速上升，使他成为清末十年（1901 年—1911 年）为中外所瞩目的一颗政治新星。

① 参见许纪霖、陈达凯主编：《中国现代化史》第一卷，上海三联书店 1995 年版，第 97—99 页。
② 参见罗尔纲著：《湘军兵志》，中华书局 1984 年版，第 227 页。
③ 故宫博物院明清档案部编：《清末筹备立宪档案史料》（上），中华书局 1979 年版，第 267 页。
④ ［澳］骆惠敏编，刘桂梁等译：《清末民初政情内幕》（上），知识出版社 1986 年版，第 616—617 页。

在扩充、控制军队方面，袁世凯是一直不放松的。

吴虬在《北洋派之起源及其崩溃》一书中说："北洋军人，多系卵翼于袁世凯，才质驽下者居多，对上只知服从，不敢有所主张，盖北人对长官之忠，非发生于公的意识，全基于私的情感，服从之外，更有'报恩'的观念，牢不可破。只要是'恩上'，或是'恩宪'，无论是否'乱命'，亦须服从，意谓不如此则为'忘恩'，受同人道德责备，此北洋军人之共同心理。"[①]

由于袁世凯的提拔和重用，北洋集团的将领们才有了高官厚禄、锦衣玉食。因此，他们视袁世凯为恩师与主人，把个人的前程寄托给他，亦把个人的忠心和才干奉献给这位"恩上"，大有"士为知己者所用"的精神，竭尽其才能为他效力，以回报袁世凯的"知遇之恩"。他们之中的旧派官僚自不必说，就连留学日本、受过近代新式资产阶级文化教育的杨度，其政治理想亦是："欲以悬河之口及纵横之术物色一个有魄力有地位有帝王思想的主子，地位要与曾国藩相若，胆子比曾要大，然后帮他取天下，而自为开国元勋。"[②] 其理想精髓依然是传统的"效命于明君"思想。袁世凯正是通过对这些追随者施予恩惠和利益，建立起各层次的依附和效忠于他的私人关系群体，才使北洋军事集团成为他在清末民初政争中的有力工具。

（一）编练北洋六镇

经过八国联军的侵华战争，清王朝几乎颠覆。为了挽救统治，清政府开始实行国策的转移，全面举办新政，对外开放，对内改革，冀图以此来实现王朝的自救。

光绪二十七年（1901年），清政府颁布筹办新政的上谕，四月又成立了推行新政的主持机关——督办政务处，并陆续颁布了一系列关于新政的法令。对于这次新政，朝野大臣鉴于戊戌变法的教训，大多表现得畏缩不前。然而直隶总督袁世凯敏锐地察觉到，王朝衰微，民众革命情绪日益高涨，如不谋求新的对策，将很难再继续维

---

① 吴虬：《北洋派之起源及其崩溃》，章伯锋、荣孟源主编：《近代稗海》6，四川人民出版社1987年版，第223页。

② 《袁世凯窃国记》，台北中华书局1979年版，第10页。

持其固有的统治，只有抓住时机，努力推进各方面的革新，才是摄取与巩固权力的最佳办法。正因为这样，袁世凯不仅在山东时期就积极联络当时负有声望的地方督抚刘坤一、张之洞等人努力促成清廷举办新政，而且在整个新政期间，他还以“急进改革者”的面孔出现，不仅为推行新政出谋划策，并且身体力行，卓有成效。

编练新军创建北洋六镇，是清末新政的重要内容，也是以袁世凯为首的北洋集团最热衷的事情。

光绪二十七年（1901 年）十一月，袁世凯被任命为直隶总督兼北洋大臣，光绪二十八年（1902 年），袁世凯进一步兼任参与新政大臣、练兵大臣，负责办理新政，这就为他扩军提供了有利的条件。

光绪二十八年（1902 年）一月，袁世凯向清政府上奏说：“直隶幅员辽阔，又值兵燹以后，伏莽未靖，门户洞开，亟须简练师徒，方足以销萌固圉。”“惟入手之初，必须先募精壮，赶速操练，分布填扎，然后依次汰去冗弱，始可兼顾，而免空虚。现拟在顺直善后赈捐结存项下，拨款一百万两，作为募练新军之需。”[①]清政府批准了他的要求。袁世凯立即派王英楷、王士珍等人分别到直隶的正定、大名、广平、顺德、赵州、深州、冀州等地，精选壮丁六千人，集中在保定训练。这支军队被称为“新练军”。不久，袁世凯在这支军队的基础上又增募了两个营，同时又续添充马队、炮队各一标，工程队、辎重队各一营，这样新编成了北洋常备军左镇。此镇后改称为北洋常备军第一镇，驻永平府迁安县。

光绪三十年（1904 年），日本与沙俄为分割中国东北地区发生了尖锐冲突，双方战争已不可避免。袁世凯认为这是他继续扩军的又一次大好机会，于是他又上奏说，日俄“两大构兵，逼处堂奥，变幻叵测，亦不得不预筹地步。畿辅为根本重地，防范尤须稳固”，又说：“如欲慎固封守计，非十数万人不克周密。”[②]就在这一年，袁世凯完成了二镇、三镇的扩军计划：（1）以原北洋新军为基础，进行裁改归并，又派

---

① 廖一中、罗真容整理：《袁世凯奏议》（上），天津古籍出版社 1987 年版，第 428 页。

② 廖一中、罗真容整理：《袁世凯奏议》（中），天津古籍出版社 1987 年版，第 876 页。

人到河南、山东、安徽等地招募新兵，练成有步队、马队、炮队的北洋常备军右镇。此镇后改称为北洋常备军第二镇，驻马厂。（2）从北方几省招募新兵，编成北洋常备军第三镇，开始驻保定，后来驻扎在山海关至奉天一带。

光绪三十一年（1905年），袁世凯经练兵处奏准，又迅速完成了三镇的扩军计划：（1）将驻北京的武卫右军和自强军编成北洋常备军第四镇，驻扎南苑、海淀一带。（2）以山东武卫右军先锋队为基础，另招募了一些新兵合编为北洋常备军第五镇，驻扎山东济南府及潍县一带。（3）将光绪二十八年（1902年）编练的京旗常备军扩编为独立的一个镇，先驻保定，后移驻京北仰山洼。

这样，从1901年—1905年，袁世凯完成了北洋新军六镇的编练。不久，清政府下令全国新军改称陆军，并统一番号。根据光绪三十年（1904年）八月初三练兵处奏准的陆军制饷章的规定，每镇步兵二协，每协二标，马队、炮队各一标；步、炮每标三营，工程、辎重各一营。又规定：各省已经编练成军的新军，由练兵处会同奏请简派大员前往考验，择其章制、操法一律合格者，奏请钦定军镇协标号数，其编次之先后视练成之迟速为定。步队协数、马炮标数均各依次编号，工程、辎重营数则随本镇号数编定。据此，北洋各镇重新编了番号。京旗常备军因是旗兵，地位最高，编为陆军第一镇，驻迁安之原北洋常备军第一镇编为陆军第二镇，驻马厂之原北洋常备军第二镇编为陆军第四镇，驻保定之原北洋常备军第三镇仍为陆军第三镇，原北洋常备军第四镇编为陆军第六镇，驻山东的一镇改为陆军第五镇。至此，北洋六镇全部编成，袁世凯的军事实力完全形成。

北洋新军在全国各省新军中人数最多，官兵达七万之众，而且武器装备在当时国内最为先进，训练也相当正规，可以说是当时中国最强大的一支全副近代化武装的军事力量。更重要的是，在扩编六镇的过程中，已经形成了以袁世凯为核心的北洋派。

袁世凯在编练新军中深刻认识到，要迅速扩展自己军事实力，一定要取得中央政府的练兵权。为了达到这一目的，光绪二十九年（1903年），袁世凯上奏《陆军训练简易章程》，建议在中央设立练兵处。当时，慈禧太后正想通过成立练兵处集中全国新军的军政和军令于朝廷，牢牢地把军权掌握在清政府的手中，因此同意了袁世凯的建议。同年底，练兵处在北京成立。清廷任命皇族奕劻为总理练兵事务大臣，袁世凯为练兵会办大臣，皇族铁良为练兵襄办大臣。从表面上看，练兵处是由清皇族所掌握，但实际上大权却在袁世凯的手中。因为练兵处成立不久，奕劻就以自己年老多病，奏请慈禧太后将练兵一事责成袁、铁"悉心经营"(即主持练兵具体事务)。铁良尚年轻，同时又缺乏练兵经验，而袁世凯却多年练兵有方，所以实际上掌握了练兵处的最高领导权。另外，练兵处下设的各机构要人也都是袁世凯安插的亲信。袁世凯曾向慈禧太后推荐其心腹徐世昌、刘永庆、段祺瑞、王士珍等人进入练兵处，说他们随同当差有年，知之最悉，均属切实可靠之人。在他的举荐下，徐世昌任练兵处提调，刘永庆任军政司正使，段祺瑞任军令司正使，王士珍任军学司正使，练兵处的重要职位几乎全被北洋集团的成员所包揽。袁世凯还通过练兵处，制定了各种章则法令，包括新军的编制、官制、训练、装备、薪饷等各项法令。通过这些措施，袁世凯控制了练兵处的用人权、经费权、军械制造权和练兵考查权。

掌握练兵权为袁世凯迅速编练北洋六镇提供了有利条件。

光绪二十九年（1903年）练兵处刚成立，袁世凯就通过练兵处奏请朝廷向各省摊派练兵经费一千万两。光绪三十一年（1905年），各省实际交练兵处的白银九百一十一万两，而其中六百多万两用于扩编北洋六镇。袁世凯通过练兵处"征天下之饷，练兵一省"，使北洋六镇迅速成军，从而成就了他在清末民初军界强人的地位。清末十年，百废待兴，经济拮据、财政匮乏，清政府集全国财力，练北洋一省之兵，使北洋六镇迅速成军，形成了在清王朝中继湘淮军集团之后具有举足轻重地位的北洋集团，其政治后果的严重性远远出乎当时清朝当家人慈禧太后的意料。从此，在风雨飘摇中艰难度日的清政府不得不依赖这个军事集团来维护自己的统治。

袁世凯扩军，各镇重要将领都是由他亲自选定，又几乎都是小站出身。

第一镇统制先为凤山，后改为何宗莲；

第二镇统制先为王英楷，后改为张怀芝；

第三镇统制先为段祺瑞，后改为曹锟；

第四镇统制吴凤岭；

第五镇统制先为吴长纯，后改为张永成；

第六镇统制先为王士珍，后改为赵国贤。

统制以下的统领（旅长）、统带（团长）以及一部分管带（营长）也均出自小站时的旧班底。除第一镇因是旗兵，袁世凯不能完全控制外，其余五镇都是袁世凯的嫡系部下。

除六镇正规军外，袁世凯又把驻直隶的淮军各营整顿统一改编为三十九营，名为“北洋巡防淮军”，又称“北洋巡防营”，分为前、后、中、左、右五路，以夏辛酉、张勋、李天保、徐邦杰、邱开浩分别统带，驻扎直隶各州县，专用于“弹压地方，缉捕盗贼，以及保护陵寝，巡查铁路、电路”。此外，宋庆的武卫左军（又称毅军）共二十余营，其中各将弁多系袁世凯先人旧部。光绪二十八年（1902 年）宋庆死后，由马玉昆接统，其中八营拨归姜桂题统率，倪嗣冲被任命为营务处长官。光绪三十四年（1908 年）马玉昆死，毅军全部由姜桂题接收，纳入袁世凯的北洋军系统。这样，袁世凯手中实际掌握着近十万的新军武装，形成了一个以他为中心的庞大的北洋军事集团，为他日后以军事力量操纵政坛，乘辛亥革命之机角逐国家政权奠定了基础。

（二）军事学堂的创办

中国近代军事学堂的开山鼻祖是李鸿章。光绪十一年（1885 年），他在天津创设的北洋武备学堂是中国第一所比较正规的陆军军事学堂。后来随着清末大规模编练新军，该学堂培养的军事人才已远远无法满足发展的需要，因此开办新式军事学堂，就成为清末新政中的一项重要内容。

早在光绪二十一年（1895 年）冬，袁世凯到小站练兵，通过“查看情形，尤觉设立学堂为练兵第一要义”。光绪二十二年（1896 年），他在上书清廷“请设学堂原禀”获准后，从此开始了他创办近代军事学堂、培养军事人才的生涯。

为了培养大批军事官员，扩大北洋军势力，以袁世凯为首的北洋集团积极兴办一大批军事学堂。在这些军事学堂中，既有专门负责培养指挥方面高级将领的，也有专门培养技术军官的；既有担负军官养成教育的，又有专司在职军官培训提高的，还有负责速成军官教育的。通过开办军事学堂，袁世凯将培训军官的大权牢牢抓在自己的手中。

光绪二十七年（1901 年），袁世凯改任直隶总督，移驻保定后，成立北洋军政司，自兼督办。下设兵备、教练、参谋三个处，由刘永庆、段祺瑞、冯国璋分别担任总办。为培养北洋军的各级军官，培植自己的势力，袁世凯在编练北洋新军的同时，于保定和天津又开办了一批军事学堂。主要有：

（1）北洋行营将弁学堂。光绪二十八年（1902 年）五月开办。督办冯国璋，总办雷震春，总教习为日本步兵少佐多贺宗之，副总教习为日本工兵大尉井上一雄。内设学额一百二十名，其中将领二十名，哨官长四十名，弁目六十名，教以军制、战法及通信、测绘、数、理、化等课程。这所学堂主要抽调直隶、淮练各军哨官为学员。同时山东、山西、河南等省也选送官弁来堂学习，故又称“各省将弁学堂”。学堂以八个月为一期，共办四期。

（2）练官营。光绪二十八年（1902 年）开办，主要训练在职军官，分步、马、炮、工四个队。总办冯国璋，帮办张士钰，步队队官李泽霖，马队队官王廷桢，炮队队官张绍曾，工程队队官贾宾卿。在开办练官营的过程中，冯国璋遴派教员修明操法，在北洋旧有之军与新成之军教练渐归一律方面起到了一定的作用。

（3）参谋学堂。光绪二十八年（1902 年）开办，旨在培养幕僚官员。段祺瑞以参谋处总办兼参谋学堂总办，靳云鹏、陈调元、吴新田、段芝荣、师景云、张联棻等均是该校学生。

（4）测绘学堂。光绪二十八年（1902 年）开办，亦以段祺瑞为总办。吴佩孚即由此学堂毕业。测绘学堂与参谋学堂设在一个院内，同属于参谋处，因此也有测绘学堂为参谋学堂测绘班的说法。

（5）北洋陆军师范学堂。光绪三十年（1904 年）十二月开办，学生从北洋武备学堂中考选，改为陆军师范生，学习师范课程，培养各省陆军小学的师资，由军令司副使冯国璋督饬办理。

（6）宪兵学堂。于光绪三十一年（1905 年）建于天津塘沽原水师营房，监督为张文元。学员分学员班和学兵班：学员班招北洋陆军速成学堂毕业生及北洋初级军官五十名；学兵班招士兵之优秀者百名。光绪三十四年（1908 年）十一月，该校改隶陆军部，改名为“陆军警察学堂”。

（7）马医学堂。创建于光绪三十年（1904 年）十一月，校址在保定。民国后改名为陆军兽医学校，并继续招生。

（8）军医学堂。光绪二十八年（1902 年）八月，袁世凯在天津筹建行营军医学堂，光绪三十四年（1908 年）定名为陆军医学堂，未几易名为陆军军医学堂。学堂设医科、药剂两科，分预备、正科两级。医学四年期满，加预备科一年，共五年毕业；药科三年期满，加预备一年，共四年毕业。该校是中国较早设立的医科大学，在军队医疗及社会上都有着较为广泛的影响。

（9）军械学堂及经理学堂。光绪二十九年（1903 年）由袁世凯于北洋速成武备学堂内开办，各挑选速成学生 40 名加以培训，后两学堂与师范学堂一道均属于速成武备学堂，成为军械班和经理班。

（10）北洋陆军武备学堂。光绪二十九年二月二十二日（1903 年 3 月 20 日），袁世凯提出创办新军正规学堂的计划。学堂分小学堂、中学堂、大学堂三个不同的等级，“合计通筹以十二年为卒业程度”。但他又认为，中国“风气初开，根柢尚浅”，中学和大学，只可从缓建立。“为今之计，惟有赶紧兴办小学，以为造端之基。”同时，另设“速成学堂一区，以为救时之用”。根据这一设想，于光绪二十九年（1903 年）在保定创办北洋速成武备学堂，隶属于北洋军政司教练处。冯国璋任教练处总办兼学堂督办，学制二年，共三期。其中第一期学员全为北洋六镇中优秀在职军官，受到袁世凯、冯国璋、段祺瑞的重用，成为北洋军的骨干力量，形成了“北洋武备派”的军事团体。

（11）陆军速成学堂。光绪三十二年（1906 年），清廷改兵部为陆军部，将北洋陆军武备学堂收归陆军部管辖，更名为陆军速成学堂，又称陆军协和速成学堂。同年十一月，段祺瑞任学堂督办，郑汝成、赵理泰先后任学堂总办，曲同丰、吴纫礼、何绍贤先后任学堂监督。招生范围也由北方各省扩大到全国。

（12）陆军军官学堂。光绪三十二年（1906 年）五月，袁世凯奏请开办陆军军官学堂，即保定军官学堂。宣统二年（1910 年），该校改名为陆军预备大学堂，专门培养高级军事指挥人才和参谋人员。创办时，督办为段祺瑞，监督为张鸿逵。宣统二年（1910 年），督办改为总办，由张鸿逵继任。军官学堂是当时中国规模最大、设备最完善的高等军事学堂，民国后改名为陆军大学。

（13）北洋陆军讲武堂。为轮训在职军官，于光绪三十二年（1906 年）在天津创办，总办为蒋雁行。

此外，袁世凯还创办了电信、信号学堂等。①

袁世凯创办的军事学堂，成为清末民初中国军事人才的摇篮。大致统计，这些军事学堂培养出来的成员主要有：

新建陆军随营武备学堂：靳云鹏、贾德耀、傅良佐、吴光新、曲同丰、陈文运、张树元、张士钰、李仲岳、纪良、李玉麟、段启勋、冯俊英、郑士琦、何丰林、臧致平、丁搏霄、冯克耀、高鹤、田书年、卫兴武、李长泰等。

参谋学堂：张联棻、师景云、熊秉琦、吴新田、杨文恺、陈调元等。

测绘学堂：吴佩孚、曹瑛等。

北洋速成武备学堂：杨文恺、卢香亭、齐燮元、齐振林、李景林、何恩溥等。

陆军军官学堂：师景云、熊秉琦、吴兴新、马毓宝、张学颜、张荣魁、方本仁、孙岳、唐国谟、胡龙骧、王都庆、李济臣、张敬尧、何遂等。

北洋行营将弁学堂：李廷玉、刘槐森、刘汝贤等。

陆军速成学堂：张国溶、刘玉珂、杨文恺、陈嘉谟、刘询、孙传芳、周荫人、唐之道、王金钰、宋邦翰、蒋介石、张群等。

---

① 参见姚奇：《论清末的军事学校》，《社会科学辑刊》1997 年第 2 期；朱建新：《清末陆军学堂》，《历史档案》1997 年第 3 期；任方明：《袁世凯与直隶军事教育》，《文物春秋》1997 年第 4 期。

北洋陆军讲武堂：卢金山、田中玉等。

陆军大学：李济琛、徐永昌、秦德纯、刘光、魏宗翰、崔承炽、熊斌、刘骥、郭松龄、阮肇昌、陈文运、陶云鹤等。

到了民国初年，这些学员大多脱颖而出，高升为旅长、镇守使、师长、将军、督军的，比比皆是，有的甚至成为北京政府的总长、总理乃至国民党南京政府总统、总理，对民国年间国民党新军阀的形成和混战，皆产生了深刻的影响。

（三）北洋新军私人化缘由

清末编练陆军，对内动机原起于清政府欲集权中央，而献此策的人就是袁世凯。从当时的设施看来，特设全国练兵处，以亲王总司其事，由练兵处厘定军制，画一全国编制，一扫咸同以来督抚自专兵柄，各省自为风气之弊。其后甚至将道光以前绿营兵政分寄督抚的旧制亦行废除，而将各镇兵政直隶于陆军部，督抚不得过问，一时间中央集权雷厉风行，无以复加，兵权既完全集中于中央政府，道理上则不应有兵归私人之事的发生，然则当时全国陆军精锐北洋六镇、以至皇室的禁卫军都成为袁世凯的势力，其原因又在哪里呢？

刘锦藻在《皇朝续文献通考》中说：

> 立国之道，莫要于治兵。而治兵之机，尤贵上下相系，人人有亲上死长之心。我朝以武力开国，惟其权操自上，而又知人善任，用能使八旗、绿营之兵，拓疆万里，宾服八荒，勋业之隆，前古无匹……自光绪间改建新军，在朝廷惕于外侮，不惜舍己从人，以为壁垒更新，士气可振。讵意魁柄旁落，忧伏萧墙，盖但骛其名，不求其实，未知列圣创业垂统，谟猷至为深远，其要道有在整军经武之外者。有法无人，足昭炯戒！

刘锦藻继续分析说：

> 国朝初设军机处，原以承受方略，承平日久，渐专政务。咸同军兴以后，

京外大臣有戡乱之功，于是兵权又渐移而分寄于督抚，故先朝谕旨有各省练兵自为风气语。光绪二十九年设练兵处专司其政，遂编练陆军，使归一政，原有规复旧法之意，乃行之不善，竟召大祸。

概括刘锦藻的上述观点，他本是赞同施行中央集权的，但他却又指责清廷柄政者徒骛其名，不求其实，且用非其人，轻假事权，遂至魁柄旁落，忧伏萧墙。从这点而论，刘锦藻所言确实不无道理。

但是，当时清政府由慈禧太后主政，她久经忧患、手腕狠辣，按道理袁世凯不可能轻易就把清廷的兵权潜移默化转入己手。原因还得从练兵处入手进行分析。

清末练兵一事倡议于袁世凯而决定于慈禧太后。袁世凯的声望、才识、魄力都足以胜此任，其人因戊戌政变时效忠于慈禧太后，庚子之变、两宫流亡之时对朝廷在财力、精神等方面上又极力支持，故为慈禧太后所信任，而其所陈练兵以归中央的集权宗旨亦为慈禧太后所乐闻，故慈禧太后遂决策委袁世凯以练兵的事权。但慈禧太后对袁世凯并不完全信任，练兵处设立时，特以庆亲王奕劻为总理，而以袁世凯为会办，铁良为襄办。这是仿光绪中叶创建海军设海军衙门以醇亲王奕譞为总理，李鸿章为会办前例。不过事例虽同，而实质则不同，海军衙门只是一个摆空架子的军事机关，无事功可为，论者称为修颐和园衙门。练兵处需雷厉风行办理全国练兵规划、筹饷事，但奕劻对练兵事并无经验，亦无能力，复为袁世凯所笼络，于是练兵处事权，实际上落入袁世凯一人之手。尚秉和在《德威上将军正定王公行状》一文中记其事说："时练兵处训练大臣皆王公及宰相兼领，其编定营制，厘定饷章，及军屯要扼，皆公（袁世凯）及冯、段诸公主之，王大臣画诺而已。"故练兵处虽是中央特设统筹全国练兵的中枢，实则和袁世凯私人机关无异。当练兵处成立时，御史王乃徵就上奏请收回成命，告诫清廷防止袁世凯专权，然而奏上朝廷不察，袁世凯乃得假中央雷霆之威以行个人掌控兵权之实，征全国的财力，以养北洋六镇之兵。故咸同后，督抚专政不过造成中央政令不行的局面，而袁世凯则踞练兵处挟中央以令各省，兵权饷权都操于其一人之手，兵将又都为他的心腹，即禁旅亦为爪牙。迨大势既成，清室始惶惶然以收袁世凯兵权为急务，然已积重难返，魁柄已无可挽回。辛亥革命时，清廷终不得不起用袁世凯以指挥北洋诸镇，袁世凯遂因势乘便以倾覆清室。①

六、清政府“削藩”及结果

（一）慈禧太后对湘军集团的操控

同治、光绪年间，清王朝虽然镇压了太平天国运动，渡过了统治危机，但却无法收回在战争过程中流失到地方督抚手中的权力，也无法改变权力构成上的外重内轻的格局。面对中央与地方关系中这种不正常的状况，在镇压太平天国、渡过了统治危机之后，清政府采取了一系列控制地方督抚势力膨胀的政策。

1. 裁湘军恢复绿营

攻陷天京的硝烟方散，清政府就开始实施削弱勇营、恢复绿营的举措。湘军集团拥有巨大的军政实权，几与清廷形成双峰对峙，因而出现过相当紧张的局面。作为湘军集团首领的曾国藩，战功高、军权大、地盘广，自然就成为众矢之的。正如曾国藩的心腹亲信赵烈文所说：“同治改元至今，东南大局，日有起色，泄沓之流以为已安已治，故态复萌，以私乱公，爱憎是非，风起泉涌，辄修往日之文法，以济其予夺之权。数期之间，朝政一变。于是天下识时俊杰之士，皆结故旧，驰竿牍，揣摩迎合，以固权势，而便兴作，外之风气亦一变……大难既稍夷矣，事功见不鲜矣，袖手之计改而争先，忌惮之心亦为慢易，则疑谤渐生，事多牵制，必然之势，初不因权重之故也。”② 消灭太平天国后，曾国藩集团就面临着两种选择：要么裁军，以打消清政府的猜疑与不安；要么起而反叛清政府，进而取而代之。曾国藩既然不愿造反和冒险，就不能不赶快裁撤湘军，以打消清廷的疑忌心理。事实上，富有政

① 参见罗尔纲：《晚清兵志》第四卷《陆军志》，中华书局 1997 年版，第 219—222 页。

② ［清］赵烈文：《能静居日记》同治三年四月初八，岳麓书社 2013 年版，第 771—772 页。

治经验的曾国藩，在攻下天京后的第十九天，即奏请裁撤最让清廷不放心的曾国荃军，紧接着又让乃弟告病乞休，带所部先撤回籍。至同治五年（1866 年），不仅曾国藩直辖军二万人裁撤几尽，且左宗棠湘军及湖南、湖北、江西、四川等省湘军也相继大量裁撤，五十多万湘军，除李鸿章淮军已自成体系不计外，留存的不过十余万人，而且这十余万人又为驻防各地所必不可少。这样，清廷的戒备与疑忌心理自然也就大为缓解下来，各方对曾国藩的责难也就烟消云散。

在裁撤湘军的同时，清政府为恢复绿营额兵进行了一番努力。

自湘军攻陷安庆、对太平军稳操胜券以来，即不断有人奏请恢复绿营额兵。同治元年（1862 年），江西巡抚沈葆桢奏请整顿江西绿营，其后未能按计划实施。同治二年（1863 年），又有人要求恢复浙江绿营。同治三年（1864 年），先是安徽巡抚唐训方，转呈僧格林沁的咨文于两江总督曾国藩，要求恢复安徽绿营，接着湖北巡抚严树森又奏请补充江苏、浙江、安徽等省绿营额兵，清廷令各省督抚妥议具奏。两江总督曾国藩会同安徽巡抚上奏提出，安徽原设绿营额兵散亡殆尽，应仿照浙江成案，溃卒不赀准收伍，间存零星孱弱之兵即予一律裁撤，其营汛将缺出，并请暂缓叙补，统俟一二年后军事大定，或挑选勇丁，或招募乡民，次第简补，以实营伍而复旧制。同年，山东巡抚阎敬铭奏请“饬多隆阿募北方将士，教之战阵，择其忠勇者，补授提、镇、参、游，俾绿营均成劲旅”，以矫“专用南勇”之弊，兼杜“轻视朝廷之渐”[①]。不料，多隆阿该年死于陕西周至，僧格林沁次年死于山东菏泽，这一切使清廷撇开湘淮将领而恢复绿营旧制的计划化为泡影。与此同时，清政府还令直隶总督刘长佑挑练直隶绿营，组建六军，冀成劲旅。但由于兵、户两部的干预，改造很不彻底，致使腐败依旧，战斗力太差，在西捻军面前一触即溃，实验遭到失败。同治七年（1868 年），捻军失败后，清廷立刻下令裁撤淮军，但很快发现，撤勇之后别无劲旅可资调遣，不仅京畿空虚，整个清王朝亦将失去军事支柱，只好收回成命，令湘淮军驻扎各地，维持统治秩序。迨至同治八年（1869 年）曾国藩就任直隶总督

① 《清史稿》卷 438，《阎敬铭传》。

重新练兵时，清廷只好同意他的奏请，挑选绿营精壮，完全按照湘军营制，由湘军将领进行训练，彻底割断同原绿营的一切联系。虽兵源来自绿营，但营制、风气全变，故而改名练军，再不是原来的绿营额兵。此后，各地虽仍保有一部分绿营，但总的来讲，清政府恢复绿营额兵旧制的努力失败了。①

2. 利用、抑制、打击、分化、瓦解地方实力派集团

清政府既然无法收回在战争过程中失落到地方督抚手中的军政权力，又不愿意使自己就这样处于软弱而被动的地位，因而，慈禧太后遂利用自己至高无上的地位，千方百计地抑制地方督抚，借以维护清王朝的统治。其主要措施就是利用与制造各种矛盾，运用驾驭之术，使地方督抚，特别是湘淮两大军事集团相互制约，以达到分而治之的目的。主要表现在：

（1）袒沈压曾。沈葆桢本属曾国藩的幕僚，曾国藩曾经重用他征收厘金、办理营务，后又保奏他担任江西巡抚。同治三年（1864 年）三月，正当曾国藩粮饷困难、日夜忧惧、担心围攻天京之役功亏一篑之时，沈葆桢未经协商，突然奏准将原解安庆粮台的江西厘金全部截留，留充本省之饷。曾国藩闻讯惊慌，上疏力争。清政府乘机偏袒沈葆桢，不仅将曾国藩经办的江西厘金全部划拨归沈葆桢使用，还指示户部对曾国藩加以刁难，使曾国藩背上广揽利权、贪得无厌的恶名。由此引发了曾、沈之间的内争，致使二人关系从此破裂，而清政府则坐收渔人之利。

（2）抑曾扬左。清政府分化曾国藩集团的政策，除了袒沈压曾之外，还有抑曾扬左。左宗棠生性狂傲，自视甚高，长期以来对曾国藩在湘军集团中的领袖地位不时发起挑战。清廷正好利用这种矛盾，一方面对曾氏兄弟加以抑制；另一方面，又不断对左宗棠加以重用。在使曾国藩的亲信纷纷落职的同时，又将左宗棠及其亲信安置到曾氏亲信原来的位置上，从而达到分而治之的目的。

（3）抑湘扬淮。李鸿章及淮军本为曾国藩一手提拔而成，但李鸿章自成山头后便对曾国藩阳奉阴违。根据这种情况，清政府设下抑湘扬淮之策，利用李鸿章打击曾国

① 参见朱东安：《太平天国与咸同政局》，《近代史研究》1999 年第 2 期。

藩与其他湘军将领，从而达到分而治之的目的。从同治八年至同治十三年（1869年—1874年）总督的任命中便可充分体现出这一点。在这六年中，两江、陕甘和云贵三总督，分别为湘军集团曾国藩、左宗棠、刘岳昭等人出任，而直隶除了曾国藩有一年多担任总督外，和湖广一起则归李翰章、李鸿章两兄弟。而早在同治三年（1864年）时，湘军集团就已有六位总督，淮军集团尚无一人担任总督职务。清廷这样的安排自有其深意，让李氏兄弟同膺重任，不仅是以罕见的殊荣笼络之，而且还有平衡湘淮两个军事集团的一面。更何况李鸿章在同治十三年（1874年）又升至文华殿大学士，而此时曾国藩还只是等级稍次的武英殿大学士。不仅如此，清廷还重用李鸿章为直隶总督兼北洋大臣，让其参与中枢大政。这样抑湘扬淮，除了李鸿章为人圆滑、长袖善舞外，更主要是淮军集团为后起之秀，资历声望、军政实力等都还远不如湘军集团，让之处于较优越的地位，就可以起到相互牵制的作用。

3. 扶植清流派，从舆论上抑制地方实力派

清廷制约地方实力派的招数还有以文制武，即以言官、御史、词臣从舆论上制约地方实力派。在清朝中央政府中，除掌握实权、津要的军政官员外，还有一部分官员可以制造舆论的力量，如都察院六科十三道监察御史、詹事府所属词臣等。他们地位虽然不高，既无决策权又无执行权，但他们却可以接近朝廷，上书言事，参与一些问题的讨论。而御史还可以风闻奏事，不会因言而获罪。所以，他们所奏无论对与不对，朝廷采纳与否，内阁一旦发抄，便经由《京报》风闻全国，形成一种舆论的力量，即所谓的“清议”。任何官员，一旦受到舆论的贬损，便会在政治上陷于被动，重者丢官，轻者降调，最低也会影响自己的前程。因而，一般人都害怕受到清议的指责。最高统治者慈禧太后，不可能不对之加以发挥和运用。事实上，面对积重难返、外重内轻的局面，同治三年（1864年）以来，慈禧太后即注意刻意培植和利用清议的力量，制造舆论，操纵形势，以达到打击和控制握有重权的地方实力派的目的。

同治四年（1865年），醇亲王奕譞指使其爪牙蔡寿祺首先发难，毫无根据地指责湘军元老陕西巡抚刘蓉向权贵行贿，并对曾国藩、曾国荃、骆秉章、李元度等人连带非议责难，要求清廷“振纪纲”，对他们严加训诫，甚至给予处分。其打击湘军集

团、剥夺他们的权力、树立清廷的纪纲之意图十分明显。

同治五年（1866年），正当清廷与曾国藩集团之间因曾国荃参劾湖广总督官文一事关系骤然紧张之际，曾国藩又剿捻受挫。京中御史乘机纷纷上疏弹劾曾国藩，致使曾国藩心怀惊惧，有苦难言。

同治九年（1870年），曾国藩因办理天津教案不善又受到清流派的猛烈攻击，致使曾国藩忧惧成病，从此心灰意冷。清廷这种用清流派制约地方实力派的做法，引起了曾国藩集团的大为不满。郭嵩焘在给曾国荃的信中就说“历观言路得失”，“敢直断言曰：‘自宋以来，乱天下者言官也。废言官，而后可以言治’”。[①] 对于清流派的无端攻击，曾国藩虽然心中不满，但只能忍气吞声，不敢据理抗争。如此看来，慈禧太后挟居高临下之势，行以言官压制地方实力派之策，在内轻外重已成定局的情况下求得中央与地方之间平衡和政局暂时的稳定，还是行之有效的。

经过慈禧太后的整顿，同光年间中央政府的权势的确有所回升，湘军对中央政府不再构成威胁，地方督抚的任免大权仍然牢牢操于中央政府之手，但这并不能改变军政大权旁落地方的严重事实。中央与地方的关系仍然在不断的博弈中发生着变化。

（二）对地方督抚军权的回收与控制

同光年间，在削弱湘军集团后，慈禧太后也加强了对李鸿章淮军集团的操控，继续恢复中央军政大权高度集中的体制。

1. 化勇为兵，将地方督抚开创的勇营体制纳入中央集权的系统之中

前面提到，早在清军与太平军内战时期，清政府就开始了重整绿营、裁抑湘军的努力。自湘军攻陷安庆、对太平军稳操胜券以来，在慈禧太后授意下就不断有人奏请恢复绿营额兵。此后，以复绿营抑湘勇之势紧锣密鼓，只是由于多隆阿、僧格林沁先后在与太平军、捻军作战中战死，加上湘、淮军集团极力抵抗才未能如愿。在平定太平军、捻军后，清廷开始大肆裁减湘、淮二勇，后来鉴于已无兵可用、兵

---

① 郭嵩焘著：《养知书屋文集》第十卷，光绪十八年刊，第28页。

不如勇的状况，才决定改裁为留，将勇军改为防军，承认其为国家的经制之兵，从制度上、饷源上将之纳入中央政府的控制之列。同时，清廷还加快了改造绿营的步伐。同治四年（1865 年），清政府兵部、户部召开会议选练直隶六军，确定了“练军”的名称。在实行改勇营为防军、整顿绿营为练军的同时，在军事工业方面，为了改变以曾国藩、李鸿章为代表的汉族官僚地方武装迅速膨胀的局面，清廷又急于建立由中央政府直接控制的军事工业。同治五年（1866 年），恭亲王奕䜣奏准在天津设局制造各种军火，由三口通商大臣崇厚负责筹划。崇厚奉旨后，一面觅雇工匠，购地建厂；一面购买机器，开始建立中央政府自己的军工企业。他首先委托英国人密妥士赴英采购机器，不久又听取了就近采办的建议，在上海、香港等地也购买了一部分机器。同治九年（1870 年），筹建工作基本完成，自英国购买的机器安置在天津城东贾家站，是为东局，规模较大，自上海、香港购置的机器安置在城南海光寺，是为西局。两局都是天津机器局的一部分。

2. 设立海军衙门，把几支由地方疆吏分掌的海军权力收回归中央政府管辖

中国创建海军，始于曾国藩的购舰之议，在受挫于英国企图控制中国海军的阴谋后，曾国藩复认为与其购买外国船舰，还不如自己购其机器自行制造为宜，遂开始选觅能工巧匠，进行战船制造的实验。此后，同治五年（1866 年），左宗棠设立了福州船政局，与此同时，李鸿章在上海开办了江南制造局，中国海军开始筹办。到光绪十年（1884 年），由地方创办的水师已经初具规模，北洋海军有战舰十四艘，分驻大沽、旅顺、营口，管辖奉天、直隶、山东海面；南洋海军有战舰十七艘，分驻江宁、吴淞、浙江等地；负责东南沿海一带海面；福建海军有战舰十一艘，负责守卫海口与巡守台湾、厦门及琼崖海面。在这种情况下，光绪十一年（1885 年），清政府决定设立海军衙门，把由地方控制的水师大权收归中央管辖，清廷任命醇亲王奕譞为总理海军大臣，庆亲王奕劻、李鸿章为会办大臣，善庆及曾纪泽为帮办。清政府这样的人事安排，用意很深，一方面加强了统一领导，大权归于中央；另一方面又限制了李鸿章、曾纪泽、左宗棠等地方督抚管理海军的权力。但是，由于醇亲王奕譞对海军事务一窍不通，奕劻又唯唯诺诺，善庆地位甚低，因此，海军衙门名义上是

管理和指挥全国海军的机构，实则无权，权力仍操纵在当时最大的地方实力派李鸿章等人的手中。

3. 从财政上剥夺地方的利源

由于太平天国运动时期地方财政的增长、奏销制度的松弛，清朝中央政府已经无法掌控全国各地财政收支的准确情况，这就大大影响了中央政府对地方军事力量的掌控。为了改变这种现状，洋务运动时期，清政府采取了中央与地方专项经费和税收分成的办法，企图以此为途径来改变地方财政权力过大的情况。

在清朝财政制度中，本无中央专项经费之名，地方存留之外，统归中央调度，无须设专项经费名目。偶设专项经费名目，也只是中央从各省报解银数中专列一会计科目，以便核算，无关乎解协饷制度。而同治以后所设专项经费，则是由中央规定一项专项经费的总额，然后分摊到各省关，在形式上仍采取指拨的方式。这是在承认地方财政利益的前提下，用于确保中央财政需要的一种变通办法。这种专项经费，是根据户部已掌握的各省关的“的款”（确有款项）来进行指拨的，至于指拨之后地方财政有无机动的非经制开支，户部是不管的。洋务运动时期，中央专项经费主要有京饷、固本京饷、东北边防经费、筹备饷需、加放俸饷、加复俸饷、京师旗营加饷、海防经费、备荒经费、船政经费、出使经费、铁路经费、内务府经费等十几种。这一时期中央政府向地方所摊派的各项专项经费，是为了确保各省新增收入中中央财政所占的份额。

在国家税收分成问题上，太平天国运动时期，各口洋税大多为地方截留，中央政府几乎无从染指。对此，清政府十分不满，但迫于客观情况，还是容忍了下来。战争过后，清廷立即通过对外赔款，间接地取得了四成洋税的支配权。到同治五年（1866 年）赔款偿清以后，四成洋税就成为清政府直接控制的重要财源。在子口税与厘金问题上，清政府也不满足厘金征收利归督抚，而子口税收入利归中央的现状。咸丰八年（1858 年），中英签订《天津条约》，根据条约规定，洋货进入内地，在交纳了子口税之后，不再需要交纳厘金。通过这项规定，清廷实际上就把原来一部分属于地方财政的收入重新转移到了中央政府的手中，这充分反映了清政府对地方财政的攘夺情况。

4. 继续运用操纵、平衡之术，控制几个主要的地方利益集团

镇压太平天国运动后，鉴于湘军集团的强大，清廷采取的对策是“扬淮抑湘”与“扬左抑曾”，用分化瓦解手段迫使曾国藩不敢稍有非分之念。到十九世纪八十年代，湘军集团已不构成对朝廷的威胁。随着李鸿章淮军集团的膨胀，清政府又采取了“扬左抑淮”“用左制李”的政策，扶植左宗棠的湘军集团与李鸿章淮军集团抗衡。最明显的例子就是在海塞防之争问题上，清政府针对李、左两集团的利益分别加以操纵，既使李、左各自发展，分别发展海防与收复新疆；又使二者互相竞争，各不相让。为了制约李鸿章，清政府甚至两次调左宗棠入主中枢，并扶植与发展福建水师，“益扬左以抑李”[①]。只是由于左宗棠为相能力甚差及身体老朽不堪而未能满足清廷制约李鸿章集团的目的。醇亲王奕譞就曾经说过：“湘淮素不相能，朝廷驾驭人才正要如此。似宜留双峰插云之势，庶收二难竞爽之功。否则偏重之迹一著，居奇之弊丛生。”[②]到了十九世纪八十年代中期，随着左宗棠的去世，湘军集团势力衰落，洋务派形成了淮系一支独秀的局面。最高统治者慈禧太后又采取扶植洋务派后起之秀张之洞，以期达到牵制淮军集团的目的。如光绪十五年（1889 年），张之洞调任湖广总督，他在两广总督任上筹建的枪炮厂发生去留问题。继任两广总督李瀚章对办洋务并不热心，不愿接办，但他却积极建议将枪炮厂移往北洋，由胞弟李鸿章接管。总理海军衙门大臣醇亲王奕譞对淮系势力过分膨胀十分担忧，暗示张之洞继续办理枪炮厂。张之洞随即要求枪炮厂移鄂，所需款项仍由粤省垫付，海军衙门和户部会同批准了张之洞的要求。正是在清政府的扶植下，张之洞迅速组成了一个实力雄厚、自成系统的洋务集团。对慈禧、奕譞的这种掣肘裁抑，李鸿章虽然不满，但又无可奈何，甚至一度把希望寄托于光绪皇帝的亲政上面。他说：“但冀因循敷衍十数年，以

---

① 秦翰才辑录：《左宗棠逸事汇编》，岳麓书社 1986 年版，第 78 页。

② 苑书义著：《李鸿章传》，人民出版社 1994 年版，第 158 页。

待嗣皇亲政，未知能否支持，不生他变。焦悚莫名。”[①]中日甲午战争失败后，李鸿章在总结其举办的洋务运动失败原因时说：“我办了一辈子的事，练兵也，海军也，都是纸糊的老虎，何尝能实在放手办理？不过勉强涂饰，虚有其表，不揭破犹可敷衍一时。如一间破屋，由裱糊匠东补西贴，居然成一净室。虽明知为纸片糊裱，然究竟决不定里面是何等材料。即有小小风雨，打成几个窟窿，随时补葺，亦可支吾对付。乃必欲爽手扯破，又未预备何种修葺材料，何种改造方式，自然真相破露，不可收拾。但裱糊匠又何术能负其责？”[②]对慈禧太后及清流派的不满溢于言表。

十九世纪八九十年代，洋务运动进入鼎盛时期。洋务运动使中国社会发生了重大变化。洋务派对清王朝的内政、外交、军事、经济产生了越来越重要的影响。在这种情况下，清廷既要依靠洋务派，又担心洋务派不好驾驭，富于权术的慈禧太后又玩弄起“以清议维持大局”的手法，鼓励一些大学士、言官和御史制造舆论，抨击时政，弹劾权贵，以此牵制洋务派，这是清流派产生和活跃一时的缘由所在。清流派一些主要人物如李鸿藻、翁同龢甚至进入枢府，而张之洞则既兼清流身份又拥有一方势力，更是让李鸿章的淮军集团不敢轻视。总的看来，慈禧太后在洋务运动时期运用平衡、牵制之术对地方的操纵和控制还是起到了一定作用的。

（三）慈禧太后与载沣对待袁世凯集团的不同策略

1. 慈禧太后既用又防之策略

中日甲午战争后，编练新军之议蜂起。对于“以武功定天下”的清王朝来说，还有什么比军备废弛更大的危机呢？于是，朝廷上下以练兵自强为急务，从而有了袁世凯编练新建陆军以及不久由此改编而成的武卫右军。在八国联军侵华战争中，清王朝的军事力量，除袁世凯的武卫右军外，全部溃散。回銮后，面对清王朝的统治机器亟须重建的严峻现实，慈禧太后再次将这个重任寄托在袁世凯的身上，用袁

---

① 《复鲍华潭中丞》,《李文忠公全集》朋僚函稿，卷 15，第 10 页。

② 吴永口述:《庚子西狩丛谈》，岳麓书社 1985 年版，第 107 页。

世凯练兵，重建清王朝的国家机器。从光绪二十八年至光绪三十一年（1902年—1905年），袁世凯完成了北洋新军六镇的编练工作。北洋六镇在全国各省新军中人数最多，武器装备最先进，训练也相当正规，成为维护清王朝统治的主要军事力量。在重用袁世凯练兵的同时，慈禧太后也拔擢瞿鸿禨、岑春煊等汉人官僚来制约袁世凯。瞿鸿禨被任命为军机大臣，岑春煊则被提拔为两广总督。慈禧太后希望通过这样的办法，让他们与袁世凯达成新的权力平衡。终慈禧太后之世，对袁世凯宠信不衰。慈禧太后一方面要依赖借重袁世凯练兵集权，另一方面又绝不能让袁世凯越雷池一步，萌生更大的政治野心。应当说，慈禧太后的政策是成功的。在著名的丁未政潮中，瞿鸿禨、岑春煊先后发起倒袁行动。慈禧太后洞察曲直，坚持宠信袁而舍瞿、岑。取舍之间，关键在于实力的有无大小。面对汹涌的革命浪潮，权倾朝野、实力雄厚的北洋集团对清政府来说，分量比瞿、岑重得多。除了继续重用袁世凯、张之洞这样举足轻重的汉大臣来抵消“排满”革命的举动，维持清王朝的统治，难道还有什么更高明的办法吗？在维护清王朝统治上，政治利益永远高于内部分歧。在北洋集团产生、发展、形成的过程中，慈禧太后对之依赖和支持是主要的，其间虽然不无牵制、裁抑，是为次。

2. 摄政王载沣全面排斥之政策

光绪三十四年（1908年）十月二十一日，正当盛年的光绪皇帝病逝于瀛台。光绪皇帝死后，其侄溥仪奉慈禧太后懿旨，“入承大统，为嗣皇帝”。随后，溥仪之父载沣亦奉“病势危笃，恐将不起”的慈禧太后之命监国，嗣后“军国机务，中外章奏，悉取摄政王处分，称诏行之，大事并请皇太后懿旨”。十月二十二日，掌握清朝政权四十八年之久的慈禧太后去世，永远地放弃了她手中的权力。十一月初九，太和殿上举行了清入关后的第十次登基大典，溥仪登基，以明年（1909年）为宣统元年。清代历史从此进入了以溥仪临朝、载沣摄政的宣统朝。

溥仪登基后一个月，监国摄政王载沣即改变慈禧太后的既用又抑的方针，罢黜了身为军机大臣的袁世凯。

载沣监国摄政后，为什么不能容忍袁世凯而将其立即罢黜呢？

对于这一点，载沣胞弟载涛的分析很能说明问题。载涛说："载沣虽无统驭办事之才，然并不能说他糊涂。他摄政以后，眼前摆着一个袁世凯，处于军机大臣的要地，而奕劻又是叫袁拿金钱喂饱了的人，完全听袁支配。近畿陆军将领以及几省的督抚，都是袁所提拔，或与袁有秘密勾结。他感到，即使没有光绪皇帝的往日仇恨，自己这个监国摄政亦必致大权旁落，徒拥虚名。"[①]由此可见，载沣罢黜袁世凯的主要动机在于维护自己监国摄政的权力。

据许指严在《新华秘记》中记载："袁之知满人不足有为，而处心积虑，施其破坏之阴谋者，实始于辛丑回銮而后。及荣中堂既死，则进行益猛矣。"袁世凯曾经"语其亲信曰：'满员中止一荣中堂，而暮气已甚。余则非尸居，亦乳臭耳，尚何能为。'自是一变其态度，始有予智自雄之意。"[②]这样看来，袁世凯的进退，实际上直接影响着清王朝最后的命运。载沣上台执政后对此不作处理，恐怕自己在皇族亲贵集团中这一关也很难通过。

据载涛记载，促成载沣下决心解决袁世凯问题的是肃亲王善耆和镇国公载泽。他们曾向载沣秘密进言，认为此时若不速作处理，则内外军政方面，皆是袁的党羽。从前袁世凯所畏惧的是慈禧太后，太后一死，在袁心目中，已无人可以钳制他了。一旦势力养成，消除更为不易，且恐祸在不测。按善耆的主张是采取迅雷不及掩耳的手段，乘袁世凯单身一人进乾清门办公时，把他抓起来杀了再说。载沣当时虽然赞成严办，但他是个怕事的人，显然缺乏其先祖康熙皇帝擒鳌拜的胆量和气魄。他只是拟了一个将袁革职使交法部治罪的谕旨，甚至还把这个谕旨拿出来和奕劻、张之洞及北洋某些统制商量。尽人皆知，奕劻是和袁世凯关系最密切的人，张之洞则是一个圆滑世故的官僚，兔死狐悲，他们的态度不问可知。奕劻因与袁世凯的关系而不便公开反对，只是闪烁其词，软中带硬地说：杀袁世凯不难，不过北洋军如果

① 载涛：《载沣与袁世凯的矛盾》，《辛亥革命回忆录》6，中华书局 1963 年版，第 323 页。

② 许指严：《新华秘记》；章伯锋、荣孟源主编：《近代稗海》3，四川人民出版社 1985 年版，第 305、306 页。

造起反来怎么办？张之洞则公开持反对态度：主少国疑，不可轻戮大臣。第四镇统制吴凤岭、第六镇统制赵国贤干脆回答，请先解除他们的职务，以免士兵有变，致辜天恩。重臣那桐、世续也不同意载沣杀掉袁世凯。众人的反对，使这位年轻的摄政王更加犹豫不决，只得将谕旨的措辞一改再改，等到公布出来，就成为令袁世凯开缺回籍养疴。

事实上，袁世凯不仅拥有军事上的潜势力，而且还拥有外交上的奥援。当袁世凯被载沣罢黜后，北洋陆军闻之大哗，各个摩拳擦掌，慷慨急难，几将酿成大风潮；袁世凯罢官令下的当晚，外国驻华使馆往来频繁，商议对策。英国公使朱尔典立即出面要求载沣确保袁世凯的人身安全。日本和英国两国公使一致表示，“当此清国不幸事件发生，如果有外国干预之事，两国当一致采取行动”。此外，袁世凯消息灵通，对清廷的动静了如指掌，对个人安全布置得十分周到，即使载沣敢杀他，恐怕也是办不到的。

客观地说，摄政王载沣上台伊始就驱逐权臣袁世凯，这对于已经摇摇欲坠的清王朝统治来说无异于雪上加霜。之前袁世凯与瞿鸿禨、岑春煊、铁良等人的争斗实际上都没有超出统治集团内部的倾轧范围，但这次载沣驱逐袁世凯则导致了慈禧太后促成的最高统治集团中满汉联盟格局的彻底瓦解。庚子辛丑以后，袁世凯已经上升成为清政府中的汉臣领袖，倘若驾驭笼络得法，统治集团中的满汉联盟还是可以引领大清王朝这艘已经千疮百孔的破船继续走下去的。尽管袁世凯对于亲贵的诸多做法不满，但在当时还并没有背叛清王朝的野心。针对同盟会成立后在南方各省发动的一系列武装起义，袁世凯明确表示了反对。光绪三十三年六月二十九日（1907 年 8 月 7 日），袁世凯还通谕直隶全省，驳斥革命党的排满之说，反对革命党采取的暴力举动。袁世凯说：“彼逆党啸聚海外，荧惑侨氓。其处心积虑，尤欲满汉自相猜忌，因猜忌而生冲突，因冲突而启纷争。该逆又假托满人上灭汉种策，刊印散布，愚弄士民。既用排满之说，疑误满人；更借灭汉之说，激耸汉人。离间谗构，狡谲已极……近岁，湘、赣、两粤，迭闻揭竿。自取天诛，决无全理。”[①] 载沣不能体谅慈禧太后的良苦用心，一上台就罢黜袁世凯，并简单地通过剥夺督抚手中的兵权来加强皇权巩固其统治地位，这就在根本上破坏了满汉地主阶级的联合统治，破坏了中央与地方关系之间长期形成的平衡局面，从根本上动摇了清王朝统治的基础。危如累卵的清政府已经经不起任何一点小小的折腾了。

七、军人逸轨与清朝覆亡之关系

清末十年，军事现代化的推行与袁世凯的崛起，一方面导致传统政治文化发生变异和传统政治运作机制出现失衡现象；另一方面，接受了近代西方文化及其价值观念的近代军人，与封建专制主义的君主政治已经格格不入，特别是当这种腐朽的专制政体与满洲贵族的“异族”统治融为一体时，指望由汉族为主体的新军来捍卫其统治变得更加渺茫。如果说清末统治集团内部满汉权贵之间的军权之争，双方多少还有些利害相通之处的话，那么深受近代民族主义和民主共和思想影响的新军，则完全成为清政府的异己力量。清政府在民穷财尽的情况下，不惜罄国之力发展新式军事力量，最根本的目的还是巩固其封建专制统治。然而，新军本质上是工业文明产物。现代化军事体制基本上是科技、管理，甚至意识形态的多种成分的一个复杂有机体，接受西方国家的军事体制，相当于吸收了先进工业社会的价值观。在清末军事变革洪流中，新军不仅是“社会大学校”，而且也是“政治大学校”，许多军事留学生成为新军中的革命策动者，也反映了近代军事与近代社会之间的这种必然联系。正如汤因比所言：“一个社会想把军队西方化而让其他方面保持原样，这是空想；这在彼得式的俄国、十九世纪的土耳其和美赫麦德·阿里的埃及都得到了证实。因为不仅是一支西方化了的军队需要西方化的科学、工业、教育、医药；就是军官本身也接受了一些和专业无关的西方思想——如果他们

---

① 《为扶植伦纪历陈大义通谕》，《骆宝善评点袁世凯函牍》，岳麓书社 2005 年版，第 188 页。

出去留学学习本行知识的话，那就更其如此。”[①] 姑且不论清末大批留日士官生转变为革命党人，仅以中国早期的海军留学生严复成为近代中国人文精神的启蒙大师这个事实，就足以说明近代军事与近代社会文明之间的密切关联。显而易见，军事现代化所导致的文化逸轨，与近代军人的政治逸轨有着某种必然的关系，清末新军从维持传统社会秩序的中坚转化为社会政治革命的主角，就是一个典型的事例。清政府幻想建立一支既能保卫朝廷又能复兴民族的军队，结果却与其主观愿望背道而驰。这只能归结为，伴随近代军人意识之觉醒而来的，是民族国家与军人（国民）关系的明确和界定。传统社会的“兵民”“只知有朝廷，而不知有国家”，而近代社会的新式军人却是国民与国家关系的一种集中体现，军人忠于国家，还是忠于朝廷？这无疑是一个极其敏感而又颇具政治性的命题。近代民族国家意识的觉醒，从根本上改变了旧式军人的“愚忠”思想。以前是对皇帝个人尽忠，现在要对国民全体尽忠，对个人尽忠是军人之耻，对国民尽忠是军人之荣，这种反映近代国民意识的军人观念，对近代军人的政治逸轨产生了重要影响。近代中国的民族危机与清政府统治的不力，使得激进的军人有充分理由相信造成中国孱弱落后的根源就是清朝皇帝的专制统治，因此，资产阶级革命党人“排满”革命的宣传，很容易在激进的汉族新军官兵中产生共鸣。清末新军积极参与政治性社团组织活动的事实说明，接受近代民族民主思想观念的军人与清廷发生彻底的决裂，将是不可避免的结果。

在这种有利的客观形势的面前，革命党人注意运动培养新军，并在其中展开积极活动，以改换新军思想为成事之根本。党人投入军队，入其室而操其戈，自内向外地展开革命工作，他们在军营中通过发展政治性的社团组织，改变军人的政治信仰，联络军界革命力量，逐步走出一条以激进军人为主体的暴力革命的夺权道路。在此过程中，革命党人成功地利用新军对清王朝统治者的不满，加大政治宣传对新军政治心态和行为方式的影响，促使新军成为埋葬清政府的中坚力量。

---

① ［英］阿诺德·汤因比著：《历史研究》（下），上海人民出版社 1997 年版，第 275—276 页。

对于新军出现的政治逸轨迹象，清政府不是没有察觉。光绪三十二年（1906年）端方在《请平满汉畛域密折》中就提出，革命党人的反清活动防不胜防。“其设计最毒者，则专煽动军营中人，且以其党人投入军队，其第一策则欲鼓动兵变；其第二策则欲揭竿倡乱之时，官军反被彼用，否亦弃甲执冰不与为仇。”[①] 后来事态的发展验证了端方的担忧。清政府虽为防范新军的政治离心运动采取了严厉的措施，但始终收效甚微。湖北新军中的革命分子发展到占新军全部人数的三分之一以上。在湖北以外的其他省区，支持和同情革命的新军人数也在不断增加。革命党人对新军的运动，使得军营成了造就革命力量的摇篮。最后，以四川保路运动与武昌起义为标志，南方新军的政治逸轨终于使他们当中的绝大多数人转向了反清的阵营，北方六镇中官兵也分化成两部分：不是同情南军起义，就是遵循袁世凯的指示而搅动政局。在军人公然干政的情况下，清政权垮台已经不可避免。

总之，庚子以后，慈禧太后一方面确有发愤图强之心，从其成立督办政务处到中央官制一系列重大改革的不断推进就已经充分证明这一点。另一方面，慈禧太后亦欲借新政改革之机将咸同以来流失到地方上的军政权柄重新借全国练兵处之手收归中央掌控，只是主持新军编练工作的奕劻庸碌无能，无法实现慈禧的政策建构，加上宣统年间载沣的激烈集权措施，不仅没有能从根本上改善兵为将有的局面，相反，倒造成了中央与地方全轻的局面。在这场中央与地方、清政府与革命党的军人争夺战中，受益最大的是袁世凯北洋集团与革命党两方，这是清政权覆亡的主要症结所在。

---

① 中国史学会主编：《辛亥革命》（四），上海人民出版社1957年版，第42页。

第四章　中央与地方之关系

追溯历史，清朝中央集权的强弱与朝廷政治权威的强弱有着极大的关系。清朝前、中期，其统治者实行督抚分寄制中央集权模式，将控制地方的职责委托给各省总督、巡抚，通过督抚制度来实现对地方的管理，达到皇帝的乾纲独断与中央高度集权的目的。晚清时期，外有列强侵略的不断加深，内有民众此起彼伏的革命运动。内忧外患的形势，导致清廷权威严重下降，逐步丧失了对地方统驭的实际能力；地方势力则迅速膨胀，不断扩大自己的权益，其间中央与地方权力争斗波澜跌宕，政潮暗涌，绵绵不绝。发展到清末，中央与地方的权力平衡遭到彻底破坏，最终北洋集团利用辛亥革命的机会鸠占鹊巢，取清政权而代之。

一、督抚分寄制中央集权模式

清朝初、中期，在中央和地方的行政统属与权力分配上，督抚分寄制中央集权应是其一个基本的特征。所谓督抚分寄制中央集权，主要是指在历代中央集权的基础上，清廷将控制地方的职责以及代表清廷行使行政、财政、军事、司法等项权力委托给各省总督、巡抚，通过总督、巡抚对地方的管理，达到中央高度集权的目的。

清代督抚分寄制中央集权主要表现在三个方面：

1. 总督、巡抚封疆而治

在行政上，总督、巡抚有权节制并指挥一省或数省的布、按二司，道、府、州、县等官员。在财政上，督抚虽不能直接掌管各省财政，但在布政使每年向朝廷奏销的过程中，督抚也能复核题奏，予以监督。在司法上，督抚负责按察使所呈报或解送的狱案，有权对徒刑罪犯作出终审判决，而后再上报中央批准。督抚封疆而治，充分体现了督抚分寄制中央集权中的“分寄”方面的主要内容。

2. 督抚一概由皇帝所委派

其权力系皇帝所分寄，故直接禀命于皇帝，直接向皇帝负责，一般不受中央各部院指挥。督抚代表朝廷管理地方，安抚百姓，这个特点非常明显。

3. 朝廷对督抚实行严格控制

在清朝初、中期，中央对地方督抚的控制驾驭是卓有成效的，主要表现在三个方面：

第一，分散地方军政官员的权力，大小官员掣肘相制，从而形成对督抚的有效制衡。清朝统治者对明代省级地方行政制度加以损益、改造利用，形成一套行之有效的地方行政制度。各省除了给督抚委以大权外，同时又设布政使、按察使、提督、总兵等分掌民政、财政、司法、军事各方面的事宜。督抚有权节制监督藩、臬、提、镇，此为以大治小。同时，藩、臬、提、镇所具体掌管的军政事权又相对分散，并非总督、巡抚所能全部支配。尤其是雍正朝以后，藩、臬、提、镇等地方官员均有了密折上奏的特权，故中央对督抚又可做到以小制大。督抚之权虽重，但两司、提、镇并非私有。承宣布政使隶属于吏部和户部，提刑按察使隶属于刑部，提、镇隶属于兵部，他们唯听命于部臣，其事权独立，不是督、抚所能干预，唯部臣始有管辖之权，督、抚对于他们，不过居于督率的地位而已。所以督、抚要想专行省的政权，除非先把两司、提、镇降为属官不可，而典制所定，当承平之世，中央权威俱在，不是督抚敢妄为更置的。另外，总督、巡抚并立或同城，他们之间的争斗牵制也属常见。在这类大小相制中，督抚难以构成独立的地方权力中心，不能为所欲为和自我为政，因此更便于朝廷控制，更易于保持对中央的稳定从属关系。

第二，重用旗人，是清廷加强对地方督抚控制的另一种方式。清王朝是以满洲贵族为主体的统治政权，任用较多的满人、蒙古人、汉军旗人担任督抚。这既是历史造成的，更是统治者的现实政治需要，因为他们较汉人更加忠诚于朝廷，更能较好地驾驭。

第三，题折密奏也是中央对地方督抚实行长控远驭的方式之一。地方有事，督抚必须奉旨而行。清袭明制，中央和地方之间的公文联系，主要是通过地方高级官员向皇帝的题奏和皇帝下达的谕旨来实现的。总督、巡抚不仅拥有题本奏本的权力，而且雍正朝还实行了密折奏报制度。雍正皇帝就曾经指示，一切地方之弊，吏治勤惰，上司孰公孰私，属员某优某劣，营伍是否整饬，等等，均可向他题奏密折。同时，他也可以在题奏密折中用朱批的方式对地方督抚进行直接指令，从而抛开六部，由皇帝对地方督抚进行直接监控。另外，雍正以后的历代皇帝还进一步扩大题奏密折的权限，特许藩、臬、提、镇等地方中级官员也拥有向皇帝上奏密折的权力，要求这些官员充当耳目，密奏督抚的情况，从而对地方势力相互牵制，防止督抚欺隐徇私。

由于上述三种方式的控制，在清朝初、中期，督抚在体制上基本上没有独立活动的余地，只能完全听命于中央，实际上就是完全听命于皇帝本人。

清廷对督抚制度的设计与运作，保证了皇帝的乾纲独断与高度的中央集权。在诸多因素的制约下，直至太平天国运动时期，地方督抚都循规蹈矩，唯唯诺诺，毫无开拓精神可言。道光年间，梅曾亮曾对这种高度中央集权体制下的督抚形象做过如下描述："窃念国家炽昌熙洽，无鸡鸣狗吠之警，一百七十年于今。东西南北方制十余万里，手足动静，视中国之头目，大小督抚开府持节之吏，畏惧凛凛，殿陛若咫尺。其等檄下所属吏，递相役使，书吏一纸揉制若子孙，非从中覆者，虽小吏毫发事，无所奉行。事权之一，纲纪之肃，推校往古，无有伦比。"[①]可见，在这种高度集权的专制政体中，督抚"畏惧凛凛"的形象是这个体制下整个官员群体形象的缩影。在这里，只有皇帝是唯一的能动因素，而其他人无一不是消极的待命者。

钱穆在《中国历代政治得失》一书中认为："在明代，布政使是最高地方首长。总督、巡抚非常设，有事派出，事完撤销。清代在布政使上面又常设有总督与巡抚，布政使成为其下属，总督、巡抚就变成正式的地方行政首长了。这种制度，还是一种军事统制。如是则地方行政从县到府，而道，而省，已经四级。从知县到知府，到道员，到布政使，上面还有总督、巡抚，就变成为五级。可是真到军事时期，总督、巡抚仍不能做主，还要由中央另派人，如经略大臣、参赞大臣之类，这是皇帝特简的官。总督、巡抚仍不过承转命令。总之，清代不许地方官有真正的权柄。"[②]这种看法是有一定道理的。

二、中央权力旁落之因果关系

一般而言，政府权威的形成和维护主要是由其经济、政治、军事、文化等权力的共同支撑，在中央与地方关系上表现为政治与经济交往的互惠性、共同维系的一份情感、社会文化感以及有效的行政与社会控制等因素的共同作用方面。清朝前期，最高统治者通过文治武功，成功地影响和控制了政治、社会生活，成功地建立了政治权威。但是，道光二十年（1840 年）以后，世界与中国都发生了巨大的变化，在

① 梅曾亮撰：《梅伯言全集・文集》卷 2，《上方尚书书》。

② 钱穆著：《中国历代政治得失》，生活・读书・新知三联书店 2001 年版，第 155 页。

中国越来越被纳入全球化体系的过程中，现代与传统的矛盾变得越来越尖锐。随着西方军事、经济、政治、文化的不断冲击与国内基层民众反政府活动的加剧，清政府的政治权威在内外因素的冲击下面临着越来越严重的挑战，这主要表现为十九世纪后半期地方势力的迅速崛起。

一般而言，革命是不可能在中央政府十分强大的条件下取得成功的。中央政府是否强大，取决于三个重要因素：其一，统治集团内部的统一与团结；其二，中央政府保持着强大的经济与军事力量；其三，中央政府对地方政府有着超强的驾驭能力。可是，十九世纪后半叶的清王朝，恰恰处于这三大方面最为脆弱的时期。

历史表明，自十八世纪末以后，财政危机一直是困扰清王朝统治者的一个严重问题。在这段时间里，政府的开支不断加大，而财政收入却没有太大的变化，雍正三年（1725 年）约为三千六百一十万两，道光二十一年（1841 年）则为三千八百六十万两。随着人口增长，地方行政管理机构不断扩大，中央政府不能为其提供足够的经费，只得赋予他们可以征收附加税的权力。这就为地方官员提供了向下层民众摊派苛捐杂税以中饱私囊的机会。也就是说，尽管中央政府的财政收入水平很低，而且在很长时间内没有明显增长，但下层民众的负担并没有减轻，相反，这种政策却造成两个极为有害的副产物，一是官员贪污腐败现象日益普遍和严重，二是地方财政实力的增强，后者还成为后来地方离心的重要经济基础。这两个方面都极大地侵蚀了清政府的权威，对瓦解清政府中央政权产生了极为有害的影响。

由于大量财富滞留在地方政府手中，财政日益衰竭的清朝中央政府越来越失去采取主动和进取性社会政策的物质基础，特别是在经济方面和军事方面。在正常的情况下，这种局面也许还可以维持下去。但在十九世纪中后期，情况骤然发生了变化。西方列强的入侵和国内的太平天国运动与捻军起义，使缺乏财政基础的清朝中央政权的虚弱面目顿时暴露无遗。在“内忧外患”的双重挑战之下，清朝中央政府已无能为力，只得向地方政权求助，而清朝中央政府也不得不为此付出相当沉重的代价，这种代价又反过来进一步加剧了清政府中央政权的软弱与萎缩，从而导致地方势力迅速发展壮大。清末湘系—淮系—北洋系地方集团的相继兴起，正是清政府为挽救危机、企图加强与巩固皇权统治而导致权力异化的结果。

清末半个多世纪中出现的几个地方实力派集团，均缘镇压革命之机而崛起，并与传统的军制发生变革相伴随，因而都是以军事为突出特色的军事官僚集团。学界常说的“湘军集团”“淮军集团”“北洋集团”，就是指这个特点而言的。太平天国运动，烽火燃遍了大半个中国，清政府调兵遣将，分援南北无虚日。奈八旗、绿营溃败相循，清政府不得不依赖曾国藩的湘军、以及后起的淮军才得以渡过统治危机。然这种放权的后遗症则是，湘淮勇营从此代替八旗、绿营成为清朝的主要武装力量，军制在战争中经历了一次根本性的变革。这种私人半私人化的军队成为近代军阀的雏型。中日甲午战争后，编练新军之议蜂起，袁世凯北洋集团又因缘而起。至清王朝覆亡的几十年间，清政府始终以练兵为“第一大政”。变革军制，编练新军，朝廷三令五申，各省以练兵为主。辛亥革命后，时人讥谑说明崇祯亡于文，清室亡于武。失掉了人心的清政权在垂死挣扎中，除了乞灵于武备的整顿起死回生外，乃是回天无术了。北洋新军就是在这种形势下组建、扩充以至于编成北洋六镇的。

袁世凯把新式武器的使用与西洋新式编制结合起来，又将近代化的军队与封建的私人性结合起来，甚至较曾国藩、李鸿章更高一筹，充分运用金钱、感情将国家的军人变成了自己的囊中之物。在扩充军事力量的同时，袁世凯本人及其亲信也个个仕途飞升，占据了国家从中央到地方的许多重要位置，北洋集团遂以形成。

在镇压太平天国运动的过程中，形成了湘、淮两大地方实力派集团；在镇压义和团运动和景廷宾起义的过程中，袁世凯壮大了自己的势力，并得到慈禧太后的卵翼和列强的支持，最终形成以袁世凯为首的北洋军事官僚集团。然而，让“老佛爷”始料不及的是，她一手扶持了北洋集团，其身后大事却最终为北洋集团所破坏。历史反复验证了这样一个事实，人的权力欲望是没有止境的，得陇望蜀是人性深处的弱点。如果说，在地方势力壮大的过程中，由于曾国藩、张之洞等深受传统文化的熏陶与约束，清朝的统治秩序还可维持的话，那么，当连秀才都不是的袁世凯势力膨胀到足可决定国家命运的时候，内轻外重的情况就会进一步发生质变，他必然要再前进一步，取清政府而代之。辛亥革命中，袁世凯乘势而起，背叛清室，凭借手中的军事实力和机诈权术，左右逢源，一手逼使革命党人交枪，一手胁迫清室退位，最终达到了夺取国家最高权力的目的。这种权力异化的必然结果，正好应了《清史稿》所言的“以兵兴者，终以兵败”这句话。历史说来是何等有趣！

三、错失机遇之恶果

自十九世纪后半叶欧风美雨不断浸淫中国大地以来，中国实际上就被动地被纳入了全球化的所谓“西方体系”之中。传统的治国之道在现代化的冲击下不可避免地要相应发生改变。但是，面对西方军事、经济与文化的不断冲击，清政府却昧于世界大势，顽固地坚持天朝上国的盲目自大的排外意识，而不是去积极地拓展建立自己的世界眼光与全球意识，根据已经变化了的世界形势去改造、变通与创新自己的政治，在中央政府内部实行革新，建立一套与时俱进的领导机构及与之相应的政治制度，而是在苟且偷生中一再丧失重建现代政治权威凤凰涅槃、浴火重生的机遇，最终，在中国亟须迎头赶上的时代里，这一机遇被地方督抚所占有，这是近代以来清政府中央政治权威衰落的一个重要原因。

清政府丧失调整政策、建立一个强大政府职能体系的机遇，至少有七次：

第一次，十八世纪末的变通机会。

乾隆五十八年（1793年）八月，在风光旖旎、富丽堂皇的热河避暑山庄，乾隆皇帝拒绝了英国使团代表马戛尔尼谈判建交的请求。乾隆皇帝的这一举动，使大清帝国丧失了半个世纪与西方国家进行接触、了解、调整自己心态、建立世界眼光、进而发展自己的大好机会。当时的乾隆皇帝，不会知道自己的这一草率决定，将会给他的子孙与帝国带来多大的危害。当时英国刚完成工业革命不久，与雄踞东方的世界大国相比，还没有争锋对决的信心，只希望能在平等互利的条件下与中国建交，以满足其国内商人在中国扩大经商的要求。这个事件表明：东方文明和西方文明，因为生成的环境不同，从而形成了各自独特的制度及观念，彼此之间存在着巨大的鸿沟。东西方世界要想相互接近、沟通、理解，开展正常的交流与往来，就必须要经历一个长期的、痛苦的、艰难的适应与磨合的过程。

第二次，十九世纪初的发展机会。

嘉庆二十一年（1816年），不甘心的英国政府又派遣阿美士德使团来华要求建交。他们带着和马戛尔尼一样的要求，却有着和马戛尔尼同样的遭遇。嘉庆皇帝的保守、固执甚至比其父乾隆皇帝更有过之而无不及，干脆拒绝接见阿美士德使团并拒绝了解外部世界。但中国与西方的差距并没有因此缩小，而是越来越大，两个文明之间的矛盾很快就演变成为刀兵相向的对抗与较量。

第三次，鸦片战争后调整国策的机会。

道光二十年（1840年），英国用炮舰强行打开了中国的大门。拒绝与世界的交往已经变得不再可能。但是清政府仍然不及时振兴迎头赶上世界潮流，反而一厢情愿地拒绝外国公使进京，不愿意与列强直接发生外交关系，而是设立五口通商口岸大臣，将中央政府的外交大权毫不在意地下移给了地方督抚。第二次鸦片战争后又进一步设立了北洋三口通商大臣，将本属于中央政府的外交权力进一步下移地方。

第四次，太平天国运动时期的改变机会。

咸丰元年（1851年）发生的太平天国运动，本来可以促使清政府彻底改变已经腐朽的军事体制，迅速建立一个战时统帅部来领导各地的平叛战争。但是，清政府不是去艰难困苦，玉汝于成，反而将本属于中央政府的诸多权力下移给地方督抚，从此造成内轻外重，太阿倒持的局面。

第五次，洋务运动时期重建权威的机会。

在十九世纪六十年代至九十年代的洋务运动中，清政府虽然成立了总理各国事务衙门来领导全国的洋务事业，但在实际权限划分与具体操作等问题上，却仍把事权交给地方督抚办理，迟迟不愿走出任何对推进现代化有决定意义的一步。可以说，直到中日甲午战争前夕，在中国现代化这个关键的发动期，中央政府没有从传统到现代战略意识与决策的转变，没有制定任何关于中国现代化的发展政策与成立相应的领导管理部门，结果洋务之花全部开放在地方，地方督抚在发展洋务事业的同时，占用了本应由中央政府拥有的经济、军事、交通运输，甚至外交等权力资源。中央政府在这次自强运动中进一步丧失了权力与政治权威。

第六次，中日甲午战争后顺应民心的雪耻机会。

光绪二十一年（1895年）中日甲午战争惨败，举国上下自强之议蜂起。但清政府头痛医头、脚痛医脚，只是建立新建陆军，全局化的调整意识依然没有建立起来。虽然不久发生百日维新，企图全面创新，但在中央与地方权限问题上，并没有能够利用举国同心要求振兴的机会进行根本性的调整与规定。

第七次，清末新政时期的救亡机会。

光绪二十六年（1900年）的八国联军侵华战争，差一点倾覆了清王朝的统治。光绪二十七年（1901年）后，清政府虽然决心实行新政，并且在中央设立了一个督办政务处来领导全国的新政事业，但并没有下决心彻底创新中央政府领导职能，建立一个具有现代化意识与领导能力的全国性的组织机构，还是拈轻怕重地把新政事务一股脑地推给了地方督抚，只知道等地方新政办得有眉目后，及时将成果据为己有。结果，进一步导致地方主义抬头，以省为单位的财政体系、军事体系、外交体系逐步形成。

可以毫不夸张地说，在晚清时期，省一级的机构改革与现代化意识明显走到了中央政府的前面。事实证明，实力决定一切。等地方发展起来以后，中央政府虽然进行补救，如光绪二十七年（1901年）将总理衙门改称外务部，光绪二十九年（1903年）成立农工商部、财政处、练兵处，光绪三十一年（1905年）成立学部、巡警部等作为领导和管理地方的中央机构，但这种变革是建立在地方利益已经强大的基础上，这些中央机构已经难以真正落实清政府的强政府的举措了。随着晚清现代化事业的开展，必然要以削弱中央政权为代价。清朝末期中央政府苟且偷安，下放权力的做法，不仅没有能够达到挽救统治的目的，反而造成了中央权威的进一步削弱。这种饮鸩止渴的做法，其结局必然是地方的崛起与强大。辛亥革命时期，各省纷纷脱离清政府而独立，作为地方实力派的北洋集团则乘机从地方走向中央。鸦片战争以来清政府错失机遇、不断下放事权的做法，最终使中央政权付出了沉重的代价。

四、地方利益集团之吞噬

晚清地方势力的膨胀，加速了清王朝灭亡的步伐。

进入咸丰朝时，一部分督抚利用国内战争所提供的特殊机会，不顾原有各种限制，越权采取各种措施，包揽把持军、财、吏诸政，使督抚职能发生了根本性的变化，即完成由平时向战时的转变。与之不同，另一部分督抚，虽也有所变化，但仍拘于原有各种限制，远未完成向战时性督抚的转变。结果，在激烈持久的内战中，前者建功立业，声威赫赫，后者或兵败身死，或失地被革；以致前者日多，后者日少，几成全国“改制”局面。随着地方武装的扩张，本应掌握于清朝皇帝手中的军权下移，地方上出现了军政合一的局面，这是清朝入关后从未有过的现象，中央对地方的严密统治局面终于被打破，原有中央与地方的权力分配体系也陷入了严重削弱和解体的境地。其主要标志是湘、淮军的兴起。

湘系、淮系、北洋系构成了晚清地方势力成长壮大的基本环节，成为这一时期中央与地方关系嬗变的主要轨迹。

十九世纪五六十年代，为了镇压太平天国运动，清政府下令各地在籍大臣，连省督办团防。曾国藩采用新的方法，在湖南将分散的地方团练合并，形成了独立的军事力量——湘军。在镇压太平天国的过程中，这支军队发展壮大成为一个震慑朝野的湘军集团。在湘军集团内部，曾国藩利用同乡、门生、故吏等地缘、血缘、师生的封建关系来形成军队的主干，并由这些主干自行在家乡招募士兵，这样便形成了从士兵到将领直至以曾国藩为中心的层层隶属网络。军队所信仰、效忠的，便不再是清政府而是曾国藩个人了。湘军的这个特点，奠定了它在近代中国私人半私人化军队中的先驱地位。在镇压太平天国的军事进程中，湘军很快就取代了绿营而成为作战的主力。曾国藩等湘军领袖的地位，随着湘军集团的发展也不断上升，成为威慑一方的封疆大吏。他们在军事方面，用兵为将有代替了兵归国有，募兵制度代替了世兵制度；在政治方面，用督抚专权来对抗中央集权。“内轻外重”的局面遂告形成。

在镇压太平天国运动后，为了减轻朝廷的疑忌心理，曾国藩大量裁撤湘军，湘系的军事、政治地位下降，淮军则上升为清王朝所依靠的最强大的一支政治、军事力量，淮军集团又乘时而起。咸丰十年闰三月十六日（1860 年 5 月 6 日），太平天国攻破江南大营，长江下游尽为太平军所占。为了收回苏、常，防止上海陷入太平军之手，咸丰皇帝命令曾国藩率领湘军开赴长江下游。但是，曾国藩不愿离开自己苦心经营的长江中上游地盘。为了执行朝廷的命令，曾国藩于同治元年（1862 年）初命李鸿章回家乡合肥招募淮勇五营，同时又拨湘勇数营给李鸿章，并派湘军名将程学启、郭松林帮助李鸿章按湘军营制训练淮勇。曾国藩又竭力举荐李鸿章署理江苏巡抚，担任江苏战场上镇压太平军的主帅。自此，李鸿章的淮军迅速发展，在镇压太平军、捻军过程中发展成一个势力强大的淮军集团。同治十年（1871 年），李鸿章就任直隶总督兼北洋大臣，权倾一时，在军事、经济、外交等方面渗透经营二十余年，门生故吏遍及各地，造成了一个淮军集团之外，清政府无其他兵力可倚、无其他能员可以支撑外交的局面。时人奏参李鸿章兄弟一门："以功名显，其亲党交游，能自树立。文员自监司以上，武职自提镇以下，实不乏人……惟勋伐既高，依附者众。当时随从立功，身致富贵者，又各有其亲友。展转依附，实繁有徒。久之倚势妄为，官司碍难处置。"[①]就是这样一个清政府依赖的地方实力派集团，在光绪二十一年（1895 年）中日甲午战争中却一败涂地，从此一蹶不振。

继淮系而起的北洋集团，承传了湘、淮集团兵为将有的制度，并最终形成了后来军阀政治的最大资源。淮军在中日甲午战争中覆灭，淮系失去了自己的军事后盾，从此为清朝统治者所冷落。一个国家不能没有军队，中日甲午战争中中国军事上的失败，刺激着社会重文轻武的风气开始改变，到处发出整军经武的呼声。清政府失去了淮军的支撑，也极力想早日建成新的武装力量。在此背景之下，袁世凯、张之洞等洋务派开始注意以西方军队的训练方法、管理方法来改造建设新式军事力量，于是北洋集团遂继淮军集团之后又迅速崛起。

① 《奉旨查办事件大概情形折》，《左宗棠全集》，上海书店 1986 年版，第 9117—9118 页。

北洋集团与淮系集团有着千丝万缕的联系。其核心领袖袁世凯早年本只是李鸿章的一名僚属，在李的支持与庇护下，袁世凯才迅速发达，博得了知兵、谙练外交的名声，才得以参与小站练兵。新建陆军的大多数官佐也都源自李鸿章创办的北洋武备学堂。北洋集团被人指为“淮军余孽”，不是没有道理的。李鸿章给袁世凯留下了丰富的遗产：淮军余部、有经验的官吏、大批的路矿电轮企业以及打下的与列强交往并获得列强认可的局面。更重要的是，淮系的衰落使清政府顿然间手足无措，多年养成的依赖心理与习惯一时难以改变，所有这些都成为袁世凯北洋集团急剧发展的有利条件。袁世凯乘此时机，短短数年内以军事力量为后盾，由温处道而直隶按察使而山东巡抚，由山东巡抚进而升任直隶总督兼北洋大臣，不久又另兼八大臣之职，最后一直升任到军机大臣兼外务部尚书的位置，很快成为权倾朝野、傲视天下的人物。他不失时机地拉拢其他王公大臣，到处安插亲信，网罗各方面的“人才”，练兵筹饷，结成了以袁世凯为首的、以北洋军为支柱的北洋军事官僚集团。

湘、淮集团开创的局面为北洋集团所享有，这是北洋集团得以顺利发展、急剧膨胀的一个重要条件。近代著名军事家蒋方震说过：“湘军自咸丰二年（1852 年）办团练始，迄光绪六年（1880 年）左宗棠大定回疆，为时盖三十年，自是以还，湘军之事业无闻焉。淮军自同治四年（1865 年）曾国藩陈湘军暮气不可用，荐李鸿章自代，遂以李节制各军，迄于光绪二十年（1894 年）甲午之败，为时亦三十年，自是以还，淮军之事业无闻焉。小站练兵始于光绪二十一年（1895 年），五年而小成，十年而大成，今功名之盛，较湘淮军有过之而无不及也。明乎递嬗之迹，以其时考之则可矣。”[①] 到宣统三年（1911 年），清王朝的墙角已经为北洋集团掏空，朝廷的神器（主要是军事和外交）已经转移到袁世凯北洋集团的手中。清王朝的灭亡在客观上已经不可避免了。所以至辛亥年间，武昌革命的枪声一响，各省纷纷宣布独立，督抚

① 蒋方震著：《中国五十年来军事变迁史》；来新夏主编：《北洋军阀》一，上海人民出版社 1988 年版，第 1041 页。

专权最终引发了清政府的垮台与地方割据局面的出现。

湘系、淮系、北洋系构成了晚清历史上导致中央政权结构不断削弱并最终被打破的一个不可分割的链条。正是这个链条，最终束缚并绞杀了清政府的统治。

第五章　边疆地区之治理

与以往各朝代相比，清王朝的边疆治理模式明显有着独到之处。清朝疆域辽阔，情况不一，清政府在边疆治理上给予了高度重视，专门设置理藩院、军府等机构统一管辖，针对各地区特色因俗施政，注意团结边疆当地上层人物，尊重民族宗教信仰，具体情况具体对待，因而取得了显著的治理效果，实现了清朝前、中期中央政府对边疆地区一个多世纪的稳定而又有效的统治。同治、光绪以后，列强纷纷染指中国边疆地区，面对新形势下边疆地区出现的严重危机，在边疆治理上，清政府开始实现从“因俗而治”到“治同内地”的转变，其间有经验，也有教训，值得认真总结与探讨。

一、对东北、内蒙古的治理

明清战争之际，辽东人口大量外流，或迁入关内，或避乱于朝鲜。后金（清）忙于战争，农业生产遭到破坏。特别是1644年清政府“罄国入关”“尽族西迁”，造成了辽沈地区人口急剧减少，劳动人手奇缺，大量土地荒芜。在这种情况下，清初统治者在东北地区采取了招徕政策。

顺治元年（1644年）、顺治六年（1649年），清政府屡次训令地方官吏，招徕流民，不记籍别，使开垦荒田，永准为业。顺治八年（1651年），上谕又明确提出：“民人愿出关垦地者，令山海道造册报部，分地居住。”[①] 顺治十年（1653年），正式颁布辽东招垦令，“以官职之授与及口粮种籽耕牛之资助，为之奖励”。[②] “招民至百名者文授知县，武授守备；六十名以上，文授州同，武授千总；五十名以上，文授县丞主簿，武授百总。招民数多者，每百名加一级。又招民每名每月给粮一斗地一垧给种六升。每百名给牛二十只”。[③] 同时以辽阳为府，辖辽阳、海城二县，设官管理汉民。此时招徕移民，不仅限于辽宁一地，而且还向腹地辐射。《宁安县志》有“顺治时移内省老民四十八家，至宁古塔，设十三官庄，给田以耕”的记载。

至康熙朝，招徕政策基本保持稳定持续。康熙二年（1663年）谕令：“安插移民，察有附近荒地房基，酌量圈给，督率劝垦。”康熙五年（1666年）再下令“以奉天白旗堡，小河西两处地亩，令移民耕种。”[④] 在招垦优厚的条件下，“燕鲁穷氓闻风踵至”。据记载：“开原自康熙三年设县以来，招民开垦，向无原额。凡新垦荒地，康熙十年以前系三年后起科，十一年以后十年起科，十五年以后仍按三年起科，十八年以后定为六年起科。不分等则，按每岁一亩征银三分，不加闰。康熙二十二年原额并新

---

① 《清朝文献通考》卷1。

② 吴希庸：《近代东北移民史略》，《东北集刊》1941年第2期。

③ 《沈阳县志》卷3，民治，1917年8月。

④ 《清朝通志》卷2，《田赋考二》。

增地共三万三千四百零七亩五分，共征银一千零二两二钱二分五厘。”[1] 由此可见当时东北地区的移民规模之大及其成绩之著。

顺治、康熙甚至雍正历朝鼓励移民出关开发东北，与崇德年间皇太极的招徕汉民政策是一脉相承的。面对辽东荒芜，需要重建，其时，又当沙俄殖民者入侵，须加强国防，因此，从顺治到雍正，加强东北地区的建设，进行移民实边，是件刻不容缓的大事。招民垦荒，鼓励关内人口向东北迁移，是这个时代的特殊政策，而关内各地人口增长速度过快，八旗对土地的“圈占”使土地高度集中，尤其是人口增长与社会生产力发展不相适应，在这种情况下，奔向地广人稀、土壤肥沃的关外大地，自然而然就成为历史发展的必然潮流。清初统治者顺应了这一历史潮流，因而在清初东北治理史上写下了重要的一页，对东北边疆地区的充实和防卫也在客观上起到了积极而有效的作用。

乾隆二十七年（1762 年），为了维持旗人的生计，清政府开始实行封禁东北的政策，乾隆四十一年（1776 年），又下达了全部封禁令。但在封禁政策下的广大关内民众，却如潮涌般奔向关外，山东“泛海”、直隶“闯关”，虽然清政府屡次严厉封禁，但因这一政策违背了当时社会客观形势与民众的需求，因此，要想彻底封禁，是不可能的。据文献记载，乾隆十一年至乾隆五十一年（1746 年—1786 年）的四十年中，东北地区人口增加了五十多万；而嘉庆十七年至道光三十年（1812 年—1850 年）的三十多年中，人口则从一百二十四万狂增到二百七十三万多，这显然主要是由于关内人口移民东北地区。

咸丰八年至咸丰十年（1858 年—1860 年），在东北地区的北部，沙俄趁清政府内忧外患、无力顾及东北边防的机会，先后强迫清政府签订了中俄《瑷珲条约》与中俄《北京条约》，强占了黑龙江以北、外兴安岭以南以及乌苏里江以东一百多万平方公里的中国领土。在南部，随着中英、中法《天津条约》的签订，咸丰十一年（1861 年），营口港被迫对外开放。从此，列强纷至沓来，将魔爪伸及整个东北地区，

---

① 《开原县志》卷 5,《民田赋》，咸丰丁巳修。

近代东北边疆的危机加速了清末移民实边政策的出台，为了应对变局，咸丰、同治、光绪、宣统数代皇帝积极鼓励移民实边，新地不断辟殖出来，大批州县因此而设立，基本上奠定了今日东北地区的行政建制基础。

在内蒙古地区，清政府在地区治理上同样花费了巨大的心血。

盟旗制是清政府对内蒙古地区实现统治的一种具体组织形式。它既不触动封建领主制原有的经济结构和内部的社会等级制度，同时又在管理体制上做了相当的调整和变动，以适应加强中央政府统治的需要。内蒙古地区的盟旗制度，最早只施行于漠南蒙古，康熙中期推行到喀尔喀蒙古，以及阿拉善、额济纳等地，雍正初年又在青海编旗，等到乾隆时平定准噶尔和土尔扈特部回归祖国后，在厄鲁特蒙古中也普遍地推行了盟旗制。

光绪三十二年（1906 年），清政府派肃亲王善耆到内蒙古东部地区考察，以作为清政府对内蒙古地区治理举措的参考。善耆考察后，提出了屯垦、矿产、马政、铁路、学校、银行、治盗等经营措施。同年，军机大臣徐世昌主张设立东三省蒙务局，改善内蒙古东部“势分力孤”的状况。

光绪三十一年（1905 年），时任军政司副使姚锡光在奉檄前赴内蒙古东部卓索图盟一带考察垦牧等情形后，提出设立直隶山北行省的问题，主张把热河、口北两道管辖的地方，往北延伸，到外蒙古南界止，在直隶总督管辖下，另设巡抚，既管汉民，又管蒙部。巡抚驻赤峰，“监制奉吉，屏障畿疆”①。同年，给事中左绍佐提出：“西北空虚，拟请设立行省。”②他认为：“欲经营蒙旗，莫先于事权之归一，欲事权归一，莫要于设行省。”他还具体建议：“以热河、绥远城皆列为行省。”③左绍佐的奏折经过政务处讨论后，清政府饬令直隶总督、山西巡抚、热河都统、察哈尔都统等“体察情形，通盘筹划”④。这样，在内蒙古设立行省的问题提上了清政府的议事日程。两

---

① 姚锡光：《筹蒙刍议》卷上，《实边条议》。

② 《清实录光绪朝实录》卷 550，光绪三十一年十月。

③ 《前给事中左绍佐奏西北边备重要拟设立行省折》，朱启钤：《东三省蒙务公牍汇编》卷 5。

④ 《清德宗实录》卷 550，光绪三十一年十月庚子。

广总督岑春煊上书《统筹西北全局折》，提出设立绥远、热河、察哈尔等省。热河都统廷杰上奏指出，根据西北全局以改设行省为要，改设行省以人民财赋足敷分布为要，应依照左绍佐的意见，以承德、朝阳二府两盟之地，再隶以张、多、独三厅，围场一厅，以及察哈尔以东各旗地，设立热河省，“以为畿辅左臂”；以丰镇右翼四旗，以及归绥道所属归化、萨拉齐、托克托城、和林格尔、清水河五厅，武川、五原、东胜三厅，乌、伊二盟，阿拉善一旗为绥远省，“以为畿辅右臂”[①]。察哈尔都统诚勋上奏提出：拟将察哈尔、绥远城、热河三处改为行省，再把直隶宣化、山西大同二府有关地方拨归察哈尔管辖，“分设总督、巡抚各员”[②]。绥远城将军贻穀则认为，从管辖、政令、防守、开垦四方面考虑，绥远城等都应及时改建行省。虽然终清之世，清政府在内蒙古设立行省的计划未能实现，却为民国初年内蒙古地区行政建置的变化奠定了基础。

清代内蒙古地区由盟旗而变为州县，最早是从内蒙古西部靠近山西的地方开始的。光绪二十八年（1902 年）初，山西巡抚岑春煊上奏提出在晋省边厅增设民官。同年十月，山西布政使赵尔巽上奏，也指出晋省边外各属，今昔情形变迁，察哈尔牧界议垦开荒，乌兰察布、伊克昭两盟牧界私租私垦日多，疆域日拓，事务日繁，非分设厅治，不能收长治久安之效。光绪二十九年（1903 年）四月，署山西巡抚吴延斌上奏，就“边外地广，民每不靖，非设官分治，无以为绥边弥患之谋，长治久安之计”的现实，提出了增设民官的意见。在这种情况下，晋边内蒙古地区的行政建置有所变化。清政府将太原府同知移驻丰镇厅的二道河，名兴和厅。汾州府同知移驻萨拉齐厅大佘太，名五原厅。泽州府同知移驻归化厅翁滚城，名武川厅。蒲州府同知移驻宁远厅，仍名宁远厅。原有宁远厅抚民通判移驻宁远厅科布尔，名陶林厅。均属山西归绥道。在这些新的建置中，兴和厅、陶林厅管理察哈尔右翼垦地，处理旗民交涉案件。五原厅、武川厅管理乌兰察布盟垦地，以及伊克昭盟达拉特、杭锦

---

① 《清德宗实录》卷 575，光绪三十三年六月庚申。

② 《清德宗实录》卷 577，光绪三十三年八月辛酉。

等旗蒙民交涉案件。光绪二十九年（1903 年）夏，伊克昭盟有些旗地开始放垦。随着垦地和汉民日益增多，光绪三十三年（1907 年），设立了东胜厅，治板素壕，也隶山西归绥道，管理当地垦务，兼理鄂尔多斯一些旗的蒙民交涉案件。

在内蒙古西部行政建置改变的同时，内蒙古东部地区的行政建置也发生了变化。卓索图盟和昭乌达盟境内，光绪二十九年（1903 年），热河都统锡良上奏："热河幅员辽阔，亟宜添官分治，拟将朝阳县改设一府，该府治东添设一县，平泉州、建昌县适中之区添设一县，此新添两县及旧有之建昌县归新设知府管理。"由是，朝阳县改为府，府治就在原来的县治旧所。新设阜新县，县治在鄂尔土板，管辖东土默特等地。新设建平县，县治在新邱，位于敖汉旗和喀喇沁左旗之中。朝阳府管辖阜新、建平、建昌三县。这样，卓索图盟东部和昭乌达盟南部被开垦土地上的汉民，归府县管理；游牧的蒙民，归盟旗管理。光绪三十三年（1907 年）十二月，热河都统廷杰奏："新开蒙旗各地方，亟应添设州县等缺。"鉴于垦务日辟，旗务日繁，蒙汉杂居，而赤峰一县兼辖翁牛特等九旗，内阿鲁科尔沁、东西扎鲁特以及巴林左右翼等旗，又皆散处于潢河以北，阜新县属小库伦一旗，毗连锦、义，距该县治四百余里，鞭长莫及，于是，清政府决定，在阿鲁科尔沁、东西扎鲁特三旗地方添置一县，名开鲁县。在巴林左翼地方添置一县，名林西县。原有赤峰县升为州，兼辖新设两县。在小库伦所属库街地方建立一县，名为绥东县，归朝阳府统辖。东土默特、喀尔喀二旗，仍隶阜新县管理。

哲里木盟境内，光绪二十八年（1902 年），设辽源州，治郑家屯，管理科尔沁左翼中旗及左翼后旗部分垦地；设彰武县，治横道子，隶新民府，管理科尔沁左翼前旗及上默特左翼旗部分垦地。光绪三十年（1904 年），设洮南府，治双流镇；设靖安县，治白城子；设开通县，治七井子；设醴泉县，治醴泉镇；设镇东县，治南叉干挠；均归洮南府管辖。洮南府隶奉天将军，管理科尔沁右冀前旗、右翼中旗等的垦地。宣统元年（1909 年），设洮昌道，治郑家屯，辖洮南、昌图两府，兼管蒙旗事务。光绪二十九年（1903 年），设大赉厅，治莫勒红冈子，隶黑龙江将军，管辖扎赉特旗垦地。光绪三十一年（1905 年），在科尔沁右翼后旗南部设安广县，治解家窝铺，隶洮南府。光绪三十二年（1906年），设肇州厅、安达厅、法库厅、长岭县，管理郭尔罗斯后旗、杜尔伯特旗、科尔沁左翼前旗、郭尔罗斯前旗垦地，以及旗民交涉事件。其中，法库厅隶奉天府，长岭县隶长春府。宣统元年（1909年），设西南路道，管辖长春府及农安、长岭二县。宣统二年（1910年），设德惠县，治大房身，隶长春府，管理郭尔罗斯前旗部分垦区。

呼伦贝尔地区原属呼伦贝尔副都统管辖，这里开发较晚，直到光绪朝前期，仍然是"旗丁以游牧为生，不知耕作""汉民迁往者尚少"。沙俄在东北地区修筑铁路后，呼伦贝尔面临着被蚕食的危险。程德全、徐世昌多次上奏，提出"设法招徕，认真开垦""于辟荒之中，寓实边之意，立御外之规""边卫过于空虚，非增设民官，不足以言拓殖"[①]。于是，光绪三十四年（1908年），清政府裁撤呼伦贝尔副都统，设呼伦兵备道，在呼伦贝尔城设呼伦直隶厅，又设胪滨府以及吉拉林设治局，管理境内各方面事务。

综上所述，清末总计在内蒙古地区设三道二府十厅十三县，并改设一府二州。三道是洮昌分巡兵备道、西南路分巡兵备道、呼伦兵备道。二府是胪滨府、洮南府。十厅是兴和厅、五原厅、武川厅、宁远厅、陶林厅、东胜厅、大赉厅、肇州厅、安达厅、法库厅。十三县是阜新县、建平县、开鲁县、林西县、绥东县、彰武县、靖安县、开通县、醴泉县、镇东县、安广县、长岭县、德惠县。改设一府是朝阳府。改设二州是赤峰州、辽源州。经过以上的建置，内蒙古地区的行政建置就由原来的盟旗制而逐渐改变为盟旗制和州县制并存。

---

① 程德全：《拟照屯垦办法开辟地段折》，《复陈筹办江省善后情形折》，《程将军（雪楼）守江奏稿》卷10；徐世昌：《江省添设道府厅县折》，《退耕堂政书》卷16。

二、对新疆地区的治理

在新疆，为加强统治，乾隆二十七年（1762 年）设置了总统伊犁等处将军（简称伊犁将军），作为天山南北地区的最高军政长官，节制南北两路，统辖外夷部落，操阅营伍，广辟屯田。在管理制度方面，因地制宜，采取不同措施。在维吾尔族聚居地区，仍然沿用当地原有的伯克制，但是废除了世袭制，官员任免升调由清政府决定。在厄鲁特、哈萨克、土尔扈特和哈密、吐鲁番等地，实行札萨克制，封王赐爵，统辖各个部落。在汉族聚居的古城、巴里坤、乌鲁木齐等地，实行和内地相同的州县保甲制度。此外，清政府还在各地驻扎军队，在重要地区设置卡伦、台站，定期巡查。广泛实行屯田，恢复和发展经济。这一切举措，加强了清政府对天山南北的统治与治理，维护了清朝的国家统一和领土完整。

近代以来，随着西方列强侵略的不断加剧，他们也将魔爪伸向了中国的西北边疆地区。十九世纪上半叶，沙俄企图侵占中亚，控制中国的新疆地区以进入南亚；英国则以印度为基地，阴谋将其势力渗入新疆，使之成为英国的商品市场与原料产地，并以新疆为跳板与沙俄争夺中亚。地处西北边陲的新疆，成为英俄列强角逐中亚的关键。

同治十年（1871 年），沙俄公然出兵伊犁，并进一步沿青海、甘肃一带，进入长城以南。至此，西北边疆危机已成为亟待破解的难题，摆在了清政府的面前。

面对西北边疆的糜烂局面，清政府积极应对。光绪元年（1875 年），清政府以左宗棠为钦差大臣，督办新疆军务。次年春，左宗棠移师肃州（今甘肃酒泉），命刘锦棠为前敌总指挥，带兵出征，开始了收复新疆之役。仅半年时间，清军便收复了除伊犁以外的北疆全部地区，阿古柏被迫固守南疆。光绪三年（1877 年）三月，收复南疆之役开始，清军几天时间便相继攻克吐鲁番、达坂城以及托克逊，打开了进军南疆的通道。阿古柏于吐鲁番被攻破后，在绝望中服毒自杀。此后，清军在南疆展开进攻，一路势如破竹，攻下了英吉沙尔，依附阿古柏的白彦虎与阿古柏之子逃至沙俄。自此，除伊犁为沙俄侵占外，新疆全境收复，以阿古柏为首的分裂势力被肃清。

左宗棠收复新疆后，沙俄依然占据伊犁。光绪四年（1878年），清政府派遣崇厚为钦差大臣出使俄国，全权处理对俄交涉事宜，但其受到沙俄蒙蔽，于光绪五年（1879年）私自签订了《交收伊犁条约》（即《里瓦几亚条约》），中国除收回伊犁几座空城外，丧失了霍尔果斯河以西及伊犁南境的特克斯河流域大片领土，沙俄在西北地区多处增设领事，伊犁周边均为沙俄包围。清政府拒绝接受这一不平等条约，于光绪六年（1880年）改派曾纪泽主持谈判。曾纪泽将修约的重点放在"力争分界，酌允通商"，提出中方的要求：收回全部伊犁地区，削减通商地点领事以及减少免税特权，等等。经过艰苦的努力，最终于光绪七年（1881年）签订《中俄伊犁条约》，清政府收回了大量权益。在新约中，争回特克斯河流域的二万多平方公里领土；俄国商人在新疆贸易，由"均不纳税"改为"暂不纳税"；只添设了赴嘉峪关一条商路，增设嘉峪关、吐鲁番两处领事；赔款金额增至九百万卢布。尽管《中俄伊犁条约》也是屈辱的不平等条约，但此条约签订，争回了一些权益，并以法律的形式规定了中俄在西北地区的边界，使以英俄为首的西方列强在新疆地区疯狂扩张的势头得到了暂时的遏制。

新疆收复后，清政府汲取教训，为了建立起有效的行政管辖，加强西北边疆与中央政权的联系，清政府一改之前的伯克制、札萨克制、军府制等地方体制，决定在新疆推行内地一体化，建立行省制度。

光绪三年（1877年），左宗棠奏请在新疆设行省、改郡县，为画久安长治之策。光绪四年（1878年），刘锦棠统筹全局，上奏提出在东四城设喀喇沙尔直隶厅、温宿直隶州（辖拜城县）、库车直隶厅、乌什直隶厅。西四城设疏勒直隶州（辖疏附县）、英吉沙尔直隶厅、莎车直隶州（辖叶城县）、和阗直隶州（辖于阗县）、玛喇巴什直隶厅。八城建置定后，设省治于迪化（今乌鲁木齐）城。在朝野上下的努力下，光绪十年（1884年）十月，清政府发布新疆建省上谕，新疆省正式建立，刘锦棠被任命为首任新疆巡抚，仍以钦差大臣督办新疆事宜。

光绪十一年（1885年），刘锦棠任新疆巡抚后，新疆行政建置进一步完善。原设镇迪道加按察使衔，兼管全疆刑名驿传事务，同时奏请升迪化直隶州为迪化府，添设迪化县，为附郭首县。升伊犁厅为伊犁府，增绥定、宁远两县，添设库尔喀喇乌苏直隶厅、精河直隶厅，升塔城通判为直隶厅同知，裁霍尔果斯巡检，改设分防通判。随即调整配置各地军政机构职官，伊犁将军不再总统全疆军政事务之责，驻军制度与内地各省基本一致。民政方面取消伯克制度，行政建置为省以下设道、府、州、县诸级，即设有四道、二府、十一厅、四直隶州、十一县。新疆军政中心由伊犁移到迪化。

新疆改设行省表明，在西北地区，清政府已经开始放弃“因俗而治”“分而治之”的传统治边政策，转而推行将边疆民族地区与内地一体化的政策。通过建省，清政府成功地实现了新疆与内地的政治体制一体化，这对于维护国家统一，开发建设西北边疆，无疑具有十分重要的意义。[①]

三、对西藏和川边的治理

（一）治理西藏

清政府对西藏的治理最初是通过和硕特部的固始汗等首领来实现的，在内部则靠达赖喇嘛任命的第巴（官职名称）以总揽全藏政务。和硕特部是股外来势力，只因固始汗图鲁拜琥保护黄教有功而在西藏享有特殊权益。从康熙中期起一直到乾隆初期，西藏上层贵族与和硕特部势力以及内部彼此之间，围绕着争夺政治权力矛盾不断，而外部准噶尔势力的介入，又增加了局面的复杂性。为此，清政府曾几次动用军队控制局势，同时探索对西藏地方政府的改革与治理。

康熙五十六年（1717年），准噶尔势力侵入西藏。康熙五十九年（1720年），清军驱逐准噶尔部，稳定了西藏政局，废除第巴制，同时决心改变原由和硕特部首领

① 参见苏德：《试论晚清边疆、内地一体化政策》，《中国边疆史地研究》2001年第3期。

控制政坛的格局，任命四噶伦，实行联合掌权。噶伦一职过去已有，但那是在第巴或汗领导下的高级办事官，无决策权。现由朝廷直接任命，又让其联合掌权，从而提高了噶伦的地位。四噶伦联合掌权的制度没有维持多久，便因激烈的内部争斗遭到破坏。清政府在处理此起事件后，于雍正六年（1728 年）任命原噶伦颇罗鼐总掌西藏政府，先后封他为贝子、贝勒、郡王等爵位，同时又派出两位驻藏大臣协助他进行对西藏的治理工作。

乾隆十二年（1747 年），颇罗鼐卒，其子珠尔墨特袭父爵，继续执政。珠尔墨特一反乃父所为，秘密勾结准噶尔势力，图谋自立。乾隆十五年（1750 年），驻藏大臣傅清、拉布敦设计诱杀珠尔墨特，他们也被珠尔墨特余党所害。乾隆十六年（1751 年），清政府在达赖喇嘛的积极配合下，虽迅速解决了珠尔墨特余党的谋乱行为，但也领悟到在西藏不能再搞个人擅权的事了，宣布“噶伦事务不可一人专办”，决定组织一种由三名贵族和一名僧侣参加的地方政府——噶厦。四噶伦地位平等，共同办事。又明令“遇有紧要事务，禀知达赖喇嘛与驻藏大臣，遵其指示而行”[①]。清政府还决定在达赖喇嘛系统下设置由僧官主持的译仓，即秘书处。噶厦的政令、公文必须经过译仓的审核，加盖达赖喇嘛的印信，才算生效。这一改革，突出了驻藏大臣对西藏地方的直接治理，同时也赋予达赖喇嘛和黄教寺院的参政权利，确立了政教合一的政治体制。

西藏的噶厦政治，经过了四十余年的实践，到乾隆五十八年（1793 年）颁布《钦定西藏章程》时，又进一步作了调整，使规制更加明确，反映了清政府在西藏统治的巩固和加强。

鸦片战争以后，英、俄等列强通过游历、传教、经商等手段，不断加紧对西藏地区的侵略活动。为了把西藏从中国分割出去，英、俄列强还极力在西藏培植自己的代理人，其中沙俄的手段最为卑劣。德尔智在充当十三世达赖喇嘛侍讲期间，极力挑拨西藏地方与清政府的关系，散布什么“清朝已经衰落，不能依靠，只有依靠

① 《清高宗实录》卷 386，乾隆十六年四月戊寅。

俄国才能抵抗英国”的论调，德尔智还拉拢、勾结西藏地方政府中最有势力的噶伦夏扎·边觉夺吉，“把他笼络住”，结果，噶伦夏扎和德尔智“亲密无间，对沙俄十分钦佩”[1]。

正是在上述的历史背景下，光绪三十年（1904 年）八月，清政府颁布上谕：“西藏为我朝二百余年藩属，该处地大物博，久为外人垂涎。近日英兵入藏，迫胁番众立约，情形叵测。亟应思患预防，补救筹维，端在开垦实边，练兵讲武，期挽利权而资抵御，方足自固藩篱。”[2]在清末国内外形势紧张的情况下，清政府开始加大了对西藏地区的治理力度。

光绪三十一年（1905 年）三月，清政府命联豫为驻藏帮办大臣，后改为驻藏大臣兼帮办大臣。同年十二月，张荫棠致电外务部，提出整顿藏政和收回政权问题。电报中说：“我国整顿藏事，迟早皆应举办，今事机迫切，尤为刻不容缓。拟请奏简贵胄总制全藏，一面遴派知兵大员，统精兵两万，迅速由川入藏，分驻要隘。所有一切内政外交，均由我国派员经理，并次第举行现办新政，收回治权。其达赖、班禅等，使为藏中主教，不令干预政治。俟布置即定，逐年递减兵额，以节縻费。”[3]光绪三十二年（1906 年）正月，张荫棠又致电外务部，详陈英国企图吞并西藏的阴谋及清政府应采取的治藏政策。他说：“英人经营西藏，已非一日，耗费不下千万，阴谋百出。”西藏“为川滇秦陇四省屏蔽，设有疏虞，不独四省防无虚日，其关系大局实有不堪设想者”，“整顿西藏，有刻不容缓之势”。[4]光绪三十二年（1906 年）四月，清政府任命张荫棠以五品京堂候补往西藏查办事件。同年十月，清政府又任命联豫任驻藏办事大臣兼帮办大臣。张荫棠、联豫到西藏后，先后整肃吏治，加快了治理西藏的步伐。

光绪三十二年（1906 年）十一月，张荫棠致电外务部，请代奏参藏中吏治积弊，

---

① ［日］河口慧海著：《西藏旅行记》下卷，1904 年东京版，第 178 页。

② 《清德宗实录》卷 534，光绪三十年八月庚午。

③ 吴丰培：《清季筹藏奏牍·张荫棠奏牍》卷 3，第 22 页。

④ 吴丰培：《清季筹藏奏牍·张荫棠奏牍》卷1，第 14 页。

请旨革除惩办。他首先指出了藏中员弁积弊：今藏中吏治之污，弊孔百出，无怪为藏众轻视而敌国生心。驻藏大臣历任所带员弁，大多是被议降革人员，钻营开复，幸得差委，身名既不足惜，益肆无忌惮，鱼肉藏民，侵蚀库款。驻藏大臣利其节寿，一切暧昧供亿，反为讳饰，转求商上垫借亏挪，又暗许其借差浮冒报销，以为抵偿。藏中文武大小官，无不以边防报销为唯一之目的。

接着，张荫棠对驻藏大臣有泰进行了参劾揭露：有泰在光绪二十九年（1903 年）十一月到任，英军犹驻堆朗，约赴帕克里议和。裕钢一误于前，有泰再误于后。有泰借口商上不肯支应乌拉，不能起程，仅派李福林前往，半途逗留。迨英兵至江孜，又日请有泰往议，仍不敢去，仅派马金骥、刘文通赴孜，不得要领而还，卒酿成六月之变，有泰始往见荣赫鹏，自言无权，受制商上，不肯支应夫马等情，以告无罪，媚外而乞怜。荣赫鹏笑颔之，载入蓝皮书，即以为中国在藏无主权确证。庸懦无能，辱国已甚。有泰到任半年，毫无经划，坐误失机。其三月十七日致外部电云，番众再大败，即有转机，谬诩为釜底抽薪，冀幸英军进拉萨，为我压服藏众，诚不知是何肺肠。坐视藏僧与英军在布达拉山议约十条，无一语匡救，约成哄令画押，仓皇失措。英军驻拉萨两月，伙食均自备，其犒赏牛羊薪草等项，约费银千五六百两，借端报销至四万。八月外部汇款未到，先电称经费甚不能补，预留浮冒地步。又闻乍雅兵变围署，及噶布伦因赔款赴京，所费亦不过六七百两，报销至二万。洋务局员皆驻藏大臣文案兼差，岁提边防项下经费一万两。委任私人，朋比分肥。有泰信任门丁刘文通，自称系外委功牌，以之署理前藏游击，领带两院卫队，又总办全藏营务处，凭权纳贿，卖缺鬻差，其门若市，各台汛员弁，纷纷借端更调，下至挑补兵丁台粮，需索藏银四五百不等。靖西游击周占彪，亲言被刘索到任礼一千零六十两。又都司李福林获咎撤任，贿刘五千两转升游击。藏印军务倥偬之际，警报屡至，催赴敌前开议，有泰置若罔闻。刘文通购进藏姬五六人，献媚固宠，白昼挈随员赴柳林子，招妓侑酒，跳唱纳凉，该大臣醉生梦死，一唯所愚弄。

根据张荫棠的参奏，刘文通、松寿、李梦弼、恩禧、江潮、余钊、范启荣等均被革职，归案审判，分别监追。善佑革职，永不叙用，递解回籍，严加管束。周占彪、马金骥勒令休致。李福林革职留任，戴罪效力。有泰庸懦昏聩，贻误事机，并有浮冒报销情弊，先行革职，不准回京，听候归案查办。

后来，张荫棠又致电军机处外务部请代奏复查各员贪污情形请旨惩罚，清政府决定，西藏前任粮台黄绍勋、郭镜清、胡用霖、杨兆龙等交四川总督照数监追，李梦弼、恩禧、范启荣、松寿等押解四川分别追缴，刘文通解往四川永远监禁，并将其原籍寄居财产查抄充公，有泰发往军台效力赎罪。

光绪三十三年（1907 年）三月，张荫棠又致电军机处外务部请代奏请旨惩办藏官。箭头寺降神护法曲吉，借神苛敛，亩抽十之三四，仗势横行，重利盘剥，抄家害命，强夺庄田，积资数百万。印藏之战，以降神符咒蛊惑达赖，力言英兵不能到曲水，致大局糜烂。结果，箭头寺四品护法曲吉罗桑四朗、桑叶寺护法曲吉罗桑彭错，即行革职，永不叙用。

在调整行政体制方面，光绪三十三年（1907 年）正月，张荫棠提出，拟达赖、班禅优加封号，厚给岁俸，照旧制复立藏王体制，视达赖专管商上事，而以汉官监之。拟特简亲贵，为西藏行部大臣，体制事权用王礼。设会办大臣一员统治全藏，下设参赞副参赞，参议左右副参议五缺，分理内治、外交、督练、财政、学务、裁判、巡警、农工商矿等局事务。在亚东、江孜、札什伦布、阿里、噶大克、察术多、三瞻、三十九族、工布、巴塘等处，酌设道府同知，均用陆军学堂毕业生，督率番官，治理地方，兼办巡警裁判。每有番官之地，应设一汉官。张荫棠认为，这样可以使事权集中而政令统一，从而有效加强清政府对西藏地方的统治。

联豫任驻藏大臣时，对西藏行政体制也多有调整。光绪三十一年（1905 年）九月，他指出，因边外多事，前帮办大臣桂霖始请改驻察木多，创办练兵、开垦、开矿一切新政。其意原以外人窥伺西藏，势成岌岌，欲为保我疆圉，不得不择一居中之地驻扎，以便策应。但察木多乃一小台站，孤悬川境之外，距川距藏，均有三十余站之遥，其地烟户仅数十家，即使藏外有事，依然鞭长莫及。于是，联豫提出，熟审川藏情形，驻藏大臣宜规复旧制，仍驻前藏。

光绪三十二年（1906 年）十二月，联豫提出裁粮员改设理事官。西藏粮员原为沿途制兵而设，实施新政后，裁去制兵，招练新军，所有饷项统归驻藏大臣派人收管，每月发交统协各官，按名给发，粮员无事，所以裁撤。但是，察木多、拉里、前后藏等处汉民日益增多，以前遇有汉民和藏民涉讼之事，全赖粮员持平断结，粮员裁撤后，汉民将无所归依。因此，联豫提出，裁粮员之后，以前凡有粮员之处，均改设理事官一员，专管地方词讼事，保护汉民，由四川委派。以后巡警日渐推广，凡有汉民居住的地方，都可遍设理事官即可兼裁判之任。唯靖西关一缺，因有同知，兼该关监督，所以仍然保留，但也改名为理事官，渐收地方管辖权，及办理中外交涉事。

宣统二年（1910 年）二月，在噶大克、江孜、靖西已经设官的基础上，联豫提出在西藏择要酌设委员，包括藏西曲水委员一员，扼西路要冲；藏北哈拉乌苏委员一员，通西宁边路；藏南江达委员一员，控制工布；另有山南委员一员，藏东硕般多委员一员，招抚波密，并通边藏消息。此外，三十九族地方虽已驻兵，也设委员一员，以期逐渐开化。这些委员均令常川驻扎，管理刑名词讼，清查赋税数目，振兴学务工艺，以及招练商贾，经营屯垦，调查矿山盐场。

宣统二年（1910 年）十一月，联豫奏请裁撤驻藏帮办大臣，改设左右参赞，目的是要建立一个强有力的中央驻藏官吏系统，从而实施对西藏的有效管理，打击和削弱西藏传统的政教合一制度。

清朝驻藏大臣设于康熙四十八年（1709 年），当时康熙皇帝认为西藏事务不宜由拉藏汗一人独理，所以遣官一员，前往协同办事。到雍正初年，因为准噶尔乘隙窥藏，清政府便以两千川、陕兵留防藏地，派大臣正、副二人，分驻前后藏，以便镇守。这是增设帮办大臣之始。因为军队分布要地，必须各有大员统率。以后就成为定制，每季以一人出巡、一人居守。出巡之际，周历鄂博，查阅营伍，对巩固边防意义重大。不料行之日久，弊端丛生。宣统元年（1909 年），驻藏帮办大臣仍驻前藏之后，添设参赞一员，驻扎后藏，管理三埠通商事宜。鉴于新政期间改革官制，应责任必专，权限必明，而要以一政权，而资治理，就必须归并员缺。于是，联豫提出裁撤驻藏帮办大臣，设左参赞一员，驻前藏，禀承办事大臣，筹划全藏一切要政；设右参赞一员，驻后藏，禀承办事大臣，总监督三埠事务。经联豫奏准，钱锡宝即为右参赞，罗长绮为左参赞。品秩均为从二品官。左参赞驻前藏，和驻藏大臣同署办公，不设机构和属员。右参赞驻后藏，设有专门衙署和办事人员。

川军进藏后，事务日繁，往来文件，比以前增加数倍，几与边小省治无异。在这种情况下，宣统三年（1911 年）六月，联豫上奏改设治事议事各厅，应仿照各省督抚衙门章程，设立幕府分科办事，以责专成。鉴于办事大臣衙门房屋狭窄，没有可利用的房屋，于是，就将已裁的帮办大臣衙门改建为治事厅一所，作为办事处所。又建议治事厅一所，为会集各员议事处所。办事大臣每天都要到治事厅判行事件，遇有需要讨论的，可随时和属员面商。每隔十天，办事大臣要召集幕职及地方办事人员在议事厅开会，讨论应兴应革之事。各科事简的，由他科代理。设秘书员一员，以驻藏左参赞罗长绮兼任；协理一员，以投效分省试用府经历谢庆尧充当。改原来各房为科，计有：吏科兼礼科、法科，设参事一员，以奏调广东试用知县邓祖望充当。度支科兼营缮科，设参事一员，以奏调候选直隶州州判寿昆充当。军政兼巡警科，设参事一员，以奏调四川即用知县王言脖充当。交涉兼邮电科，设参事一员，以奏调高等毕业生优贡生吴观光充当。学务兼农工商科，设参事一员，以咨调四川试用同知常印充当。番务兼夷情藩属科，设参事一员，以奏调四川补用知县李嘉占充当。协理一员，以主簿用候选巡检李湘充当。[①] 整肃吏治和调整行政体制，进一步加强了清政府对西藏地区的行政统治，为西藏的发展奠定了基础。

（二）治理川边

加大对川边地区的治理是清政府巩固川、滇门户，保卫西藏藩篱的重要步骤。

川边，指的是四川省和西藏邻近的藏族居住区，即今四川省甘孜地区和西藏自治区昌都地区。为了解决川边存在的问题，光绪二十九年（1903 年）十二月，驻藏大臣有泰《奏陈川藏交界地方情形折》中，曾谈到川边问题主要有两方面：一是土司；二是寺院。四川总督锡良的奏疏中也持同样看法。关于土司问题，有泰认为：“生长

---

① 参见赵云田《清末新政研究——20 世纪初的中国边疆》，黑龙江教育出版社 2000 年版，第 258—266 页。

蛮方，不无桀骜情性，遇有锥刀之末，亦起争端。”这里是说土司之间经常发生械斗事件。至于寺院，则是“各寺院之喇嘛，愈出愈多，堪布之权，甲于官长，稍不遂意，聚众横行；托庇居民，肆其鱼肉；邻里借贷，间出其中，该喇嘛则重利以剥之，多方以胁之，如约不偿，则查抄备抵；甚至纵使无赖番僧，沿途抢掠，控其追究，反索规礼”。这里是讲寺院的所作所为已经危及社会。由于土司和寺院存在着上述问题，致使川边“巴塘、察木多交界之乍丫一带，盗案如林，客商裹足”。不仅如此，瞻对暂归西藏管理后，西藏地方政府的官员在瞻对“暴虐异常，瞻民不堪其苦”，后来“愈肆强横，瞻民更遭荼毒”。西藏地方政府的官员还威胁川边其他土司，以至于巴塘、里塘、霍尔、瓦述等十余土司，都以川省威令不行，相率依附瞻对。因此，“早收瞻对为固川之计，即为图藏之机”①。

很显然，只有解决川边藏区的问题，才能达到保卫四川、应援西藏的目的。光绪二十九年（1903 年）十月，锡良及成都将军苏噜岱奏请将原属雅州府分驻打箭炉同知改为打箭炉直隶厅，径隶建昌道，与雅州府划疆分理，关外土司事务照旧管理，巴、里塘粮员归该厅察举优劣，核转案牍，前归雅州府属的沈边、冷边等土司，及泸定桥巡检，一并归该厅专辖。光绪三十年（1904 年）三月，清政府决定将驻藏帮办大臣移驻察木多，以便居中策应。

光绪三十年（1904 年）十一月十八日，驻藏帮办大臣凤全行抵巴塘。他以里塘盗风甚炽，进藏大道不靖，筹划收回瞻对，奏请变通驻地，留驻巴塘半年，打箭炉半年，屯垦练兵。凤全在川边主要采取了以下措施：一是勘办屯垦；二是整顿军制；三是筹办收回瞻对；四是抑制喇嘛教的发展。同年十二月，凤全奏请限制喇嘛寺人数。他在奏疏中写道：“里塘地方土司积弱，日以朘削番民为事，十室九空。僧多民少，大寺喇嘛多者四五千人，借以压制土司，刻削番民，积习多年。”“抢劫频仍，半以喇嘛寺为逋逃薮，致往来商旅竟向喇嘛寺纳贿保险，即弋获夹坝，辄复受贿纵逸。”凤全认为：“唯是尽绝根株，非使喇嘛寺有所限制不可。即此不图，相率效尤，

① 四川省民族研究所编：《清末川滇边务档案史料》上，中华书局 1989 年版，第 8、15—17 页。

恐以后办事亦多掣肘。”他最后提出：“拟请申明旧制，凡土司地方，大寺喇嘛不得逾三百名，以二十年为限，暂缓剃度。嗣后限以披单定额，不准私度一僧。其年在十三岁以内喇嘛，饬家属领回还俗。”凤全抑制喇嘛教发展的意见遭到了十三世达赖喇嘛的反对，泰宁、巴塘、里塘的喇嘛也群起而攻之。达赖喇嘛不欢迎凤全任驻藏帮办大臣，派人到巴塘进行煽动阻挠。由于达赖喇嘛集团的煽惑，巴塘正、副土司竟称“凤全教练洋操，袒庇洋人，应即加之诛戮”。巴塘的喇嘛主使当地藏众“出而掳掠，并声称阻止练兵开垦等事，扰及近台”。[①] 在上述背景下，不幸发生了巴塘事件。

光绪三十一年（1905 年）二月二十一日，巴塘丁林寺喇嘛放枪击伤官兵，此后又焚烧垦场，纠众滋事。二十八日，“番匪乘机焚毁教堂，勇丁被拒杀者二十余人。署巴塘都司吴以忠，随员秦宗藩并死其难，粮署亦为劫掠。众番汹汹，解喻不散”。三月初一，凤全及其随行者五十余人由巴塘移驻里塘，在途经红亭子时，“即见番众埋伏突出，前后截杀，凤全督勇搏战，相持良久，终以匪众勇寡，遂与随员勇役等五十余人尽遭戕害”[②]。

巴塘事件发生后，清政府十分震惊，迅速采取了稳定川边形势的措施。光绪三十一年（1905 年）三月，四川提督马维骐和建昌道赵尔丰奉命率领军队开赴川边藏区，同时以巴塘、里塘隶于建昌道。四月下旬，赵尔丰等抵达巴塘，很快查清了凤全被戕事件的原委，并把这一事件的主从凶犯申奏清政府。从光绪三十一年（1905 年）四月到六月，清军先后攻克泰宁、巴塘，火焚丁林寺，马蹈七村沟，泰宁寺安分喇嘛则梵修如故。巴塘形势稳定后，马维骐奉调回川，赵尔丰任炉边善后督办，统兵留驻，办理善后，根据新的形势，对军队重新进行了部署。

光绪三十二年（1906 年）六月初，四川总督锡良上折密保赵尔丰，称他“坚忍卓绝，忠勇无伦”，“开诚布公，信赏必罚”，特别强调他在用兵里塘过程中，“不强

---

① 四川省民族研究所编：《清末川滇边务档案史料》上，中华书局 1989 年版，第 40—41、63、47 页。

② 四川省民族研究所编：《清末川滇边务档案史料》上，中华书局 1989 年版，第 53 页。

之来降，惟徐结以恩信，各番遂先后归顺，逆势以孤”。同月，锡良等奏请设立川滇边务大臣，认为这样可以使“川、滇、边、藏声气相通，联为一致”[①]。于是，清政府决定仿照宁夏、青海先例，设置川滇边务大臣，以赵尔丰为首任。同年七月，赵尔丰正式上任。光绪三十三年（1907 年）正月，清政府复派赵尔丰任护理四川总督兼边务大臣；光绪三十四年（1908 年）二月，又委任他为驻藏办事大臣兼川滇边务大臣。清政府为了支持赵尔丰，使他办事不被掣肘，又特将其兄赵尔巽由东三省将军调任四川总督，“以免扞格，而便联络”，“无分畛域，随时接济”[②]。希望二赵能够充分利用四川的地大物博和人口众多的资源，努力治理好川边藏区和西藏。

赵尔丰接管藏务后，在政治上改土归流，建置府县。改土归流从巴塘、里塘开始，到革什咱等处改设丹巴县止，在时间上，从光绪三十二年（1906 年）到宣统三年（1911 年），约有六个年头；在方式上，有的使用了武力，有的采用了和平手段。

赵尔丰平定巴塘、里塘后，“百姓皆愿设置汉官，再不愿土司管辖”。于是，他令巴塘粮员吴锡珍代理地方一切事宜，“清查户口，规定粮税，疏通大道，以便转输”。以贵州候补知县王会同为盐井委员，前往招安，兼征盐厘。委四川候补州判姜孟侯赴乡城一带晓谕，抚绥地方，并决定：“正当改流之始，所有夷民田产，不准施送喇嘛，私相授受；及嗣后执业田产，均须请发印契，永为世业。”[③] 后来，改巴塘为巴安府、盐井为盐井县、三坝为三坝厅、乡城为定乡县。改里塘为理化州、稻坝为稻城县、贡噶岭设县丞。改中渡为河口县、打箭炉为康定府。设炉安盐茶道，驻扎巴安府，统辖新设各府州县。炉安道设兵备兼分巡道一员，加按察使衔，兼理刑名。康定府设知府一员，管理地方钱粮词讼，以理化一厅，河口、稻城二县隶属。巴安府设知府一员，以三坝一厅，盐井、定乡二县隶属。贡噶岭县丞一员，隶于稻城县。理化设同知一员，三坝设通判一员，四县各设知县一员，并管监狱。

---

① 四川省民族研究所编：《清末川滇边务档案史料》上，中华书局 1989 年版，第 87、90 页。

② 朱寿朋：《光绪朝东华录》五，中华书局 1958 年版，总第 5857 页。

③ 四川省民族研究所编：《清末川滇边务档案史料》上，中华书局 1989 年版，第 92 页。

光绪三十四年（1908 年）十一月，德格土舍多吉生格情愿将全境土地、人民纳还朝廷，赵尔丰奏称应准其所请，将德格全境收回，设官分治，并拟请赏给该土舍都司官职，准其世袭，每年由德格征粮项下，拨银二三千两，以资其用度之费。德格土司原有二品顶戴花翎，该土舍照旧戴用。宣统元年（1909 年）十一月，高日、春科两土司均情愿将印信、土地、百姓交还朝廷，赵尔丰奏请改土归流，并在郎吉岭设官管理。贡觉所属僧民人等，因受藏官苛虐，也愿改设汉官。宣统二年（1910 年）正月，江卡九地土百户等禀诉，希望清政府收回江卡全境，听从汉官管理，不再属藏。①

宣统二年（1910 年）三月，赵尔丰、赵尔巽会奏：拟在登科地方设知府一员，名登科府；在龚亚设知州一员，名德化州；在杂渠卡设知县一员，名石渠县；在白玉设知州一员，名白玉州；在同普设知县一员，名同普县。地方钱粮、词讼、监狱一切事务，由各该管地方官专管。两州两县均隶于登科府。拟在登科府治设分巡兼兵备道一员，名边北道，统辖各府州县。赵尔丰等还制定了拟设道府州县设治章程十八条，其中规定：所设兵备道一员，禀承边务大臣命令，考核所辖府州县并兼理刑名事务，府州县命盗各案均由该道核转，遇有兵事，准调遣境内边防各军，一面知会该军统领札饬各营遵照，无事该道不得随意调用营勇，有事该统领亦不得故意阻挠。从此，川边藏区改土归流纳入全国统一的轨道，从而促进了川边藏区改土归流的进程。

从宣统三年（1911 年）二月下旬起，到同年闰六月止，川边藏区相继改土归流的有得荣、东科、白利、朱窝、罗科、瞻对、灵葱、绰斯甲、革什咱、明正、孔撒、崇喜、鱼科等土司管辖之地。瞻对五土司地方归并为怀柔县。灵葱土司全境由登科地方官管理征收粮税。罗科、朱窝归并炉霍，改为炉霍县。孔撒土司地方设甘孜县。鱼通、木雅、孔玉、木居城子改为康定府。冷绩、沈村、咱里改为泸定县。菩萨龙、三安龙、墨地龙、麦地龙、三盖龙、八阿龙、迷窝龙、洪坝龙、湾坝龙改为九龙县。

① 参见四川省民族研究所编：《清末川滇边务档案史料》中，中华书局 1989 年版，第 495—496、526、543—544 页。

白孜、夺浪中、巴衣绒、宜马宗、八角楼、崇喜改为河口县。鱼科、泰宁、渣坝三村改为道孚县。巴底、巴旺、革什咱改为丹巴县。俄洛改为果罗县。色达改为达威县。绰斯甲改为周来县。察木多粮员改为同知。乍丫设理事通判。

宣统三年（1911 年）闰六月十六日，代理边务大臣傅嵩炑奏请建立西康省。他在奏折中指出：“边地与西藏毗连，西藏与强邻逼处，外人狡焉思启封疆，几不以藏为中国属土，殆因藏未建省，名义未定之故。”“边地未开办以前，藏距川远，藏人时有不轨之谋。”“边地改设行省，编练重兵，建威即可消萌。守康境，卫四川，援西藏，一举而三善备。”由此可以看出，筹建西康行省和西藏形势的变化有着密切的关系。奏折中还提到了建立行省的条件以及应改官制的情况：“边地所设府厅州县，各管地面，皆地足以养民，民足以养官。所征粮税，可敷各属员司廉俸办公之用。”“边务大臣，改为西康巡抚。原设边务收支局，改为度支司。原设关外学务局，改为提学司。原设康安道，改为提法司。”[①]虽然由于后来时局的变化，终清之世西康建省未能实现，但是它却反映了清末川边改土归流、行政建置变革的轨迹，并为民国年间建省奠定了基础。

四、对台湾地区的治理

康熙二十二年（1683 年），施琅率领清军统一台湾。施琅上书《恭陈台湾弃留疏》，透辟阐明保有台湾的必要性和可能性，指出台湾战略地位极其重要，是江浙闽粤四省之左护、东南之保障，轻弃不守，沿海诸省断难安然无虞[②]。疏上，得到康熙皇帝的支持，认为“弃而不守，尤为不可”[③]。于是，康熙二十三年（1684 年）四月，清政府在台湾设立台湾府，下辖三县，隶属福建省，全台设总兵一名、副将二名、

① 四川省民族研究所编：《清末川滇边务档案史料》下，中华书局 1989 年版，第 878—879 页。

② 参见《清史稿》卷 260，《施琅传》。

③ 《清圣祖实录》卷 114，康熙二十三年正月丁亥。

士兵八千名镇守，澎湖设副将一名、士兵两千名镇守，台湾历史揭开新的一页。[①]

台湾建省稍迟于新疆建省，且与防止列强的侵略活动有着密切的关系。同治十年（1871年），一艘琉球国渔船遇飓风漂流至台湾东岸，因与当地高山族人发生冲突，死伤数十人。日本以琉球为日本版图为借口，派使臣到北京大兴问罪。1874年擅自派兵进犯台湾。日本的侵略活动引起了清政府的震动，同时也认识到台湾在中国海防上的重要地位，一些大臣纷纷提出建议，要求加强台湾防务，其中反映在官制方面，有派遣巡抚、总督之类的重臣巡视、驻扎。光绪十年（1884年）又爆发了中法战争，法军虽在陆路失利，但却利用海军优势侵扰台湾，封锁海峡，逼使清政府与其签订停战和约，使中国"不战而败"。中法战争的失败，再次让清政府认识到台湾在东南海域的重要战略地位。如何治理台湾，已成为当时迫切需要解决的问题。钦差大臣、督办福建军务的左宗棠上疏说："台湾孤注大洋，为七省门户，关系全局。请将福建巡抚移驻台湾，以资镇摄。"[②]经过朝议，光绪十一年（1885年）九月，慈禧太后懿旨："台湾为南洋门户，关系紧要，自应因时变通，以资控制，着将福建巡抚改为台湾巡抚，常川驻扎。"[③]之后经过福建巡抚刘铭传和闽浙总督杨昌浚的具体协商，认为"闽台本为一省，今虽分疆划界，仍须唇齿相依，方可以指臂相助"[④]，请求仿新疆建省时称"甘肃新疆巡抚"之例，名曰"福建台湾巡抚"。刘铭传被任命为首任台湾巡抚。在经费上，因初立行省，加上整饬海防，需款较多，提出以五年为期，从福建等省库银和闽海等海关银两中调拨一定数额，予以协济。这些请求都得到清政府的允准。

光绪十三年（1887年），清政府建台湾巡抚衙门。台湾省下的府州县建置逐步调整为：改原台湾府为台南府，附郭首县台湾县为安平县，合嘉义（原诸罗）、凤山、恒春三县及澎湖厅，共四县一厅；中部设台湾府，领台湾（今台中）、云林、苗栗、

---

① 参见王戎笙主编：《清代全史》第二卷，方志出版社2007年版，第214页。

② 《清史列传》卷51，《左宗棠》。

③ 《清德宗实录》卷215，光绪十一年九月庚子。

④ 《刘壮肃公奏议》卷6，《遵议台湾建省事宜折》。

彰化四县，并埔里社一厅；北境设台北府，领淡水、新竹、宜兰三县和基隆一厅。又添设台东直隶州，治本州并卑南厅、花莲厅。全省共设三府、一直隶州、十一县、五厅。开初拟定以台湾府城为省会。光绪十八年（1892年），新任巡抚邵友濂上奏称，台湾府城"交通颇烦"，营建"经费浩繁，无由筹办"，经奏准，清政府决定将省会移置台北。

台湾建省，增强了清朝东南海疆的防务力量，也加速了台湾本岛的开发，在较短时间内，台湾的防卫力量有了明显的提高。同时，清政府又架电线、修铁路、设学堂，使台湾社会面貌迅速改善。可惜为时不久，中国在中日甲午战争中惨败。光绪二十一年（1895年）中日两国签订《马关条约》，规定将台湾全岛及所有附属岛屿、澎湖列岛割让给日本，从此，台湾沦为日本殖民地，直到1945年抗日战争胜利，台湾才光复回归祖国的怀抱。①

---

① 参见白钢主编，郭松义、李新达、杨珍著：《中国政治制度通史》第十卷，清代，人民出版社1996年版，第309—310页。

第六章　财政制度之特点

清朝在财政管理体制方面基本袭用明朝财政管理制度，但同时也表现出了新的特点。第一，与中央集权相适应，清朝前、中期，中央政府尤其是皇帝对财政经济的干预与控制进一步加强。清政府在财政收支方面制定了一套严格而烦琐的规章制度，建立了一套系统而庞杂的管理机构，令布政使直接对户部负责，地方政府没有相对独立的财权。第二，清代的赋役制度发生了较大的变化。“摊丁入亩”赋役制度的推行，既是社会经济发展变化的产物，同时又在相当长的时期内对稳定清王朝财政收入提供了有力的保障。第三，清朝前、中期社会经济的变化主要体现在工农业生产总值的增长、人口数量和耕地面积的明显扩大、物价的上涨等方面。第四，晚清时期，由于内忧外患频发，中央集权的财政管理制度被打破，财政权下移至地方，所有这些变化都影响到清政府对国家的统治与治理。

一、中央财政之管理

有清一代中央财政由户部和后来改名的度支部统一掌管。户部设有十四司，各司均以省命名，如江南司、江西司、浙江司等，除掌管审核本省地丁钱粮及某些税课外，还兼管其他有关财政事务。如江南司（掌江苏、安徽两省钱粮）兼管江宁、苏州织造的财务奏销及各省动支“平粜”银，以及地丁逾限事；浙江司兼管杭州织造的奏销和各省民数、谷数；江西司兼管各省协饷；福建司兼管直隶钱粮、杂项、天津海税，京师五城赈粟，及文武会试、乡试支供等；湖广司（管湖北、湖南两省钱粮）兼及各省地丁“耗羡”；河南司兼管察哈尔俸饷及各省报销未结款项；山东司兼管奉天、吉林、黑龙江钱粮，长芦盐课及八旗养廉；山西司兼稽察哈尔、土默特地亩钱粮，喀尔喀四部等处办事官，以及有关台站俸饷并各省岁入岁出；陕西司（兼管甘肃、新疆钱粮经费）汇核在京支款，及西安、宁夏、凉州、庄浪各驻防俸饷；四川司兼稽本省关税、两金川和新疆屯务、成都驻防俸饷，及京城草厂出纳，各部院纸朱支费、入官户口、赃罚银两；广东司兼管广州驻防俸饷，八旗继嗣、户产更代；广西司兼稽本省矿政、厂税，及京省钱法，内仓出纳；云南司兼理本省厂课，有漕省漕政，京通仓储，及江宁水次六仓考核；贵州司兼核各关税课并貂贡。各司负责有关省或部门上送的奏销册的审计，若发现某一款项收支不符规定，可以依例驳回，定限再报。每年年终，户部根据各省各部门的奏销册汇总后，送呈皇帝，以完成财政收支审批的最后一道手续。

除十四司外，户部还设有监督、铸造钱币的钱法堂和宝泉局，收储漕粮等粮食的内库，典理八旗田土、内务府庄户的井田科，专管八旗官兵俸饷丁册的俸饷科，以及收授捐纳银粟的捐纳房，又有银库、缎疋库、颜料库，统称户部三库。

光绪三十二年（1906 年），户部改称度支部，原以省为名的各司分别归并，改称为田赋司、漕仓司、税课司、莞榷司、通阜司（发行通货等事）、库藏司、军饷司、制用司、会计司，又有清理财政处，金银库，暂设核捐处、统计处。司处以下，又细分各科，使名实更加相符。

清朝前、中期，清政府在财政管理上实行高度的中央集权，布政使虽然为地方长官，但不属于督抚管辖，而是直接对户部负责。地方每年的赋税收入，除按规定数额存留地方或协济邻省外，均得上缴户部。正如康熙皇帝所言：凡“一丝一粒，无不陆续解送京师”，以致省府县“无纤毫余剩可以动支”[①]。至于地方从省到州县，虽各设有库储，但主要是供额内所需，即使有余剩需作额外开销，也必先请旨，待批准后才可经领。

除此之外，在保证中央集权财政的正常运转中，户部的奏销制度也起到了十分重要的作用。所谓奏销制度，就是各省对财政收支的具体情况在规定的期限内向户部上报详细清册。顺治八年（1651 年），刑科给事中魏象枢上奏说：“国家钱粮，部臣掌出，藩臣掌入，入数不清，故出数不明。请自八年为始，各省布政使司于每岁终会计通省钱粮，分别款项，造册呈送该督抚。按查核恭缮黄册一套，抚臣会题总数，随本进呈御览。仍造清册，咨送在京各该衙门，互相查考，既可杜藩臣之欺隐，又可核部臣呈之参差。至于故明勋逆产价、芦盐租课、赃罚银两、本折物料等项，一概报明，庶钱粮清、国用足。”[②] 这是奏销制度建立的起点。之后，清政府又采取措施，要求各省、府、州、县往年的剩余银两，当年的赋税收入和支出，当年的结余银两，均需如实呈报。具体来讲，各省于每年冬季需向户部上报支出款目和数额，次年春、秋两季需上报实际剩余银两数。如果地方官员弄虚作假，一旦发现，将受到严厉的惩处。至于军费开支，除官兵俸饷纳入常例奏销制度外，战时的军费开支也由户部设立粮台供应，统一收支，严格核销。[③]

总之，清代财政管理实行高度的中央集权，各省没有独立的财政权。清政府从财政管理机构的设置，到对赋税征收和财政收支的严格控制，都旨在确保高度集权

---

① 《清圣祖实录》卷 240，康熙四十八年十一月丙子。

② 《清世祖实录》卷 57，顺治八年六月辛酉。

③ 参见周志初著：《晚清财政经济研究》，齐鲁书社 2002 年版，第 5 页。

的中央财政管理体制的建立和运转。这种情况直到晚清时期才开始发生变化，主要表现为在镇压太平天国运动的过程中，地方督抚权力加大，他们掌握榷关，常常自设税项，其中厘金的征收，便是突出的例子。厘金原本并无向户部奏销一说，后来经过整顿，规定了厘局官员的考成法和按季报部奏销法，但大多具于形式，中央已不能如从前那样令行禁止了。

二、地方财政之管理

在清代，地方财政管理机构是按省府州县的行政组织划分的。省级的布政司是兼理全省钱谷出入的机关。它一方面接收各州县缴来的钱粮，同时又负责向户部奏销和调拨起运的税收，其存留部分便贮于布政司库，也就是通常所说的藩库，以供全省支用。总督、巡抚则行使督察、考成之责，上送朝廷的奏销册，需经其封检加印。布政司下的道府州县，都是以行政官兼行财政税收事务。在全面实施“摊丁入亩”的赋税改革以前，届期的人丁编审和征收丁银，以及催办田赋等事，照例由州县直接经办，府道以至布政司等官负责催督，故称州县官为经征官，道府司为催征官。

清代财政管理制度，重要的有田赋征收制度、考成制度、解协饷制度、奏销制度、库藏制度、交代制度六类。此外还有漕运、盐法、钱法等专门制度。

清代的财政收入以田赋为最重要，占国家财政收入的一半以上。“摊丁入亩”后，田赋和丁银合一，故又称地丁银，是为正赋。地丁银按亩征收，由于各地田土贫瘠不一，所以在征收时，先得区别田地山荡，然后再分等则，即通常所说的三等九则，也有叫作金银铜铁锡的。同样是上则田，此地和彼地的征收额也不尽相同。另外，不同的田土类别，如官田、民田，科则亦相距很大。田赋有征银和征实物两种，实物包括米、麦、豆、草之类。江苏、安徽、浙江、江西、湖北、湖南，以及山东、河南等省份，在正赋以外，还要征收米、麦、豆等漕粮。

自唐代杨炎立两税法以来，历代田赋基本统一采用分两期征收之制。清代田赋分上、下忙两次征收。地丁银春季上忙自农历二月开征，五月截止。秋季下忙，八月接征，十一月截止。但各省气候、地理情况不同，实际执行时间、限额都有变通。漕粮征收则于农历十月开仓，十一月月底必须交运，不得改动。

为保证田赋收入，清政府实行严格的考成制度。考成的办法依应征与实征的比例确定州县官的升、停、罚、降等奖惩。康熙二年（1663年）规定："征收钱粮，本年内全完者，记录一次；三年相接均全完者，加一级。""未完不及一分，停升，罚俸一年。一分，降职一级。二分至四分，递降至四级，并戴罪催征。五分以上，革职。"有督催之责的巡抚、布政使司、道、府、直隶州等官员，亦按十分考成，至不满六分、七分革职。未完分数转入次年追征，追征额再按完成分数情况考核，未完额达四分以上者即革职。起运之钱粮，也作十分考成。由于处分过严，督催官员难免有捏报、宽纵下属之弊，嗣后考成分数有所放宽。至雍正年间，州县考成由年内完成分数放宽到奏销前，追报全完者原有处分可以撤销。至乾隆四十八年（1783年），耗羡征收亦照正项钱粮未完之例议处。田赋分上、下忙征收，乾隆以前均按上、下忙分别考成，至嘉庆二十二年（1817年）以后，逐渐改为上、下忙综计完成分数考成。综观清朝前、中期的田赋征收考成制度，大体由严渐宽，这一方面反映了田赋征收的实际情况，另一方面则是因为财政状况的好转。这与清代后期财政权下移，在性质上是不同的。

关于地丁钱粮的征收情况，黄六鸿在《福惠全书》中曾有比较清楚的说明：

> 田之所税为粮，人之所供为丁，统正赋之名曰地丁。然南北繁简之不同，各处款项之不一，如直隶、山东止一条编，总归地丁；江南、浙江财赋甲天下，银则有地亩，有漕项、耗增，有渔、芦等课，牙、杂等税银。米则有漕粮，有耗增，有白粮、白耗、南粮、南耗等米。至于定额之外，或又有本年开垦之新增，有闰年之加闰，有淹荒、豁除、奉赦、奉蠲等银米，则本年征收之额，《赋役全书》、"易知由单"尤必预为改刊。今"由单"，停刊，惟"全书"与司核会计册，东南必不可少，州县实征，里书遵照攒造。其攒造之法，本县一年银米，某项某项若干，共该若干；都图里甲共若干，该银米若干，各里甲

花户银米若干，共该若干，要必各甲花户之银米，与甲总合各甲之银米，与图总合各图之银米，与县总合所谓一县之总撒相符，然后照此册征收，庶无增多减少之弊。

各州县征得钱粮后，需留下必要的俸银、役食、驿站、夫马、祭祀、廪膳、孤贫救济等开支，叫作存留，然后上缴藩库。这中间得经府挂号钤印。布政司根据州县奏销草册，再汇总编制，经总督、巡抚咨送户部。奏销册的内容按《赋役全书》所载额编银数，开明蠲缓若干、实征若干、存留若干、起解若干。因为它是越岁奏销，所以反映的便是上一年财政收支执行情况。另外，督抚们还要编造分列细数的"赋役黄册"，以及说明本省当年实存银和下年官兵俸饷概算的报告书，即青册。黄册和青册连同题本，都咨送户部。通过布政司和督抚的报告书，可以看到各州县和省全年主要财政收支的预算和决算。

清朝的财政收入还有盐课、关税等。有盐课的省份设置盐运司或盐法道。所收盐课，每年得向户部奏销审核。全国税关常出户部或内务府等中央衙门直接差员经理，也有委托督抚派道员或其他职官兼理的。像京师、天津、淮安、浒墅、九江，以及沿海各关，均由内务府司员简放；张家口、杀虎口、古北口、潘桃口及山海关，由宗人府、理藩院等衙门垄断。关差以一年为一任，届期差官必须将征收税额报部奏闻。奏销公文分题本和奏本两种。题本专述税额，奏本申述盈亏原由。随题本呈送的，还有商人填写输课项目的亲填簿，作为收税存单的循环簿和关税汇总册。户部在查对过程中如发现问题，便打回各关，限时再报。

各省除布政司库外，还有按察司库，贮存赃银罚款；粮道库，储存藩司移解的地丁款项和漕项银，及驿站马夫工料；河道库，贮河银；兵备道库，贮兵饷；盐法道库，贮盐课；各税务有监督库，贮钞关银。又，各州县卫所亦均设库，贮存本处坐支赋银。

清朝各省动支的财政款项，分为坐支、给领、协饷、估拨四种。坐支款项包括官俸役食，铺兵工食、驿站料价、祭祀香烛、廪生银粮、岁贡坊仪、民七军三料银、孤贫口粮等，各由地丁编征项内支给。给领款项有俸饷水脚、船工河工水脚，宪书工价，孝子、节烈妇、寿民建坊银，官兵丧白事银，举人坊仪，会试盘费，物料脚价，贫生膏火，由藩库支领报销。协济款项，主要指有的省份征收地丁银两不够开销，或因缓征、蠲免钱粮，需由邻近省份拨解，这些都在地丁项目之内统一奏销。作拨款项有上一年预估拨给兵弁粮饷、河工物料储备等，都按年实报实销。上述款目的开销中，或有因临时变动而剩下小额银两，如官员因事离任而停支的俸银、兵饷扣存，等等，先存入藩库，待来年报销。①

解协款制度是清代整个财政体系运作的中心环节。征收、考成是解协款制度运作的基础，而只有通过解协款制度的运作，才能实现中央政府对于全国财政资源的控制和分配，保证财政收支的平衡。

所谓解款，是地方政府上行款项，协款则是省际平行款项；解款、协款的流动，都由中央政府指令调拨。在清代官文书中，拨款具有两重含义，一是指调拨款，包括调解和协拨；二是单纯指由中央拨给地方的下行款项。可见，在解协款制度运作中，中央政府的调拨起了中枢作用。调拨的依据是上年冬季各省督抚对本年度应支俸饷的估算，即所谓“冬估”。冬估所列支出通常为常例开支，经户部审核无违例支出后，便由户部分春、秋两次拨款。各省督抚、藩司根据春、秋拨册，调度本省内部财源，扣存批准动支的款项，称为“存留”；征存有余的部分，即须报解，称为“起运”。起运款项依户部指令或解交中央，或协济邻省。清政府根据各省财政状况，分为仅敷、不足、有余三类。“仅敷”指财政收入仅敷本省开支，不协不解；“不足”指财政收入不敷本省开支，须邻省协济；“有余”指本省财政收支有余，或上解户部，或协济邻省。上述留存、起运款项都仅指地丁钱粮而言，其盐课、关税、杂税等项一律报解，不在其内。

奏销制度在性质上是一种财政决算制度。清朝财政会计年度采用农历历年制。

---

① 参见白钢主编，郭松义、李新达、杨珍著:《中国政治制度通史》第十卷，清代，人民出版社 1996 年版，第 474—477 页。

钱粮奏销大体上是在该年度结束以后，先由各州县制造草册，按旧管、新收、开除、实在四项申报布政使司。布政使司核对无误后，发回照造；如有舛误，则分析指出，发回别缮补送。之后，由布政使司汇总。各省奏销册上报户部期限，依路程远近，分四月、五月、六月不等。户部收到奏销册后，逐一审核收支款项，如有不符，即指驳发回，各省复查登答，限于十月前完成。各省督抚对于奏销册有审查考核之责，原须另造报奏销总册，至乾隆二十三年（1758 年）改为于司总册上加盖印信，声明"并无遗漏滥支"字样。户部于年底总汇，题奏皇帝。整个奏销过程，工作量极为繁巨，体现了中央政府对于各级地方政权财政收支实际过程的高度控制。

清朝国库的库藏制度，实行各级分贮、统一调度。就现金库藏来说，户部银库为一级国库，分内库和外库，内库银一般永远封贮，非遇外库支绌，不得动用。一般现金收支，主要由外库结算。省设藩库，府、直隶州各有库藏。自雍正年间，各省藩库、冲要州县库也采用内库封贮制度，以备非常之需，藩库封贮者称为留贮，府、直隶州封贮者称为分贮。此外，特别财政收入如关、盐、粮等均设专库储运。这种库藏制度是建立在国家尚无统一的金融机构、信用制度还不发达的经济基础之上，基本上适应了财政收支单纯依靠现金储运的需要。

如果说解协款制度、奏销制度是从账册上控制财政运行过程的话，库藏制度则是从现金流动上控制财政运行的过程。清政府不仅严格规定了现金收发的各种规章，而且推行了经常查库制度。户部银库由江南道御史常年监督收放款项，定期盘查库存。省库由布政使司负责盘查，尹州县库则由本官负责。奏销之时，藩库由督抚亲临盘查。为了防止盘查不实、本官隐匿库亏等弊端，清政府又制定了交代制度以保障库藏。所谓交代，也就是离任官员向接任官员移交账册、现金及其他财物，接任官员一旦发现账实不符、库藏亏损，自然不愿代受前任之过，轻易交盘出结。因此，大量的库亏案件，往往是在交代过程中发现的。一旦查出，往往追查数任，分担追赔。[1]

---

① 周育民著：《晚清财政与社会变迁》，上海人民出版社 2000 年版，第 26—29 页。

三、财政管理之特点

清初中期，在财政上实行高度中央集权。清政府无论是从财政管理机构的设置，还是到对赋税征收及财政收支的严格控制，都推行了高度集权的中央财政管理体制。各省每年所得赋税，“一丝一粒，无不陆续解送京师”。省府州县，除规定留用的少数存留外，“无纤毫余剩可以动支”[①]。但是，这并不是说，地方政府没有任何一点财政支配的权力。毕竟，赋税的征收要靠地方政府才能完成。

清初中期，中央和地方关于财政权力的分配主要体现在州县赋税收入的分配上。清初中期的赋税，主要包括田赋、丁银、盐课、关税及杂赋等项目。其中，田赋、丁银属“正赋”，也是税收之大宗。雍正实行“摊丁入亩”后，丁银摊入地粮内征收，田赋、丁银完全合一，具体由地方州县官负责征收。盐课、关税则由朝廷直接掌管，其收入也全部归于中央。当时，州县的赋税分为两个部分：一曰起运；二曰存留。凡州县经征钱粮，运解布政使司，候部拨用，叫起运；凡州县经征钱粮，扣留本地，留作经费，叫存留。显然，除了盐课和关税直接归属中央，地方无法分享外，起运和存留的实质就是中央和地方政府在其余财赋税上的再分配。起运归中央财政所有，一律运经各省布政使司，由户部调拨京师，或调往他省他州他县，或拨付边镇充当军饷。存留则属地方财政所有，供地方政府开销支出。对上述起运和存留制度及其所体现出的中央和地方的赋税分配，清政府自然十分重视，不仅对此加以严格管理，而且为了有效加强对地方的控制，还往往对地方的赋税存留给予裁扣，最终达到压抑和剥夺地方的赋税支配权益、加强中央财政集权的目的。

从顺治到乾隆朝，清统治者对地方州县的赋税存留数与地方督抚手中的财权逐步采取了裁减的政策，不仅地方财政存留数额经常被中央大幅度裁减，康熙朝还进

① 《清圣祖实录》卷240，康熙四十八年十一月丙子。

一步形成了“悉数解司”和“奏销钱粮”制度。这两项措施实行之后，致使地方州县无存留钱粮，钱粮全部解为国库，地方以州县为单位的财赋存留制度就被取消。州县正项经费开支，必须随时向布政使司及其所辖的户部积存库领支，而领支又需遵照户部条例执行。这样，地方政府的日常收支就大多被置于中央政府的严格管辖之下，清初以存留名义出现归地方州县支配的小金库遂被撤销。中央在财政上对地方的控制进一步加强。

由于清朝中央政府在财政上对地方的过分剥夺，使地方政府的财政相当窘困。官俸的低微和地方财政的拮据，也必然会造成官吏的贪污及地方财政的亏空。为了解决财政上的困境，地方官府就欺上瞒下，在征收赋税方面上下其手，在中央政府规定的赋税数额之外进行“私派”，以补充地方行政开支上的亏空，这就是所谓的“火耗加派”。这种状况，自然加重了民众的负担，使社会上出现了诸多不稳定的因素。因此雍正时清政府又采取了耗羡归公和养廉银政策，以冀改变这种不正常的状况。但朝廷通过耗羡归公，把州县对耗羡的非法征收及支用，改为直省督抚等合法的全权支配，显然是加大了督抚等对耗羡之类的支用权，这为中央集权制度所不允许。因此，乾隆中期以后，清朝中央政府对直省督抚全权支配耗羡的制度又进行了一些调整，限制了督抚的一些权力。首先，养廉银的征发数额改由军机处与户部议定。其次，乾隆、嘉庆时期又实行耗羡归公后专款专用和例外支用须审批的规则。经过此番调整后，清廷又将各省督抚对耗羡的支配权部分地收回中央了。应当说，中央对地方财政高度剥夺是清初中期中央和地方在财政权力分配上的主要特征，这种状况一直延续到了太平天国运动时期地方势力抬头后才逐渐有所改变。

四、晚清财政权之下移

清初中期中央高度集权的财政管理体制保障了康乾盛世的出现，为清朝的统一和经济的发展奠定了雄厚的财力基础。然从乾隆后期开始，中央政府的财政收入已呈明显的下降趋势。至嘉道年间，清朝中央政府对全国财政的控制能力已降到一个很低的水平，财政危机初露端倪。到咸丰、同治两朝，因为内忧外患的打击，中央高度集权的财政管理体制逐步瓦解。

（一）咸同年间中央财政权的急速下移

咸丰、同治年间，清政府财政权的下移主要表现在以下三个方面：

1. 允许地方督抚或统兵大员自筹经费

太平天国运动彻底打乱了清王朝的统治秩序。因为无法解决战时财政困难，清政府不得不允许地方自救，不得不允许地方督抚和统兵大员在所在地加派各种苛捐杂税。在这种情况下，战区督抚自行设立各种苛捐杂税，为了自筹粮饷，地方督抚甚至统兵将领直接私自设置专门财务机构，管理财政收支等项事务，如湖北巡抚胡林翼设立湖北总粮台来统辖全省财政，实际上剥夺了原本由布政使司统辖的财权。至于各地所设厘金局卡，也均由地方督抚和统兵将领所控制，户部根本无从插手。

2. 默许地方督抚自行动拨、截留本属户部调拨的正供钱粮、漕粮以及仓谷等

清制，正供地丁钱粮，除核定存留之外，应尽收尽解，报部备拨。但如遇军情紧急，也可以先就近地方动用，再行奏报。太平天国运动时期，各地纷纷借口“军务”需要，大量截留归中央调拨的钱粮。户部也因军费开支无定，无从编制拨册，不得不从权处理，听任地方便宜行事。地方督抚自行动拨、截留本属户部调拨的正供钱粮、漕粮以及仓谷解款的行为，导致了中央政府协拨制度的运转失灵，中央政府支配、协调全国财政能力在急剧下降。

3. 奏销制度名存实亡

严格的奏销制度对确保高度集权的中央财政管理体系的正常运转有着十分重要的作用。清代初中期，奏销制度十分严格，各项行政开销都有额定，治河、工程、军需等专项开支则采用专案报销的办法，稍有违例或毫距之差，都要受到严厉的惩处。但是自太平天国军兴以来，清政府用兵长达十四年，不仅军队系统庞杂，所耗

军饷数额巨大，且粮饷又多为地方督抚及统兵将领自行筹支，因而按常例奏销实际上已经难以做到。为此，清政府不得不对咸同年间的军需报销采取变通的办法，允许其事后报销。这种军需奏销制度的变通，为地方督抚、统兵将领侵吞巨额军饷提供了便利的条件。

（二）同光时期清政府财政自主权的不断丧失

1. 清政府逐渐丧失了自主确定关税税率的权力

鸦片战争以前，清政府完全自主确定进出口商品的税率，但《南京条约》等不平等条约的签订，使中国的关税自主权开始遭到明显的破坏。《南京条约》中的"秉公议定则例"，意味着中国关税自主权开始遭到破坏。中美《望厦条约》与中法《黄埔条约》中明文规定，中国以后如要变更海关税则，须与合众国和法兰西国官员议允后，方可酌改。清政府自主确定关税税率的权力自此遭到严重破坏。太平天国运动时期，西方列强乘中国内战之机，通过战争的手段进一步取得了子口税的特权，并且重新修改了海关税则。

中英《天津条约》中有关子口税的规定表明中国内地税主权遭到了严重的破坏。中英《南京条约》规定："英国货物自在某港按例纳税后，即准由中国商人遍运天下，而路所经过税关不得加重税例，只可按估价则例若干，每两加税不过某分。"[1]英国虽然已经表现出对中国内地关税的干涉意图，但由于当时中国仅有少数常关，税率不重，因此，这个规定的主旨仅在于要求与中国货物享有相同的税率待遇。但是，到太平天国运动时期，由于国内的厘卡增设，货物过境税加重，列强对于厘金的征收之于进出口货物的影响日益表示出关注。咸丰四年（1854 年），英国公使包令在进行修约交涉中就提出，"凡有进口货运至内地，并出口货运至海滨，除五港照税则纳税外，俱不得在内地关津重行征税"[2]。这还是在厘金制度刚刚推广之时，到《天津条

① 王铁崖：《中外旧约章汇编》第 1 册，生活・读书・新知三联书店 1957 年版，第 32 页。

② 宝鋆等：《筹办夷务始末》（咸丰朝）卷 1，故宫博物院影印本。

约》谈判之时，厘卡已遍布东南各省，成为清政府的一大收入，裁撤已不可能。在这种情况下，英国提出了子口税的方案，其主旨在于，使进出口货物享有与中国一般货物不同的、优惠的待遇。《天津条约》规定："迄今子口课税实为若干，未得确数，英商每称货物或自某内地赴某口，或自某口某进内地不等，各子口恒设新章，任其征税，名为抽课，实于贸易有损；现定立约之后，或在现通商各口，或在日后新开口岸，限四个月为期，各领事官备文移各关监督，务以路所经处，应纳税银实数明晰照复，彼此出示晓布，汉、英商民均得通悉。惟有英商已在内地买货，欲运赴口下载，或在口有洋货欲进售内地，倘愿一次纳税，免各子口征收纷繁，则准照行此一次之课。其内地货，则在路上首经之子口输交，洋货则在海口完纳，给票为他子口毫不另征之据。所征若干，综算货价为率，每百两征银二两五钱，俟在上海彼此派员商酌重修税则时，亦可将各货分别种式应纳之数议定。此仅免各子口零星抽课之法，海口关税仍照例完纳，两例并无交碍。"[①] 根据这一规定，不仅外国进口货物，而且外商收购的出口货物也同样享有子口税特权。

根据中英《天津条约》和咸丰八年（1858 年）的中英《通商章程》，中国的海关税率和税则又进行了重大的有利于英方的调整。

第一，"值百抽五"的征税税率正式确定下来。《天津条约》中称："前在江宁立约第十条内定进、出口各货税，彼时欲综算税饷多寡，均以价值为率，每价百两，征税五两，大概核计，以为公当。"

第二，海关税收出现了大幅度的下降。税率问题本来并不是当时中英贸易中的问题，但是为了把"值百抽五"原则贯彻到底，英国政府在向本国商民征收高额关税的同时，要求中国政府进一步大幅度地下降关税，其理由是由于价格下降，以致原定公平税则今已较重。这是列强对于中国财政的又一次变相掠夺！

2. 海关行政管理权被剥夺

海关是国家主权的重要组成部分，对国家财政经济有着重要的影响。鸦片战争

---

① 王铁崖：《中外旧约章汇编》第 1 册，生活 · 读书 · 新知三联书店 1957 年版，第 99—100 页。

前，清政府一直独立自主地行使海关行政管理大权。鸦片战争后，列强凭借所谓的“领事裁判权”，对本属于中国海关管辖的验货、征税、缉私等事务进行干涉，中国的海关行政管理权开始遭到破坏。不过，中国海关行政管理大权的被掠夺，主要集中体现在海关税务司的确立上面。

早在咸丰三年（1853 年），英商就以销路不畅为由，要求采用所谓“存栈保税制”，停止向中国江海关缴纳关税长达数月之久。同年八月，上海小刀会起义，苏松太道吴健彰逃遁，江海关征收关税工作一时陷入瘫痪，英军乘机占领了江海关。英国驻上海领事阿礼国与美国副领事金能亨决定由领事代办英美船只的结关手续。一个月后，吴健彰重回上海，准备恢复关税征收工作，但遭到阿礼国等人的拒绝，声称“须俟大清官军收复上海县城，阁下到江海关复职视事之日，本领事始准备与阁下进一步谈判征收关税事宜”[①]。九月，吴健彰在陆家嘴两艘兵轮上设立临时海关，准备开征关税，遭到英、法等国领事的反对而未果。次年年初，他又在虹口设立机构，开征关税，仍遭拒绝。

为了达到控制上海海关行政管理权的目的，英国驻沪领事阿礼国正式提出，由英、美、法三国领事与上海道台会商，指派外籍税务员进入江海关办公，在此前提下，恢复江海关的征税工作并补交已办结关手续的外商的应交关税。美国新任驻华公使麦莲进一步提出，由三个领事与上海道台会商建立一个新的海关机构。

在列强的压力下，咸丰四年（1854 年）六月初五，吴健彰与三国领事会商，同意改组海关机构设置，由三国领事选派三名外籍税务司组成关税管理委员会来监督、控制江海关的行政大权。咸丰八年（1858 年）十月，中英《通商章程》进一步规定“各口划一办理”，将江海关的外人共管制度推行到了其他通商口岸[②]，中国的海关行政管

---

① 上海社会科学院历史研究所编：《上海小刀会起义史料汇编》，上海人民出版社 1980 年版，第 320 页。

② 参见王铁崖：《中外旧约章汇编》第 1 册，生活 · 读书 · 新知三联书店 1957 年版，第 118 页。

理权从此落入外国人的手中。从咸丰九年（1859 年）起，英人控制中国海关达半个世纪之久，中国海关的行政管理一直处于列强的控制之下。

（三）光宣之交中央与地方的财政博弈

清末新政期间，清政府除了通过广拓财源以应付内政外交急剧扩大的经费开支、弥补巨额的财政赤字外，还对财政制度进行了改革，主要表现在：

1. 改革币制，统一货币制度

宣统二年（1910 年）五月，由度支部奏准公布了《国币则例》二十四条：国币单位定名为圆；一元银币重量库平七钱二分，含纯银九成；银辅币分五角、二角五分、一角三种；镍币五分一种；铜币有二分、一分、五厘、一厘四种。并下令“将现铸之大小铜元一律停铸”，新币铸造由清政府直属的天津铸币厂统一管理。

2. 清理地方财政，加强财政预算

光绪三十四年（1908 年）十二月，清政府颁布了《度支部清理财政章程》，明确规定了清理全国财政的组织机构及其职责，度支部设立清理财政处，各省设立清理财政局，专办清理财政事宜。清理财政处负责开列各省出入各项条款，发交各省清理财政局进行调查与办理。地方各省所设清理财政局，其组织机构大致是：设总办一员，以藩司或度支司充之，会办无定员，以运司、关盐粮等道及现办财政局所的候补道员充之，设监理官二员，由度支部派员充之。其职责是：造送该省各年预算报告册、决算报告册；调查该省财政沿革利弊，分门别类，编成详细说明书，送部查核；拟定该省各项收支章程，及各项票式送部。[①]

光绪三十四年（1908 年）十一月二十八日，度支部奏定清理财政办法六条，接着又拟定清理财政章程，在度支部设清理财政处，各省设立清理财政局，全面调查光绪三十四年（1908 年）的出入款项，编制财政说明书，限于宣统元年（1909 年）六月月底报部。

---

① 参见故宫博物院明清档案部：《清末筹备立宪档案史料》（下），中华书局 1979 年版，第 1029 页。

宣统元年（1909年）闰二月十四日，度支部派定各省财政正监理官，直接干预地方财政清理。尽管阻力重重，但由于度支部尚书载泽威权甚重，虽部臣疆吏心中不满，但未有敢公然抗命者。到这年年底，度支部命令各省提前将光绪三十四年（1908年）出入总数电咨到部，“又经往返驳查更正，各省协拨款项，彼此收支，其中虽多有重复，然出入大纲，略可概见”[①]。宣统二年（1910年）秋季，各省的财政说明书基本编竣，全国财赋之籍，始总于京师。

在复查各省财政收支统计数字的同时，宣统二年（1910年）清政府还着手试办宣统三年（1911年）的财政预算。宣统三年（1911年）初，清政府颁布了《试办全国预算暂行章程》。该章程及其附件对财政预决算的方法作了一定的修正，同时，财政收入也“暂分国家岁入、地方岁入”[②]。清政府试图对国家税和地方税作出划分，以理顺中央与地方财政的关系。

3. 整顿盐务，将盐政权全部收归中央

宣统年间，面对中央与地方在盐政管理上的矛盾，清政府决定建立一个由中央控制的独立统一的盐政管理机构，将盐政权全部收归中央所有。

宣统元年（1909年）十一月十九日，摄政王载沣下谕：“派贝子衔镇国公载泽为督办盐政大臣，凡盐务一切事宜，统归该督办大臣管理，以专责成。其产盐省份各督抚本有兼管盐政之责，均著授为会办盐政大臣，行盐省份各督抚于地方疏销缉私等事，考核较近，呼应亦灵，均著兼会办盐政大臣衔。”[③]次年正月，督办盐政处又奏准暂行章程三十五条，规定“嗣后凡各省盐务，一切用人行政事宜，均归臣处专责；其关系款项者，责在臣部；关系地方者，责在督抚”[④]。

宣统三年（1911年）八月十六日，清政府进一步决定，改督办盐政处为盐政院，

---

① 李振华辑：《近代中国国内外大事记》宣统元年，（台北）文海出版社1979年版，第855、1075、1141—1142页。

② 故宫博物院明清档案部：《清末筹备立宪档案史料》（下），中华书局1979年版，第1044页。

③ 《宣统政纪》卷26。

④ 《宣统政纪》卷30。

设盐政大臣一员，管理全国盐政，统辖盐务各官；产盐区域设正监督，行盐区域设副监督，各省督抚不再兼会办盐政大臣及会办盐政大臣衔。因辛亥革命发生，清王朝集权盐政的计划成了一枕黄粱。

第七章　吏治与反腐得失

在政权建设中，官员品德素养的高低，往往影响着国家治理的好坏。培植风纪整肃官僚队伍，除朝廷要慎选人才外，建立一套行之有效的管理考核制度也十分必要。吏治成败关系到民心的向背和统治者政权的安危，是国家盛衰兴乱的关键。历代有远见的统治者，为了王朝的长治久安，无不重视对吏治的整饬。清代前期，康熙、雍正皇帝深谙治国之道，在反腐倡廉方面，治理效果显著。乾隆以后，吏治松弛，官场堕怠风气弥漫。晚清时期，统治者治理能力弱化，官吏腐败现象日趋严重，官员队伍素质低下，贪风炽盛，吏治败坏，成为导致晚清改革失败与清王朝灭亡的重要原因。

一、清代官员的管理

（一）官员的选拔、任用与回避

1. 官员的选拔途径

清朝官员入仕途径多种多样，既可通过科举、举贡，也可通过保举、捐纳和荫补获得做官资格。

（1）科举。科举是清朝选拔、补充官员的重要渠道之一，清朝科举考试的级别、命题方式、文章格式、各级别功名的名称以及新科进士的授官情况与明朝基本相同。

清朝庶吉士地位较明代进一步提高。清官场风气沿袭明代，十分重视官员的出身，有了庶吉士身份，官场上称之为翰林。翰林官有许多特权，如专折奏事、弹劾等，许多重要官职，如科、道官员，吏部和礼部尚书等若不是翰林出身均不得委任。取得庶吉士身份还是取得高级官阶的一种途径。据统计，有清一代做到大学士者共一百一十九人，一百一十八人有进士出身，其中翰林（包括庶吉士在内）出身者有一百零一人。由此可见，进士科虽是清朝文官来源的主要渠道，但高层官员并非来自普通进士，而是来自翰林出身的进士。

对会试落第的举人，清朝通过拣选、大挑等途径将其中一部分选入官场。会试三科落第者可赴吏部应选，合格者授予知县、通判、知州等职，称拣选。乾隆十七年（1752 年）后实行大挑制度，在落第举人中按省份拣选一定数量授予官职，大省四十人、中省三十人、小省二十人，多被授予知县或府、县教职。

（2）学校。清代，学校的目的一是备科举，二是为举贡。地方学校生员和国子监贡生可分别直接参加乡试和会试。举贡是各省学政会同地方督抚按期将本地学校中的部分生员送入国子监学习，而实际上只要通过廷试和考职，授予贡生资格，即刻录用为官。清代贡生制度十分完备，有岁贡（每年或每二三年从府、州、县学选送廪生入国子监，称岁贡）、恩贡（凡遇皇室庆典，根据府、州、县学岁贡常额，本年加贡一次，称恩贡）、副贡（在乡试录取名额以外列入备取的，直接送入国子监读书，称副贡）、优贡（每三年由各省学政从儒学生员中考选一次，每省不过数名，送入国子监学习，称优贡）、拔贡（清初六年一次，乾隆时改为每十二年一次，每府学二名，州、县学各一名，由各省学政从生员中考选，保送入国子监，称拔贡）五种形式，总的来说，举贡的目的在于使具有最低级文官资格的生员有一条通过非科举途径取得官职的道路。

（3）荐举和捐纳。通过科举、举贡做官均被视为入仕正途。清中叶以后，通过荐举和捐纳涌入官场者日益增多，被称为异途出身。荐举一度十分盛行，雍正和乾隆皇帝均多次下诏群臣举贤荐能，但如荐举不实或被荐举人犯罪，荐举人应受连坐处分。捐纳补官始于康熙年间，以后屡废屡兴，成为一大弊政。康熙时输银捐物仅能取得虚衔，乾隆以后则可实授官职，并可捐纳升级。

（4）世职和荫叙。世职和荫叙也是清朝重要的入仕途径之一，这是一种贵族特权的反映。世职即宗室、王公，外戚和功臣可世袭爵位。清初世职分五等，后划为九等，每等均可授予相应的实官。荫叙分为三种，积有勋劳的高级官员可荫一人入国子监，取得监生资格后入仕，称恩荫；对死难国事的官员子弟授职，称难荫；对已衰落的名宦世家的子孙授职，称特荫。

（5）吏道。吏员入仕也是一条获得任官资格的途径。清朝规定，政府各机构吏员经过五年服务后，可参加考试，考试合格者，即可出任官职。清朝吏员出职虽在年限上较明代要求略低，但对吏员入仕时任官品级规定甚严，出身时最高职位仅能到正八品。

2. 官员的任用

通过上述途径，待补官员仅获得了做官的资格，要真正做官还须经过一系列复杂的人事手续。待选官员赴吏部报到候选，由吏部根据待选者资格和班序每月抽签一次，根据抽签结果分派到某省或某部院听候选用。待选者也可捐纳钱物而免予抽签，由自己指定到某处候选，称为指省或指分。

清朝官员的任命在名义上由吏部负责，但实际上吏部并无实权。

高级官员的任命由军机处拟出候选人名单，然后交皇帝亲自决定，地方官员则由督抚委派。掣签法更使吏部丧失了甄选人才的主动性。吏部实际上已沦为一个办理任免手续的事务性机构。

除实授官职外，清朝官员的任用方式还有以下几种：一是署职，即初任官先试用三年，称职后方实授职。二是兼职，如以大学士兼尚书。三是护理，即以低级官兼高级职务。四为加衔，即于本官外另加高级官衔，如以道员加布政使。

3. 回避制度

回避制度到清代已渐趋完善，主要分为：（1）亲族回避。凡有祖孙、父子、叔侄和兄弟关系的人不能在同一机构中任职，由职务较低者回避。地方官的回避要求更严，凡有五服以内亲属关系及外姻亲属关系、师生关系者均要回避。（2）职务回避。如户、刑两部中负责各省事务的司级机构长官必须回避，即处理某省业务的机构中不能有本省籍的官员。（3）地区回避。地方官必须回避籍贯所在的本省，且不允许在邻省五百里以内地区任地方官。

（二）官员的考核和升迁

清初官员的考核基本承袭明代制度，分为考满和考察两种，后将考满、考察合为一体，形成统一的考核官员的制度。

清初考满基本承袭明代，但改为一年一考，三考为满。其具体方式是三品以上官员由本人先自我裁定，四品以下官员则先由吏部会同都察院一起审查，最后均上报皇帝审定。考满是一般性考核，在某一官员任职届满时进行，主要是考核官员的从政经历和政绩，作为其未来仕途升降的依据。考满结果分为五等，一等称职者记录，二等称职者赏赐，平常者留任，不及者降调，不称职者革职。

考察与考满合为一体后，规定每三年考核一次，由吏部考功司主持。

对京官的考察称京察。京察以四格，即守（操守）、政（政绩）、才（才能）和年（年龄）作为考察的标准，根据考核情况分为称职、勤职、供职等级别。其中称职的被列为京察一等，可得到加级和记名（有缺则优先补用）的奖励，京察一等有严格的比例限制，其比例为七比一。对不称职和行为不端的官员要纠以八法，即用八条标准决定其升降去留。八法指贪、酷、罢软无为、不谨、年老、多病、浮躁，才力不及八种情况。处理方法分为四种：贪、酷者革职提问，罢软无为及不谨者革职，老病者令其致仕，才力不及者降级使用。

对地方官的考察称大计。其标准也是守、政、才、年四格，主要以政绩的多少和任职地区的发展状况为根据评定等级。各级政府属吏的考察由本衙门长官负责，然后上报督抚，最后由吏部考功司复审。地方各级长官在清初俱有朝觐考察之制，以后改为由督抚主考。大计中四格俱优者称卓异官，卓异官有一定的比例，约为十五比一，卓异官可得到破格提升。

考核之后，多作出处罚和奖励的决定。处罚分为三类，一是罚薪，从一个月到二年不等；二是降级；三是撤职。受处分后在一定期限内表现良好者可以撤销处分，如降级三年内无重大过失者可恢复原职，革职留任者四年内无重大过失也可恢复原官职。奖励分两类，一是记录，记录三次可升一级；二是加级，由一至二级不等。

清朝考核官员名义上由吏部负责，但实际上吏部仅负责办理手续而已，考察大权分散于各级长官手中。总之，清朝吏部的考核之权比明代吏部大为下降。

（三）官员的封爵、俸禄、休假和退休

1. 封爵

清朝官员封爵到乾隆年间划一为公、侯、伯、子、男五等爵位。封爵者虽不临土治民，但可参与政务。除五等爵外，还有世职，是家族世代相传的官职，乾隆时定为四等，其名称为轻车都尉、骑都尉、云骑尉、恩骑尉，各等世职均可授予相应实官。

2. 俸禄

清朝官员仍分为九品十八级，各按品级领取俸禄。清俸禄制度较明代更为复杂，京官与外官、文官与武官均有不同的标准。总的来看，清代官员俸禄比较微薄。雍正以后始以恩俸和养廉银作为正式俸禄的补充。恩俸是指给京官发放双俸，地方官则发给养廉银。恩俸和养廉银在初期仅是京官和地方官的职务津贴，到后来逐渐发

展成为普遍增俸的手段。

3. 休假制度

清朝官员的休假日已日趋固定，呈现出休假日和假期较为集中的趋势。以岁首（阴历）及端午、中秋等传统节日作为主要法定休假日，年终岁尾时，一般官府从年底十二月二十日（阴历）封印，到次年正月二十日开印，官员休假长达一个月。此外，官员还享有探亲假、婚丧假等一系列休假待遇。至于官员丁忧、守制的制度则大体和明代相同。

4. 退休制度

按照清朝退休制度，年满六十岁的官员即可退休，退休官员仍名列官籍，享有免税免役特权，并有向皇帝陈诉地方政务情况的权力。退休官员一般均回故乡养老，仅有少数高级官员可留住京城，应得之各种待遇由政府派人送其家中。退休官员俸禄一般按原俸禄减半发放，但对那些有特殊功绩的官员，如打仗负伤者，则全数发给。

清朝官员退休的审批权限按请求退休官员品级不同而有所不同。二品以上由本人申请，三品以下、五品以上由吏部呈报，均由皇帝审批。六品以下官员的退休则仅吏部察验后即可解职。如果退休请求尚未批准即擅自离任者，则要受到惩罚。[①]

二、康熙时期的吏治

（一）康熙初、中期的吏治整顿

顺治十年（1653 年），顺治皇帝了解吏部大计官员的情况，对查出的犯赃官人数之多感到吃惊，说："贪吏何其多也，此辈平时侵渔小民，当兹大察之年，亦应戒慎。"[②] 康熙皇帝亲政以后，即对吏治加以整顿。他对辅臣鳌拜任用张长庚、白如梅、

---

① 虞崇胜主编：《中国行政史》，高等教育出版社 1999 年版，第 208—213 页。

② 《清世祖实录》卷 71，顺治十年正月癸巳。

张自德、贾汉复、屈尽美、韩世琦等“匪人”为督抚甚为不满，认为他们“扰害地方”，把百姓搞得“困苦已极”。康熙皇帝不止一次谈及吏治与民生的关系。例如康熙十二年（1673 年），他与大学士熊赐履讨论治国之道时说：百姓生活不得安宁，关键在于吏治不清，假若长吏贤明，百姓自然安宁。他又针对魏象枢所上的请求严饬吏治的奏疏说“这所奏事情切中时弊”，要求有关部院“会同详议具奏”[①]。

康熙十八年（1679 年）初，在策试天下贡士时，康熙皇帝提出“民生休戚关乎吏治之贤否”的题目，要举子们“详切敷陈”“良策”，供皇帝“亲览”[②]。此后，康熙皇帝又多次以此为题来考试全国的贡举们。康熙皇帝认为，要避免“蹈明末故辙”，“军备固宜豫设”，但更重要的还是“专任之官得其治理，抚绥百姓时时留意，则乱自消弭”[③]。康熙三十六年（1697 年）四五月间，康熙皇帝因追歼噶尔丹巡视山西、陕西等省，亲睹各级官员恣意横暴的情景，不禁大为震惊。他召集大学士们谈话：“朕恨贪污之吏更过于噶尔丹，此后澄清吏治。”[④] 把惩治贪官与抚绥边疆结合起来。两年后，他视察京畿，面对着浊浪滔天的永定河流水，又若有所思地说：“官不清则为民害，水不清则无利于民，天下之清浊皆如此也。”又说“不清之官朕有法以正之，不清之水朕有策以治之”，[⑤] 明确地表示了他整饬吏治的决心。

康熙皇帝整饬吏治主要表现在：

1. 完善和严格考核制度

清承明制，对官员实行“京察”“大计”之法。“京察”是指考核在朝京官和督抚，“大计”则是考核外任的官员，三年举行一次。但在清初战争动乱的条件下，考核常常流于形式，而且时间也无法保证。康熙元年（1662 年），康熙皇帝颁谕：“内外官员历俸三年考满，即可分别去留。此外又有京察大计，实属繁文，仍停京察大

① 《寒松堂全集》卷 4，《申明宪纲恭请严饬请致治本源事疏》。
② 《清圣祖实录》卷 80，康熙十八年三月乙卯。
③ 《康熙起居注》，康熙二十八年八月二十五日。
④ 《清圣祖实录》卷 183，康熙三十六年五月壬寅。
⑤ 《清圣祖实录》卷 195，康熙三十八年十月乙亥。

计，专用考满，以五年分别奖惩。一二等称职，加级记录，平常者留任，不及者降调，不称职者革职，以后升转，一等者先用。”康熙三年（1664 年），御史张冲翼注意到考满结果定一等者甚多，无法显示差等，反而激发了官吏们的奔竞钻营之心，他“请以部院数之多寡，定一二等名数，以息奔竞”。对此，康熙皇帝马上告谕吏部说：“都察院近日内外文武各官，考满一等二等甚多，岂无一才力不及不称职者？此后各部直隶各省文武官员考满，将三年之内，某官所办某事，察明保奏。若考过一等二等官员，不能称职者，事发之日，将考核时具保之官，一并治罪。”但是康熙四年（1665 年），御史季振宜又发现“自行考满以来，大臣上疏自陈，不过铺张功绩，博朝廷表里羊酒之赐。至堂官考核司属，朝夕同事，孰肯破情面秉至公？其中钻营奔竞，弊不胜言……请停考满之法，照序升传”[①]，可见治吏之难。

2. 充实和调整用人制度

清代入仕，有“正途”“杂途”之分。正途指经科举或贡监而做官的人，构成官员队伍的主体。在此之外，诸凡通过捐纳、荫袭、吏胥迁秩等进入官场的，统谓杂途。比较起来，杂途人员来源复杂，素质亦参差不齐。康熙皇帝认为要澄清吏治，必须重视官员选拔，对杂途人选作适当限制，乃于康熙十九年（1680 年）议准：汉官非正途出身者，虽经保举，不得参与吏部考选。次年又定：捐纳、贡生不得与正途出身等同考选。为避免在考选中徇私隐情，对京官三品以上及总督、巡抚子弟，亦规定不准考选。康熙皇帝还针对上级官员在推荐保举属官中请托、结党等弊端，指示吏部议定：凡督抚滥将属官保题留任补用，或在京九卿等官保举官员“有贪婪事发，将原保举官照督抚滥举例降二级调用”。又规定：凡定为“卓异”的官员，必须确定符合“无加派、无滥刑、无盗案、无钱粮拖欠、无亏空仓库银米、境内民生得所，地方日有起色”[②]等条件。此外，对任官的回避制度，以及原定的考成条规等等，康熙皇帝也都做了进一步的充实和调整。

---

① 《康熙政要》卷 9，《论择官第十》。

② 乾隆《大清会典事例》卷 11，《吏部》。

3. 严惩贪官

这是康熙皇帝澄清吏治的最重要一环。

康熙二十年（1681年）八九月间，康熙皇帝巡视京畿，曾当着一些知州、知县的面训示道：尔等皆亲民之官，须忠勤守法，爱惜百姓，方为称职；若肆恣贪残，贻害地方，国家必依法严惩不贷。康熙二十五年（1686年）二月，他在召见大计进京的引见官员时，专门表示了要"摈斥贪残"的决心。他还关照负责考绩的吏部等衙门：务须"重惩贪酷"[①]。康熙皇帝说："治天下以惩贪奖廉为要，廉洁者奖一以劝众；贪婪者惩一以儆百。"[②]为了鼓励人们纠参贪官，康熙皇帝还下旨重新恢复被辅政大臣停止了的"风闻弹纠之例"[③]。自康熙二十年（1681年）到康熙四十五年（1706年）的二十六年间，除忧免或因病解任者外，朝廷共解职、降革巡抚、总督四十八人，其中有二十六人与贪赃有关，占被降革官员的一半之多。

4. 慎选官员

康熙皇帝说："从来有治人无治法，为政之道全在得人。"[④]

康熙三十二年（1693年），耶稣会传教士白晋在给法国国王路易十四的一份秘密报告中，曾对康熙皇帝的选拔官员作有精彩的叙述。他说："在平息一切叛乱及辽阔的帝国实现和平之后，皇帝就立即致力于建立正常秩序，纠正在战争期间因一时疏忽而造成的偏差，制定严明的法律，保证国泰民安。为了达到这一目的，最为重要的是任命德才兼备、忠诚老实的官吏担任朝廷及各省的要职。这时皇帝所主要考虑的，就是如何进行慎重的物色和挑选，以及使被确定的人忠于职守。"白晋还说："皇帝为了选拔重要官员，尤其是各省巡抚们所费的苦心，及为了监督他们行为而费的心机，达到了令人难以想象的程度。"[⑤]

---

① 《康熙起居注》，康熙二十五年二月初九。

② 《康熙起居注》，康熙二十四年十一月初二。

③ 《清圣祖实录》卷131，康熙二十六年十一月乙未。

④ 《清圣祖实录》卷83，康熙十八年九月辛卯。

⑤ 马绪祥译：《康熙帝传》，载《清史资料》第1辑，第207、208页。

5. 大力倡廉，表彰清官

倡廉与反腐是整饬吏治不可分割的两个方面，两者相辅相成，缺一不可。

康熙皇帝重视对清官的表彰。康熙二十三年（1684 年）五月，康熙皇帝诏谕大学士等“凡居官以清廉为要”，命令在朝官员荐举“清官”。在康熙皇帝的授意下，九卿科道等官推举了直隶巡抚格尔古德，吏部郎中苏赫、范承勋，江南学道赵仑，扬州知府崔华，兖州知府张鹏翮，灵寿知县陆陇其共七人，作为官员中清正廉明的表率。康熙二十九年（1690 年），吏部从现任知县中挑选一些人担任科道官，康熙皇帝以“科道职任关系紧要”，次谕令各官集议举荐。此次荐举的有青苑知县邵嗣尧、三河知县彭鹏、灵寿知县陆陇其和麻城知县赵苍璧。据推荐者说：他们都是些“牧民有声”“服官廉介”[①] 的清官。康熙四十年（1701 年）十月，康熙皇帝要内阁移交给他认为居官清正的督抚如郭琇、张鹏翮、桑额、华显、彭鹏、李光地、徐潮等，命其将所属道员以下、知县以上“实心惠民，居官清廉者”，具折开送。或虽非辖下，但确为“伊等所灼知者”[②]，亦可列名奏闻。类似这样荐举清官的活动，也进行过多次。

据粗略统计，经康熙皇帝亲口表扬为清官的就不下二三十人，著名的有山西永宁于成龙、汉军镶黄旗格尔古德、陆陇其、彭鹏、张鹏翮、李光地、汤斌、陈瑸、吴琠、张伯行、萧永藻、富宁安、赵申乔、施世纶等人。永宁于成龙在大计时曾被举为“清官第一”。康熙皇帝在于成龙入觐时，当面称许他是当今第一号清官。后来他又向大学士明珠说：“世间全才不易得，像于成龙这样的清廉之士，可称得上官员中的佼佼者了。”对于另一个汉军旗籍的于成龙，康熙说他：“天性忠直，无交游，只知爱民。”又表扬彭鹏：“你居官清正，不爱百姓钱财，以此养廉，胜于得银数万两。”他表扬张伯行：“朕至江南访问，张伯行居官甚清，如此名声，颇为难得。”他还针对有人告讦张伯行一事说：这样的清官，朕不为保全，那么读了几十年书而为清官者，将何所倚恃而自安？

① 《清圣祖实录》卷 146，康熙二十九年五月辛卯。

② 《清圣祖实录》卷 206，康熙四十年十月戊寅。

（二）康熙晚期吏治的废弛

康熙晚年，吏治废弛，这与他施政过宽有着一定的关系。他曾说："从来与民休息，道在不扰，与其多一事，不如省一事。"[①] 又说："抚御群臣百姓"，"与其绳以刑罚，使人怵惕文网，苟幸无罪，不如感以德意"。故要求臣下"临下以简，御众以宽"，企图造成一个适宜的太平盛世环境，"期与中外臣民，共适于宽大和平之治"[②]。应该说，康熙皇帝的这种做法，对于促进清朝前期的政治安定、生产恢复以及社会秩序的稳固，起到了一定的积极的作用。但是，随着清朝统治秩序的全面确立与稳固，贵族、官僚、大地主势力得到了长足的发展，各种腐败现象频有发生。在此情况下，还一味强调宽大和平，其结果只能纵容贪残、松弛政纪，导致政治动荡。遗憾的是康熙皇帝晚年治吏过于宽大平和，从而造成政治松弛，官员腐败。越到晚年，康熙皇帝宽容求稳的治理思想就越发深重。

康熙五十年（1711 年）三月，康熙皇帝在一次与臣僚谈话时说："治天下之道，以宽为本，若吹毛求疵，天下安得全无过失者。"他还针对吏治中存在的问题说"夫官之清廉，只可论其大者"[③]，至一般送人礼物，接受"规礼"之类，大可不必深究。江宁织造曹寅建议裁省两淮盐课陋规银，康熙皇帝立即密批道："此一款去不得，必深得罪于督抚，银数无多，何苦积害。"[④] 在另外一份朱批中，康熙皇帝又说："外边汉官有一定规礼，朕管不得。"[⑤] 康熙五十三年（1714 年）六月，当康熙皇帝刚刚处理完一件与王、公、大臣、太监有直接牵连的贪赃枉法案子后，便与大学士等大发其"今天下承平无事""治国之道，莫要与宽舒"[⑥] 的议论。他还责备赵申乔、施世纶，

---

① 《康熙政要》卷 1，《论君道》。

② 《清圣祖实录》卷 153，康熙三十年十一月己未。

③ 《清圣祖实录》卷 245，康熙五十年三月庚寅。

④ 《康熙朝汉文朱批奏折汇编》第 1 册，中国第一历史档案馆，第 135 页。

⑤ 《康熙朝汉文朱批奏折汇编》第 7 册，中国第一历史档案馆，第 739 页。

⑥ 《清圣祖实录》卷 259，康熙五十三年六月丙子。

说他们对下属管教太严，认为“天下凡事当中道而行”“至驭下属，务以宽恕为本”[①]。康熙六十年（1721年），台湾爆发朱一贵反清事件，这本来与官场腐败有着密切的关系，可康熙皇帝却把它归咎于陈瑸出任台湾道和福建巡抚时办事过于认真所致。他在同年八月给江南提督高其位的朱批中说：“凡武官不可责之过于清，如陈瑸之清留祸于后官，以至台湾之反。”又说：“作大官者，须要得体，宽严和中，平安无事方好，若一味大破情面，整理一番，恐其多事而得罪者广。”[②] 由此可见，康熙皇帝的宽大和平的治理思想，已经超出一般为政的宽容之道了，甚至晚年他明知其弊端，也不想改弦易辙，这种求稳怕乱的执政思路，不但不能得来“天下太平”，相反却只能致使吏治更加的松弛。

康熙晚期吏治废弛，主要表现如下：

1. 各级衙门政纪懈怠、行政效能低下

康熙中期，对于官员懈怠和行政效能低下的情况，康熙皇帝已有所觉察。有一次，他与大学士阿兰泰谈到在京各部院官吏办事情况时说：“近日部中各官，凡事不行速结，惟务偷闲，入署未久即散，归家偃息，如此，则政事，有不壅积者乎。”[③] 到了后来，竟至逢到坐班之日，官员也“多有不齐”。有的政务，皇帝下旨叫九卿集议，他们也“彼此推诿，不发一言，或假寐闲谈，迟延累日”[④]，本来很快能办好的事情，非得拖延许久才能办成。京官如此，地方官也是一样。有的人虽经科举层层考试选拔，可到了州县衙门，竟然“迂疎不能办事”[⑤]。还有被分发到边远州县任职的，除每年年终到任所办理赋课和向下属分发粮饷外，其余时间都泡在省城，过着悠闲安逸的怠政生活。至于武官，也是纪律松垮，长年不涉足教场，疏于训练骑射功夫。兵部考核官员，甚至闹出“操演鸟枪不用铅子，但取响声”“以中者为不中，以不中者

① 《清圣祖实录》卷261，康熙五十三年十二月庚寅。

② 《康熙朝汉文朱批奏折汇编》第8册，中国第一历史档案馆藏，第836页。

③ 《清圣祖实录》卷175，康熙三十五年八月辛亥。

④ 《清世宗实录》卷11，雍正元年九月戊戌。

⑤ 《清圣祖实录》卷254，康熙五十二年三月庚子。

为中”的大笑话。这种“时时只顾身家，刻刻只虑子孙”，什么“国家之安危，民生之休戚”，统统“毫不相关”[①]的现象，正是吏治废弛的典型表现。

2. 吏治败坏，贪风炽盛

康熙四十八年（1709年）五月，康熙皇帝在与大学士们的一次谈话中，曾发出“部院中欲求清官甚难”[②]的叹息。后来，在讨论四川、云南、贵州、广西等边远省份的吏治时又说：“近闻四川官员惟学道陈瑸操守尚清廉，其余地方官横行加派，恣肆者甚多。”还说：“今观此等官员但图以边俸速升，居官无一善者。”[③]其实类似四川等边远省份的腐败情况，在内地各省也同样存在。当时官员搞贪污，最通常的做法就是借收钱粮之机，从重征收火耗。火耗本来就是一种额外派征，但因清朝官员实行低俸制，只靠正俸无法维持生计，所以康熙皇帝也沿用惯例，默许官员用火耗银作为日用补贴。他还多次表示，征收些微火耗乃寻常之事，并且说火耗加一、加二便算清官好官。有的督抚还借此向皇帝请求，准许他收取规例银。山东巡抚李树德具折说：“查得司道以下、州县以上各官，向有年节、端午、中秋及生日、四季节礼，此项即出自火耗、羡余，历年已久。奴才莅任方始，尚未时逢年节，今奏明主子，或容奴才止收知府以上节礼，以为家口应酬之养廉，仍小心慎密。查其中或有人不足信者，虽有馈送，奴才断不敢受。”[④]既然皇帝有所松弛，那么就很难控制下属各官不多征滥派了。

康熙后期，在征收火耗银中加三、加四已属平常之事，多的可以加七、加八。像四川有“地丁一两加至四五钱、七八钱者”[⑤]。山东、河南也是“火耗每两加八钱”[⑥]。湖北条银通常用米折银征收，有的州县“于正项之外，有每石私加三四钱至

① 李发甲：《澄清吏治疏》，见《皇清奏议》卷23。

② 《清圣祖实录》卷238，康熙四十八年五月丁酉。

③ 《清圣祖实录》卷241，康熙四十九年三月丁亥。

④ 《康熙朝汉文朱批奏折汇编》第7册，中国第一历史档案馆藏，第522—523页。

⑤ 陈瑸：《陈清端公文集》卷4，《全川六要》。

⑥ 汪景祺：《西征随笔》卷5，《西安吏治》。

一两不等”[①]。康熙四十五年（1706 年），工部尚书王鸿绪在一个密折中谈到，山西平遥某知县，全县除加火耗银加四加五，共派银一万八九千两外，又另为戏子派银一万六七千两，合起来等于是加九加十了。[②]另外像湖南省，也一向有加取火耗“视别省为独重”的惯例，再加上其他“无艺私征”，“计每岁科派有较正额赋增至数倍者”[③]。很多地方，因官员征收火耗无度而造成“民不聊生”，或“流离转徙”。在浙江、山西、河南等省，还因此发生请愿告状，甚至聚众起事的情况。

至于京官，则多通过勾结地方官以间接得到好处。比如像户部，常借地方官奏销钱粮时“不给部费则屡次驳回，恣行勒索”[④]。武官贪污的通常办法是吃空粮。雍正元年（1723 年），雍正皇帝在给湖广总督杨宗仁的谕旨中说：“天下绿旗兵丁，大率十分中有二三分空粮，为专阃大臣及将弁等所侵冒。”[⑤]有的官员为中饱私囊，竟然到了伤天害理的地步。像黄河河工，这是康熙皇帝十分重视的大工程，可到了后期，河工败坏，经管官常将帑金工料克扣分肥，以致工程质量低劣。更有甚者，他们还故意把完好的堤防扒开缺口，人为制造水患，“绝不顾一方百姓之田墓庐舍尽付漂没而有冤莫告”[⑥]。雍正初年揭发出来的贪赃数十万至上百万两的大案件，都是官员们钻了康熙皇帝为政宽平、多一事不如少一事的空子，通过上下勾结、互相串通的手法，公开或半公开进行的。[⑦]

总结起来，康熙晚年吏治废弛，与康熙皇帝在反腐倡廉过程中所犯的一些错误有着一定的关系。

第一，康熙皇帝对吏治的整顿时紧时松，时严时宽，反腐倡廉在实施过程中缺乏相对的稳定性，这使得腐败分子心存侥幸，不愿意停手。康熙皇帝惩治腐败，严

---

① 《康熙朝汉文朱批奏折汇编》第 2 册，中国第一历史档案馆藏，第 462 页。

② 参见《康熙朝汉文朱批奏折汇编》第 1 册，中国第一历史档案馆藏，第 586 页。

③ 《清圣祖实录》卷 211，康熙四十二年二月丁亥。

④ 《清世宗实录》卷 4，雍正元年二月乙亥。

⑤ 《清世宗实录》卷 11，雍正元年九月辛卯。

⑥ 《宫中档雍正朝奏折》第 2 辑，第 911 页。

⑦ 参见郭松义主编：《清代全史》（第三卷），方志出版社 2007 年版，第 276—281 页。

时则说："法轻不足蔽辜，今若法不加严，不肖之徒何以知警？凡别项人犯尚可宽恕，贪官之罪，断不可宽。"宽时却又说："待臣下须宽仁有容，若必求全责备，稍有欠缺即行指摘，此非忠恕之道也。"[①]因此，康熙时期虽然从严惩处了不少贪污案，如康熙二十七年（1688年），陕西按察使索尔逊贪赃银一百六十两即被处绞，但也有许多更为严重的贪污案处理过宽，如甘肃布政使阿米达贪赃银六千七百余两、内阁学士宋大业贪赃银九千余两、松江提督赵珀贪赃银五万余两、川陕总督吴赫贪赃银四十余万两，这些重大案件，都仅以革职处分，草草了事。

第二，对小贪听之任之，未能注意防微杜渐。康熙皇帝容忍官员可稍有私派、加征，这与清初官吏的低俸制度有着一定的关系。一个正七品知县，年俸只有四十五两；四品知府，年俸一百零五两；总督从一品，年俸一百八十两。如此低微的俸禄是与清初国力的微薄相适应的，康熙迟迟未对这种制度作出调整，想以放宽私派、加征来缓解，这无疑为贪官开了方便之门。矢志为清官的人只好勉强维持素食粗衣的生活，有的还得从家里挪银子作帮衬。如陆陇其任嘉定县令，"薪水取给于家，夫人率婢妾以下纺织给鱼菜……粗粝共食"[②]。又如张伯行，"日用之物，皆取诸其家"。显然，这样当清官，实难让人效仿。康熙在晚年对小贪听之任之。如康熙四十一年（1702年），御史王度昭疏参户部尚书李振裕勒取属员贺寿礼物，吏部议革职，康熙皇帝却认为所收礼物仅一围屏，责吏部"以细故轻黜大臣"，并说："凡堂官受属吏围屏亦常事耳，即彭鹏、李光地、赵申乔皆称清吏，岂皆一物不受。"[③]康熙皇帝甚至认为："所谓廉吏者，亦非一文不取之谓。若纤毫无所资给，则居官日用及家人胥役何以为生，如州县官止取一分火耗，此外不取便称好官。"[④]"巡抚要节礼乃寻常之事，只须不遇事生风，恐吓属官，索诈乡绅富民，以司道为耳目，择州县之殷实者苛索

---

① 参见白新良等著：《康熙传》，岳麓书社2015年版，第196页。

② 刘献廷：《广阳杂记》卷2。

③ 《清圣祖实录》卷208，康熙四十一年闰六月戊戌。

④ 《清圣祖实录》卷239，康熙四十八年九月乙未。

财物，致亏空库帑，便是好巡抚。”[①]“即如大学士萧永藻之清廉，中外皆知，前任广东、广西巡抚时果一尘不染乎？假令萧永藻自谓清官亦效人布衣蔬食，朕亦将薄其为人矣。”[②]把维护政府门面形象奠定于私派、加征之上，在制度上本身就存在着明显的漏洞，而且势必越来越大，以致无法抑制。康熙五十年（1711年），康熙皇帝对大学士等说：“夫官之清廉，只可论其大者。今张鹏翮居官甚清，在山东兖州为官时，亦曾受人规例。张伯行居官亦清，但其刻书甚多，刻一部书非千金不得，此皆从何处来？此等处亦不必求。又两淮盐差官员送人礼物，朕非不知，亦不必追求。”[③]康熙皇帝对小贪的姑息，意在养廉，其用心是良苦的，但此例一开，便很难把控，贪黩之门会越开越大，积重难返。这是康熙皇帝在世时万万想不到的。

总之，康熙后期政纪懈怠、吏治废弛，引起部分社会矛盾的激化，不利于清王朝统治的维护。扭转局面，给政权注入新的活力，打击朋党、整顿吏治已势在必行。

三、雍正时期的吏治

雍正皇帝即位之际，乃父康熙皇帝晚年遗留下来的问题甚多，比如吏治不清，官员贪赃枉法，滥征火耗，盘剥小民；被形势所迫进行的对准噶尔的战争，造成国帑空虚；储位争夺形成的朋党之争，将很多贵族、官员都卷了进来，造成政局不稳；数百年科举制下的门户之争，更使得吏治败坏；满汉之争时隐时现，整体情形是宽纵废弛的政治积弊局面。雍正皇帝即位，对上述种种社会弊病看得很是清楚，他曾自负地表白，自己事事不如康熙皇帝，唯独在官风民情上比乃父知道得多一点。他说自己在藩邸四十余年，凡是臣下结党营私，徇情办事，对皇上、上司欺诈蒙蔽，阳奉阴违，假公济私，各种恶劣风习，都没有逃过他的眼睛。这不是雍正皇帝的自

---

① 《康熙起居注》，康熙五十三年十二月二十四日。

② 《清史列传》卷7，《宋德宜》。

③ 《清圣祖实录》卷245，康熙五十年三月庚寅。

我欢嘘，他做皇帝时已经四十五岁，参与过一些政事和储位争夺，密切关注政情、民情，对当时的社会问题、民间情绪、政权班底都有比较符合实际的了解，并且他在储位之争中形成了恩威相济的政治观念，所以，决心整顿吏治。

（一）清查亏空，严惩贪官

康熙晚年，吏治废弛，贪污成风，以致“库帑亏绌，日不暇给”[①]。康熙皇帝曾就“直隶各省钱粮亏空甚多，应作何立法，使亏空之弊永远清理”[②]问题，通过户部征询直省督抚的意见，最后归结为以下几条：

（1）以后州县官征收钱粮，务令随征随解。

（2）因知府扶同徇隐以致州县钱粮亏空者，督抚即参革知府，并令其独赔。

（3）州县官捏报亏空，审明后，即令该官独赔。

（4）亏空钱粮果系因公挪用者，将该员革职留任，勒限赔补。

（5）州县亏空而布政使和督抚有意包庇，知府可申报户部和都察院，将其按徇庇例议处。

（6）以上征解追赔各条，责成督抚负责执行，否则将其严加议处，责令分赔完项。[③]

上述办法虽然周详严密，但因为执行不力，监察无效，情况仍然不断恶化。各级官吏“毫无畏惧，恣意亏空，动辄盈千累万。督抚明知其弊，曲相容隐，及至万难掩饰，往往改侵欺为挪移，勒限追补，视为故事，而全完者绝少，迁延数载，但存追比虚名，究竟全无著落。新任之人，上司逼受前任交盘，彼既畏大吏之势，虽有亏空，不得不受，又因以启效尤之心，遂借此挟制上司不得不为之隐讳，任意侵蚀，辗转相因，亏空愈甚”。[④]

针对上述情况，雍正皇帝即位不久，便下令全面清查亏空、严惩贪官。

---

① 昭梿著：《啸亭杂录》卷 1，《理足国帑》。

② 《清圣祖实录》卷 288，康熙五十九年七月庚午。

③ 《清圣祖实录》卷 288，康熙五十九年七月庚午。

④ 《清世宗实录》卷 2，康熙六十一年十二月甲子。

康熙六十一年（1722年）十二月十三日，雍正皇帝谕户部，指出道府州县钱粮亏空的主要原因，或系上司勒索，或系自己贪污，因公挪用的只是少数。本欲立即彻底清查，严加惩处，考虑到各官已成积习，只得从宽处理。除陕西省情况特殊外，各省督抚立即将所属钱粮严格清理。"凡有亏空，无论已经参出及未经参出者，三年之内务期如数补足，毋得苛派民间，毋得借端遮饰。如限满不完，定行从重治罪。三年补完之后，若再有亏空者，决不宽贷。其亏空之项，除被上司勒索及因公挪移者分别处分外，其实在侵欺入己者，确审具奏，即行正法。"①

同时，雍正皇帝还下令："以后，凡户、工二部一应奏销钱粮米石、物价工料，必须详查核实，开造清册具奏，毋得虚开浮估，傥有以少作多，以贱作贵，数目不符，核估不实者，事觉，将堂司官从重治罪。"②并命怡亲王允祥总理户部三库事务。随后，又于雍正元年（1723年）正月十四日，成立会考府，由怡亲王允祥等人负责，凡一切钱粮奏销事务，都由会考府审核。

雍正四年（1726年）八月，三年限期已过，但"至今未见有奏报料理就绪者"，雍正皇帝感到问题比预料的更为复杂，需要耐心，于是下令说："凡各省亏空未经补完者，再限三年，宽至雍正七年，务须一一清楚，如届期再不全完，定将该督抚从重治罪。如有实在不能依限之处，著该督抚奏闻请旨。"③

针对各省督抚亏空原因不明论，雍正皇帝驳斥说：钱粮未经征收，则欠在民；已经征收而有亏空，则欠在官；州县力不能完，则上司有分赔之例；本人虽已病故，而子孙有应追之条。怎能说找不到亏空的原因呢？按旧例，钱粮亏空可令官员捐输俸工来豫补，雍正皇帝不许这样做。于是，有的督抚又提出以当地耗羡抵补。雍正皇帝批评说："耗羡亦出于民，乃不问当日督抚等所以致此亏空之由，而动称耗羡弥补，以百姓之脂膏饱有司之溪壑，岂朕悯惜元元之至意乎？"浙闽总督满保奏称，

① 《世宗宪皇帝上谕内阁》，康熙六十一年十二月十三日谕。

② 《清世宗实录》卷2，康熙六十一年十二日甲子。

③ 《世宗宪皇帝上谕内阁》，雍正四年八月初四谕。

梁鼐任内亏空银六万两，是康熙皇帝当年南巡时所用。雍正皇帝说，康熙南巡时曾屡降谕旨，一切开支由内务府负责，丝毫不许取给于地方，地方有司亦不许与扈从人员结交，违者以军法从事。很明白，既然这亏空的六万银两说不出亏空的理由来，那就是“当日地方官结交匪类，馈送知交，暮夜钻营，恣意花费，及至亏空败露，则动称因南巡用去”。又如，山西、河南二省亏空甚多，俱称应办军需所致。雍正皇帝揭露说，凡军需所用，皆有正项钱粮开销，何至累及地方，真正的原因是，“平日地方官不能大法小廉，下吏侵渔，上司需索，以致国帑久亏，反借支应公事之名，以掩其侵盗之实”①。

尽管清查亏空和严惩贪官一开始就遇上各种各样的阻力，但是雍正皇帝的决心也毫不动摇。例如，会考府成立两年多来，已审核各部院钱粮奏销五百五十件，其中有九十六件发现有问题，被驳回改正。还发现户部库银亏空二百五十万两，其中一百万两令户部逐年弥补，其余的责成户部历任堂官等赔偿。

在清查亏空中，雍正皇帝为保证使亏欠的银两归还国库，采取多种多样的措施，综合起来，主要有以下几种：

其一，查抄家产。使用抄家的方法追赃，是雍正皇帝于雍正元年（1723年）八月采纳通政司右通政钱以垲的建议：凡亏空官员被查验核实后，一面严搜衙署，一面行文原籍地方官员，查封其家产，追索变卖，不使他将赃银转移藏匿来肥身养家，厚遗子孙。

其二，罢官。凡是贪官，一经被人告发，就要革职离任，不许再像以前那样可以留任以弥补亏空。从前，对于亏空钱粮的官员，一般是革职留任催追。雍正皇帝认为，这样做必然贻累百姓，因为留任官员唯有通过新的贪污才能弥补亏空，所以规定：“嗣后亏空钱粮各官，即行革职，著落伊身勒限追还；若果清完，居官好者，该督抚等奏明。”②雍正三年（1725年），湖南巡抚魏廷珍奏疏说，该省官员被参劾的

① 《清世宗实录》卷47，雍正四年八月癸亥。

② 《清世宗实录》卷4，雍正元年二月己卯。

已有大半，如再查出舞弊问题，继续纠举。

其三，命亲戚帮助赔偿。赃官亲戚好友多少能沾光，追查赃官就不能放过他们。雍正皇帝明确指出，有的犯官把赃银藏在宗族亲友之家，这些人平时也有分用赃物的，现在一定要他们帮助清偿赃银。同时也命令抄没这些人的家产。

其四，禁止代赔。过往追赃时，有的上司让下级和老百姓代为清偿，雍正皇帝概不准实行。雍正元年（1723 年）五月，新任直隶巡抚李维均上奏请求由直隶省官员帮助前任总督赵弘燮清补亏欠。雍正皇帝回复说，纵使州县官有富裕，只可为地方兴利，不可令为他人补漏。雍正二年（1724 年）四月，雍正皇帝说，州县代赔之事，弊病很多，很可能是不肖绅衿与贪官勾结，利用题留复任，也可能是奸猾之徒借机苛敛，因此不准实行。

其五，挪移之罚，先于侵欺。挪移多是因公挪用，有不得已的情形，侵欺是贪污。两种情况都是亏空，因性质有所不同，故处分有别。一般的惩治，先抓贪污，后清挪移，贪官因而将侵欺报作挪移，避重就轻。雍正皇帝明察秋毫，深知这种把戏，乃改变成例，先查办挪移罪，后处治侵欺罪，使贪官不能瞒天过海。

其六，对畏罪自杀的官员加重处理。雍正四年（1726 年），广东巡抚杨文乾参奏肇高罗道的道员李滨亏空钱粮，李得信后自杀。闽浙总督高其倬、福建巡抚毛文铨奏参兴泉道陶范，尚未审理，陶也自裁。雍正皇帝得知后说这是犯官估计官职与家财都保不住了，不如以死抵赖，保住家财留给子孙。为了不让他们的如意算盘得逞，雍正皇帝命令督抚务必要将犯官嫡亲子弟连同其家人严加审讯，所有赃款一定追出补赔。

其七，亲派钦差前往督办。在整个清查过程中，有的督抚积极开展，有的开展不力，雍正皇帝就派员前往督办。例如，雍正二年（1724 年），雍正皇帝派田文镜就任河南布政使，不久升任巡抚。田文镜一到任，就着力进行清查亏空的事，对犯有贪污罪的官员，坚决纠举。克山县知县傅之诚吞没雍正元年、二年、三年耗羡银一千四百多两，田文镜将他革职法办。他在两年的时间里，查办有贪污问题的属员二十二人。经过田文镜及其前任石文焯的努力，两年就把欠在省银库的亏空补清，欠在州县的三四十万两也严催急补。到雍正十年（1732 年），河南布政司银牢中存有耗羡银七十多万两，表明河南省已没有亏空。雍正皇帝对田文镜大为赞赏，田文镜与另一宠臣鄂尔泰共同成为督抚楷模。[①]

对于严惩贪官，雍正皇帝说到做到，下手无情，上自皇亲贵族，下至督抚布按，成批贪官被革职抄家。通过以上措施，终使清查钱粮、澄清吏治取得效果，财政和吏治逐渐好转，“国用充足”，“贪冒之徒莫不望风革面”，从中央到各地清偿了亏空，罢黜了贪官，从而使得国库丰盈。

（二）推行耗羡归公与养廉银制度

清理钱粮的亏空，着落于贪官赔补，只是一条途径，另有用耗羡银弥补的办法。这就涉及雍正皇帝实行的耗羡归公制度，而耗羡归公制度与养廉银制度又是连在一起的。耗羡归公制度和养廉银制度的实行是雍正皇帝的重大举措，也是中国赋役史、官制史上的大事。

清初，州县官府“公私一切费用，皆取给于里民”，故“横征私派之弊，为祸尤烈”[②]。诸弊中，又以耗羡一项影响较大。所谓耗羡，是清政府征收田产税的附加税。政府征收土地税，定税额时以粮食作计量，但征纳时，除漕粮地区之外，征收白银，众多百姓由于纳税量不大，所交的白银是零碎的、小块的，地方官把它汇总上交国库时，要熔炼成大块的，在熔炼过程中会有消耗，地方官要求纳税人赔偿，于是在应交钱粮银子数额以外，多交一些，叫作“火耗”，形成附加税。熔炼过程耗银极其有限，而地方官大量多征，以便贪赃，火耗成了他们的生财之道。一般情况下，每征收正税银一两，则附加耗羡银三钱左右；特殊情况下，耗羡银可高达五钱、六钱，甚至于出现“税轻耗重”[③]的现象。如果耗羡之外，再加上其他私征杂派，则“每岁

---

① 参见冯尔康著：《雍正皇帝》，故宫出版社 2016 年版，第 63—65 页。

② 赵申乔：《禁绝火耗私派以苏民困示》，见《皇朝经世文编》卷 20。

③ 钱陈：《条陈耗羡疏》，见《皇朝经世文编》卷 27。

民间正项钱粮一两，有派至三两、四两、五六两，以至十两”[①]者，故百姓“不苦于正额之有定，而苦于杂派之无穷”[②]。如果私征杂派仍然满足不了官吏的贪欲，他们就用挪用、侵渔的办法来贪污正项钱粮，以致藩库亏空日益严重。

耗羡始行于明朝，清代沿袭下来，开始控制其数量，而后火耗越征越多。康熙皇帝曾经禁止过，但朝廷实行低俸禄制度和官僚制度，注定禁绝不了，所以康熙皇帝改而采取默许态度。

州县官通过私征杂派，将非法所得一分为三：一部分中饱私囊；一部分馈送上司；一部分作为办公补助费，使朝廷不得不承认私征杂派的半合法性。

汉唐以来的历代官俸，唐较厚，明最薄，“甚非养廉之道”[③]。而清比明还要薄，一、二品大员的官俸，不及明朝的三分之一，连官场生活都难以维持，养廉银制度遂由此而生。

所谓“养廉银”，就是清政府给官员生活与办公的补助费，希望用以使官员廉洁奉公。这一制度的产生与官员低俸禄制度分不开，有其客观原因。清朝在京官员每年的俸银，一品一百八十两，二品一百五十两，三品一百三十两，四品一百零五两，五品八十两，六品六十两，七品四十五两，八品四十两，正九品三十三两一钱，从九品三十一两五钱。另外还按每两俸银给俸米一斛。在外地做官，文官俸银同于在京官员，但没有禄米，武官俸银只及在京武官的一半。这样，总督年俸是一百八十两，巡抚、布政使一百五十两，按察使、盐运使一百三十两，道员、知府一百零五两，同知、知州八十两，县令、学府教授四十五两，县丞、教谕、训导四十两，主簿三十三两一钱，典史、巡检三十一两五钱，吏役的钱粮就更加微薄了，斋夫十二两，铺兵八两，门子、皂隶、马夫、库事、斗级、轿伞扇夫、禁卒约六两。每年靠这一点薪俸，知县连自身家口也难养活，更不能花以百计数的礼金聘请必须有的幕

① 李发甲：《澄清吏治疏》，见《皇清奏议》卷 23。

② 《清圣祖实录》卷 22，康熙六年六月己卯。

③ 任源祥：《制禄议》，见《皇朝经世文编》卷 18。

客，打点上司、迎来送往的费用即使拿出全部俸银也不够作零头的。而出仕的官员，有的来自科举，有的来自捐纳，是科举投资和花钱买的做官资格，当然不能满足微少的俸禄。这种低薪俸制必然会产生较广泛的官吏贪赃营私现象。在这种情况下，官员贪污的途径也很多，诉讼中收受贿赂历来是官吏的主要财源之一，但这在什么时候名义上都是非法的。耗羡私征则是官吏的另一项重要的额外财源，是半合法的。①

早在康熙初年，御史赵璟就官俸微薄所带来的危害性曾向朝廷提出过警告，他说："若以知县论之，计每月支俸三两零，一家一日，粗食安饱？兼喂马匹，亦得费银五六钱，一月俸不足五六日之费，尚有二十余日将忍饥不食乎？不取之百姓，势必饥寒，若督抚势必取之下属，所以禁贪而愈贪也。夫初任不得已略贪赃，赖赃以足日用，及日久赃多，自知罪已莫赎，反恣大贪，下官贿以塞上司之口，上司受赃以庇下官之贪，上下相蒙，打成一片。"赵璟由此得出结论："俸禄不增，贪风不息，下情不达，廉吏难支。"他还提出增俸的办法要从长远着想，最好是"将本省应征税银与折纳赎银加增官员俸禄"②。

赵璟所论并非无理，但他有意夸大困难，为官吏贪污辩解，亦属实情。

实际上，除俸禄外，清朝还发给薪银、蔬菜烛炭银、心红纸张银、案衣仕物银等，作为官员的生活和办公补贴费，其数为官俸的两三倍。③如果各级官员都清正廉洁，维持基本生活需要和合理的公务开支还是够用的。问题在于，不可能做到这一点。例如，州县官府"无事不私派民间，无项不苛敛里甲，而且用一派十，用十派千"④。所得赃款赃物，除自用外，还要"以州县之大小，分礼物之多寡"送给上司。参谒上司则送见面礼，凡遇时节则送节礼，生辰喜庆则送贺礼，题授保荐则送谢礼，升转去任则送别礼，等等。上司遇大计考察官员时，对下属的评语则"以馈送之厚

① 参见冯尔康著：《雍正皇帝》，故宫出版社2016年版，第75—76页。

② 蒋良骐：《东华录》卷9，康熙八年六月。

③ 康熙《大清会典》卷36，《户部·廪禄》。

④ 赵申乔：《禁绝火耗私派以苏民困示》，见《皇朝经世文编》卷20。

薄，定官评之贤否”[①]。各省上京师各部院衙门办事，也要送上所谓“部费”或其他费用，否则一拖再拖，百般刁难。

康熙皇帝对于官吏利用陋规以权谋私的情况是了解的，但他的指导思想是：“凡事必须当理，议事贵乎得中，若偏执己见，立异好胜，以及内怀贪欲，外饰清高，此二者皆朕所不取也。”他认为，“身为大臣，寻常日用岂能一无所费？若必分毫取给家中，势亦有所不能。但要操守廉洁，念念从爱百姓起见，便为良吏”。所以，对于那些在他面前自吹“不食民间粒米，不取民间束草，臣一身之外，惟带二三家僮，往往于家中取给盘费，有时借资于督抚，臣从不敢有私”，并表示走马上任后，坚决“严禁属吏科派，及词讼贿赂诸弊”的督抚大吏，康熙皇帝根本不相信。他说：“为督抚者，在朕前皆如此说，及至地方，与所言往往不符。”他认为，多一事不如省一事，为官要认清现实，安于现状。“为大吏者，亦须安静，安静则为地方之福。凡贪污属吏先当训诫之，若始终不悛，再行参劾。”[②]

总之，由于康熙皇帝安于现状，对贪官污吏采取谅解和宽容的态度，所以，面对“革火耗而火耗愈盛，禁私派而私派愈增”[③]的吏治腐败、财政危机的局势，他必然感到无能为力，缺乏改革弊政的信心和勇气。正是康熙皇帝的这种矛盾心理，带来了两个不利的后果：一是火耗无限制，全被官吏层层瓜分，而国库亏空无法弥补；二是失去改革弊政的良机，使耗羡归公和养廉制度的建立，一直拖到他去世后才有可能解决。

雍正元年（1723年）五月，湖广总督杨宗仁提出，从州县耗羡银内提出二成交藩库，为办公之费，此外不许派捐，雍正皇帝立即表示同意。同年五月十二日，山西巡抚诺岷到任后，经过一番调查研究，决定将全省火耗率限制在两成，统计约收火耗银五十万两，计划“除应给各官养廉并通省公费等项需银三十万两外，扣

① 林起龙：《严贪吏以肃官方疏》，见《皇清奏议》卷7。

② 《康熙起居注》，康熙二十七年正月二十三日。

③ 《清史列传》卷9，《吴琠传》。

存银二十万两弥补无著亏空”[①]。雍正皇帝认为，诺岷很有办法，山西的经验可以用于全国。他不顾王公大臣和内阁的反对，于雍正二年（1724年）七月六日作出结论：

（1）总理事务王大臣九卿科道等，怀有私心和成见，见识短浅，所以才对诺岷的做法持怀疑和反对的态度。如果天下的督抚都像诺岷等人那样，为国为民，不避嫌怨，实心任事，量力而行，那么，耗羡归公和养廉银制度就能实现。

（2）凡立法行政都要因时因地而异，不必强求一致，各省可根据自己的实际情况作出决定，全国各省可分批分期进行。

（3）从来没有久而无弊之法，耗羡归公与养廉银也一样，不过，这只是一时权宜之计。当前，先承认耗羡的合法性，并对耗羡提成加以限制；将来亏空弥补，国库充足，官吏廉洁，就将耗羡提成逐渐减少，直到全部取消。

（4）一省之内，州县有大小，钱粮有多寡，事情有繁简，官吏有贪廉，情况各异，故耗羡提成不能定死。但总的原则是，要比从前减轻，要符合当地的实际要求。

（5）耗羡必须全部提解藩库，不得扣存州县。[②]

雍正皇帝主张耗羡归公的理由是：“州县火耗，原非应有之项，因通省公费及各官养廉，有不得不取给于此者，然非可以公言也。朕非不愿天下州县丝毫不取于民，而其势有所不能。且历来火耗皆在州县，而加派横征，侵蚀国帑，亏空之数不下数百余万。原其所由，州县征收火耗分送上司，各上司日用之资皆取给于州县，以致耗羡之外，种种馈送名色繁多，故州县有所藉口而肆其贪婪，上司有所瞻徇而不肯参奏，此从来之积弊所当剔除者也。与其州县存火耗以养上司，何如上司拨火耗以养州县乎！”[③]在对待耗羡问题上，雍正皇帝的态度显然比康熙皇帝更加明确坚定。首先，他敢于公开承认征收耗羡本非合法，但为权宜之计，不得不有条件地暂时保

① 《朱批谕旨》卷41，雍正三年二月初八，高成龄奏。

② 参见《雍正起居注》，雍正二年七月初六；《世宗宪皇帝上谕内阁》，雍正二年七月初六。

③ 《世宗宪皇帝上谕内阁》，雍正二年七月初六。

留；其次，他抓住了解决问题的关键，即与其州县存火耗以养上司，不如上司提火耗以养州县；最后，他措施得力，处理得当，所以收效较快。通过耗羡归公，使弥补亏空、官员养廉、清除积弊、降低耗率等老大难问题，都在一定程度上得到了解决。

耗羡归公后，耗羡银的第一个用途，就是随时弥补亏空，保证国库充实。山西、山东、河南等亏空较重的省份，数年内，利用耗羡银和贪官退赔的赃款，即将亏空弥补完毕。其他亏空较轻的省份，弥补更快。所以，户部库存银财由康熙末年的八百余万两迅速增加至六千余万两。

耗羡银的第二个用途，就是根据官职高低、公务繁简、收支多少、地方远近等情况，定期发给各官养廉银。一般来说，各官每年领取的养廉银数为：总督，少则一万三千两，多则三万两；巡抚，少则一万两，多则一万五千两；布政使，多则九千两，少则五千两；知府，多则四千两，少则八百两；知县，多则两千二百两，少则四百两。以上各官的养廉银都比其原俸高出数倍、数十倍，甚至一百多倍。地方文官的养廉银解决后，又逐步解决京官、武官的养廉银问题，但数量较少。

耗羡银的第三个用途，就是根据公务的繁简、收支的多少，作为各省办公费，少者数千两，多者数万两，甚至十余万两。如果各省耗羡不足使用，可动用正项税。①

雍正皇帝不要官吏腹枵办公，而是要他们具有合乎他们身份的经济力量。他说做总督巡抚的，应该取所当取而不有损于廉洁，固然不能盘剥骚扰百姓，也不必故作矫情以沽名钓誉。如果一切公用犒赏之需，由于极度拮据窘乏而不能实现，也有失于封疆大吏的身份，这不是他的本意。因此提解耗羡的同时，恐怕各官无以养廉，以致勒索百姓，于是从耗羡银中提取一部分，发给从总督、巡抚到知县、巡检各级官员以一定数量的银两，作养廉费用。官员所得的银子数目，主要依据官职的高低来确定，各省之间，由于政务繁简及赋税多少的不同，也有一些差别。随着各地钱

① 参见王戎笙主编：《清代全史》（第四卷），方志出版社 2007 年版，第 47—54 页。

粮的亏空逐渐弥补清楚，征上来的火耗主要是留作地方公用和发给官员的养廉银，所以养廉银的数量不断增加，到雍正十二年（1734年），各省官员的养廉银数大致有了定额。

耗羡归公和养廉银的实施，使雍正时期的财政和吏治得到整顿，与康熙后期相比，效果是明显的。但耗羡本来就是额外加派，而官吏的养廉银和地方办公费等，理当由正项收入中开支。并且，财政好转后，雍正也没有将耗羡取消。乾隆以后，吏治又逐渐废弛，耗羡之外又有加派私征，养廉银再多也满足不了官吏的贪欲，廉政建设徒有虚名。

（三）取缔陋规和加派

在实行耗羡归公和养廉银制度的同时，雍正皇帝着手取缔陋规和加派。养廉银实行之前，地方官中的下属对上司按潜规则馈送礼金，如果上司身兼数任就奉送几份礼物。雍正元年（1723年），山东巡抚黄炳报告，以前每年收规礼银十一万两，其中应时节礼、寿礼六万两，人丁、地税规礼银一万多两，布政使和按察使羡余银三万两，驿道、粮道规礼银各二千两，盐道及盐商规礼银各三千两。黄炳曾任按察使六年，收盐商规礼银三万两。巡抚一年的规礼，要比后来实行的养廉银多好几倍。雍正皇帝注意到要革除这一弊病，于雍正元年（1723年）发出上谕，禁止钦差大臣接受地方官的馈赠，总督巡抚也不得以此向州县进行摊派。在取缔陋规方面，河南巡抚做得比较突出，石文焯在计议耗羡归公时，考虑到如果规礼不除，州县官还会在耗羡之外再行加派，以奉献上司，为了防止这种现象的出现，就将巡抚衙门所有省、道的规例，府州县的节礼，以及通省上下各衙门一切祝寿规礼，尽行革除。田文镜继任后，更能以身作则，一概不收财礼，对家人仆役约束很严，门包小费一律谢绝。河南有一些土特产很有名，如开封府的绫、绵、绸、手帕、西瓜，怀庆府的地黄、山药、竹器，汝南府的光鸭、固鹅、西绢，以往上司强令该地方官交纳，成为土例，田文镜一概不收，并发文告严行禁止地方官交送。

有些官员对往日的规礼贪恋，不愿放弃，一经发觉，雍正皇帝严加处理。雍正五年（1727年），巡察御史博济到江南，勒索驿站规礼，江南总督范时绎上本参奏，雍正皇帝将博济革职。山东蒲台知县朱成元在任多年，一直给巡抚、布政司和按察司各官送礼，并设簿册登记。雍正六年（1728年）被人揭发，雍正皇帝命河东总督田文镜、代理山东巡抚岳濬对送礼的朱成元和受礼的前巡抚黄炳及博尔多、余甸等人进行审讯。当时山东的规礼仍很严重，名目繁多庞杂，州县官进谒上司一次，巡抚衙门索门包银十六两，布政使司、按察使司八两，粮道衙门要门包银十二两，驿道和巡道各五两，本府州十六两。提解土地人丁税银，则有鞘费、部费、敲平、饭食、验色、红簿、挂牌、草簿、寄鞘、劈鞘、大门、二门、内栅、外栅、巡风、付子、实收、投批、投文、茶房等都要送钱。这样每提解银一千两，约需三十两杂费银。田文镜深知欲禁州县的加耗加派，必先禁上司，欲禁上司，必先革除陋规，就采取了严行整饬的策略。雍正皇帝对此很满意，命他好好施行。

雍正皇帝深知只是革除地方陋规，不加强对中央官员的管束就取缔不了陋规。原来地方官向户部交纳钱粮时，每一千两税银，加送余平银二十五两，饭银七两。雍正皇帝即位之初，下令减去余平银的十分之一。耗羡归公实行之后，总管户部三库事务的允祥建议取消收纳地丁税银时的加平银和加色银，不许地方解送官员短交或以潮银抵充足色纹银，不许库官通同作弊，侵蚀私分，得到雍正皇帝的批准。雍正皇帝又在雍正八年（1730年）明确规定，平余银、饭银均减半收纳。其他衙门也有部费，有的事情不给部费就不能了结。甚至新设立的会考府，本来是清理税收的，可也有地方大吏用比部费加倍的银钱进行打点，雍正皇帝于雍正二年（1724年）十月谕告各省的总督、巡抚、提督、总兵，对此严加禁止。实行耗羡归公和养廉银制度，本来就意味着取消陋规和澄清吏治，但官吏总不想放弃这类财源，所以取缔陋规和澄清吏治是一场斗争。[①]

① 参见冯尔康著：《雍正皇帝》，故宫出版社2016年版，第78—80页。

四、晚清吏治的腐败

晚清腐败问题既是传统专制政权痼疾的复发，又是因为清政府对现代化浪潮应对不力所致，追根溯源还是中国传统官本位社会发展的必然结果。这是一个值得探究的历史问题。

（一）卖官鬻爵

晚清官场十分腐败，其中以捐纳最为典型。

道光二十九年（1849年），道光皇帝在召见张集馨时就曾经说过："我最不放心的是捐班，他们素不读书，将本求利，廉之一字，诚有难言。"

张集馨问："捐班既然不好，何以还准开捐？"

道光皇帝拍手叹息曰："无奈经费无所出，部臣既经奏准，伊等请训时，何能叫他不去，岂不是骗人吗？"①

晚清时期，国势日弱，国家财政十分困难。为了开辟财源，以卖官鬻爵为内容的捐例之风大开。卖官买官的结果，不仅造成国家的名器不尊，仕途拥塞，还造成了清王朝官员素质的严重下降、吏治的日趋腐败、民心的逐渐丧失，所有这一切，都大大加速了清政权衰亡的历史进程。

清代捐纳，创于康熙，备于雍、乾，嘉、道因袭之，咸、同以后则泛滥成灾。

道光时期，伴随着国库空虚以及接踵而来的鸦片输入、白银外流，清政府的财政发生了严重的危机。为了解决财政困难，清政府便开始把纳捐卖官作为主要的敛财渠道。从道光开始，历经咸丰、同治、光绪、宣统各朝，清政府把捐纳卖官之事发展到了一个新高峰。

道光末年，两粤用兵，军饷浩繁，各省争请捐输，遍设捐局。道光皇帝在位

---

① ［清］张集馨撰：《道咸宦海见闻录》，中华书局1981年版，第119—120页。

三十年，年年都有卖官的记录。仅捐监一项，就收入白银三千三百八十八万余两，平均每年收入一百多万两。到咸丰时期，国家财政更加困难。外有因第二次鸦片战争失败而导致的巨额赔款，内有太平天国运动为首的农民战争的巨大冲击，清政府的财政几乎处于崩溃的边缘。咸丰皇帝绝望之余，更把捐纳作为重要敛财门径。同治、光绪时期，虽然国家财政因为洋务运动举办而有所好转，但卖官鬻爵情况较前更加严重。当时，捐纳是国家卖官的主要形式，主要有捐实官、捐虚衔、捐封典、捐出身、捐贡监、捐加级，等等。虽然光绪五年（1879 年）与光绪二十七年（1901 年），清政府两次下诏明令停止捐纳卖官行为，然积重难返，诏谕行同具文，直至清朝灭亡，以捐纳为表现方式的卖官鬻爵的行为始终未能真正终止。

捐纳制度导致了晚清官吏素质和能力的严重下降，削弱了清王朝的实际统治能力。

李岳瑞在《春冰室野乘》一书中说：

政界之变相，始于光绪辛卯、壬辰间，此后遂如丸走坂，不及平地不止矣。先是辇金鬻官者，必资望稍近，始敢为之。至是乃弛纲解弢，乳臭之子，汛埽之夫，但有兼金，俨然方面。群小之侧目于先帝，亦至是而愈甚。

清朝前、中期，选拔官吏的渠道主要是通过科举制度的选拔考试，虽然也有捐纳卖官一途，但在官吏的选拔过程中尚不占主要地位。通过科举选拔出来的官吏，虽然大多是埋头八股、不懂经济之道的科举仕子，但他们毕竟经过多年的传统文化熏陶，尚能知道礼义廉耻，讲究忠君报国，追求修身、齐家、治国、平天下。到了晚清时期，卖官和买官泛滥，通过捐纳、贿赂上来的官员，基本上都是一些平庸无能、道德修养极低之辈，他们贪污、敛财、投机、钻营，很少考虑如何去承担自己本职应尽的责任与义务。这种通过捐纳途径进入仕途的官员，很难谈其为官的素质和治理能力。对于这种情况，道光皇帝曾经有所察觉。道光十六年（1836 年），道光皇帝在召见翰林张集馨时说：

捐班我总不放心，彼等将本求利，其心可知。科目未必无不肖，究竟礼义廉耻之心犹在，一拨便转。得人则地方蒙其福，失人则地方受其累。[①]

但是，面对世风日下、财政捉襟见肘的晚清社会，平庸守成的道光皇帝又有何能扭转乾坤、改变习气呢?

捐纳制度卖掉了人心，卖掉了清王朝的江山。

咸丰末年，冯桂芬就曾指出：

近十年来捐途多而吏治坏，吏治坏而事变益亟，事变亟而度支益蹙，度支蹙而捐途益多，是以招乱之道也。

卖官、买官不仅降低了官吏的从政素质，造成了官场的混乱与腐败，更重要的是导致了民众对政府信任力的丧失。

（二）种种陋规

陋规是晚清官场中无处不在的另一种腐败形式。

清末陋规花样甚多，主要有以下数种形式：

别敬——也称别仪。外省官员进京引见、请训，离开京城时，送给京官的贿赂性礼物，一般是银子，按官阶高低数量不等。贿赂加上一个好听的字眼，叫仪、敬，带上了礼物的性质，送受双方都心安理得。

冰敬——外官夏天送给京官的礼物。夏季炎热，意使凉爽，表示敬意。

炭敬——外官冬天送给京官的礼物。冬日严寒，取意暖和，表示敬意。

年敬——外官过年时致送京官的礼物。

节敬——官员遇节日送给上司的礼物。

喜敬——官员在上司喜庆日子，包括生日、嫁娶、生子等，致送的礼物。

---

① ［清］张集馨：《道咸宦海闻见录》，中华书局 1981 年版，第 22 页。

门敬——官员送给受礼官员门房或仆人的礼物，也叫跟敬、门包。没有这种礼物，其他的礼物就送不上去。

妆敬——送给官员女性眷属的礼物，亦称妆仪。

文敬——送给官员家读书公子的礼物，亦称文仪。

印结——清朝制度规定，凡外省人在京考试、捐官，皆须同乡京官出具保证书，保证考试、捐官的同乡身家清白，并无虚伪等情。保证文书叫结，盖印的叫印结。上边必须盖六部印。要想得到印结，被保证人必须出一大笔银子，同乡而并不熟识，这显然是一种买卖行为。在京每省设一印结局，公推年高资深者主持，凡入局为同乡出名具印结者每月都可以分一次印结费。

耗羡——征收田赋，或征粮食，或折成银子征收时，都要把粮食运输中的损失、银子销熔时的损失计算加入正额收缴，加征的粮食、银子，称作耗羡。耗羡又称羡余、火耗，是附加税。耗羡一般进入官员私囊。雍正时规定耗羡归功，另给官员养廉银，但各级官员任意加征养廉银，使贪污合法化。

棚费——考试时，地方官向民间摊派银两，送给主考。

漕规、到任规——州、县官在征收钱粮或新官到任时，送给上司的一笔银子。

捐花样——清末官多缺少，候补人员太多，补缺先后，除原有班次外，增加了“本班尽先”“新班遇缺”“新班遇缺先”等班次名目，作为补缺先后次序的标准，叫作花样。捐官交上六成银子可以得到优先派缺。要想尽快补缺就得交上银子，争得机会。

部费——中央部门索取的贿赂。吏部索补缺费、保奖费。户、工、兵三部索取报销费。各省军事、工程经费贪污中饱，以少报多，要得到户、工、兵部批准，送给三个部门的贿赂。

（三）与胥吏共天下

清代官场上存在着这样一个怪现象，有一种人，他们不是官，而是官手下的办事人员，甚至还在国家的正式编制之外。但是，可千万别小觑了这些小人物的能量。

他们在官场中的能量很大，有的甚至操纵权柄，公然挟制当道。这些小人物即幕宾、长随、官亲等，总称胥吏。

道光时官员张集馨在他的自订年谱中记载，“（陕甘）总督乐斌，由旗员出身，公事全不了了……奏折文案，一委之幕友彭沛霖，而彭幕因此招摇撞骗，官吏趋之若鹜。臬司明绪，兰州道恩麟，候补道和祥及同知章桂文，皆结为兄弟，登堂拜母”①，胡作非为。像这样胥吏依仗上司，横行霸道、无恶不作者，在晚清官场处处可见，比比皆是。

关于胥吏对清代官场政治的影响，乾隆时期的邵晋涵总结道：“今之吏治，三种人为之，官拥虚声而已。三种人者，幕宾、书吏、长随。”可见，胥吏虽然不属于国家正式编制，但这类人在清代官场中的地位却是十分重要的。

晚清官员郭嵩焘甚至这样谈论胥吏在清朝政治中的地位：

> 汉唐以来，虽号为君主，然权实不足，不能不有所分寄。故西汉与宰相、外戚共天下，东汉与太监、名士共天下，唐与后妃、藩镇共天下，北宋与奸臣共天下，南宋与外国共天下，元与奸臣、番僧共天下，明与宰相、太监共天下，本朝则与胥吏共天下。②

在晚清官场，“金钱效应”十分明显。通过金钱途径，袁世凯陆续将领班军机大臣奕劻，内阁协理大臣那桐，总管内务府大臣世续、荫昌，太监总管李莲英、崔玉贵、张兰德、马宾廷等清廷内的重要角色都纳入北洋集团奥援范围内，致使形成了“太后方向用，亲贵与交欢”的极不正常的局面。辛亥革命时期，袁世凯继续发挥他的“金钱效应”，内外兼下，最终夺得了国家的最高领导权。

据许指严《新华秘记》记载：

> 隆裕太后允下退位之诏，其内幕实出于某亲贵之劝逼。隆裕事后颇悔，然

① ［清］张集馨：《道咸宦海见闻录》，中华书局 1981 年版，第 201—202 页。

② 《凌霄一士随笔》（三），山西古籍出版社 1997 年版，第 889 页。

已无及矣，故哭泣数月即薨。而某亲贵者，乃受袁氏之运动金五十万，及许以永久管理皇室之特权，始不惜毅然为之者也。

可见，清王朝之所以覆亡，与“金钱政治”大行其道、官员行贿受贿、贪污腐败的恶行有密切的关系。

第八章　民间动荡之对策

自从人类进入阶级社会以来，统治者与民众之间似乎就存在着一种天然的矛盾。民可养官，亦可覆官。“民为重，社稷次之，君为轻。”统治者如何治理民众，往往会影响到政权的兴衰存亡。从乾隆后期开始，清政府腐朽面目逐渐暴露出来，民众反政府风潮开始高涨。从嘉庆元年（1796 年）白莲教起义，中经太平天国运动，到孙中山发动辛亥革命推翻清政府的统治，民间反清风暴一次比一次激烈。对民众的造反行动，清政府给予高度重视，采取了不同的消弭措施。这些措施，有的成功，有的失败，从侧面反映出处于衰世的统治者在危机面前的应变能力。

一、白莲教起义与清政府的对策

（一）白莲教反清与清政府的应对

康、雍、乾时期，清政府的统治达到了鼎盛，社会经济得到了高度发展，社会财富大量积累，所谓“本朝轻薄徭税，休养生息百有余年，故海内殷富素封之家，比户相望，实有胜于前代”[①]。但是，乾隆后期，统治者好大喜功，穷兵黩武，在表面盛世的背后，隐藏着深深的社会危机和统治危机，这首先表现在嘉庆初年白莲教反政府起义对清王朝的打击。

清初中期，民间宗教十分活跃，这是清政府所遇到的一个十分棘手的社会问题，不得不花大气力应付与整顿。顺治三年（1646年），吏部给事中林起龙上书说：“近日风俗大坏，异端蜂起，有白莲、大成、昆元、无为等教，种种名色。以烧香礼忏煽惑人心，因而或起异谋，或从盗贼，此直奸民之尤者也。”朝廷于是严禁“邪教”，遇各色教门即行严捕，处以重罪。然而禁教成效不大，禁之愈烈。清初思想家颜元在《存人编》中说：“迨红巾、白莲始自元明季世，焚香惑众，种种异名，旋禁旋出。至今若‘皇天’，若‘九门’、‘十门’尊会，莫可穷诘。”康熙时王逋肱在《蚓庵琐语》中亦说：“今民间盛行所谓教门者，说经谈偈，男女混杂，历朝厉禁，而风愈炽”，“山东山西则有焚香白莲，江西则有长生圣母、无为、糍团、圆果等号，各立各户，以相传授”。蒲松龄《聊斋志异》中有《白莲教》《罗祖》《刑子仪》等篇，涉及白莲教、罗祖教和清中期民众的信仰活动，说明康熙时期这些宗教组织在民间还有很大影响。

清代民间教派很多，数以百计，就大的教派分布情况而言，华北地区主要有罗教、黄天教、红阳教、清茶门教、一炷香教、龙天教、八卦教等教派；江南有大乘教、无为教、老官斋教、龙华教、三一教、长生教、收园教等教派；西南地区有鸡足山大乘教、青莲教、金丹教、刘门教等教派；西北地区有罗教、圆顿教、明宗教等教派；这些教派

---

① 昭梿著：《啸亭续录》卷2，《本朝富民之多》。

不是脱胎于佛教，就是脱胎于道教，教义宗旨皆主儒、佛、道三教并信而又别立“真空家乡，无生老母”的特殊信仰，宣扬“三阳劫变”的思想，成为正宗大教外的异端。其中的骨干是宋元出现的白莲教系统和明中叶出现的罗祖教系统，彼此又互相影响，嬗变出形形色色的教门。清初的众多教门有相当一部分是明代教门的直接延续，如罗祖教、黄天教、红阳数、老官斋教、三一教、长生教、大乘教、龙天教、无为教、一炷香教等；有若干教门是清代新兴起的，如八卦教、清茶门教、天理教、圆教、真空教、青莲教、白阳教等，这些新兴教门与明代民间宗教颇有渊源关系，有的是原有教门的分支或改头换面，但名义和称号是新出的，一般皆不自称白莲教。就规模和影响而言，以华北和中原地区的八卦教、江南青莲教（斋教）和西南大乘教为最重要。

清代前期民间宗教的一个显著特点是比明代更具有反抗精神，而且往往采取武装对抗。改朝换代的政治目标较之求福升天的宗教目标更为强烈，因此所谓“邪教”案件频繁发生，遍及南北，多不胜数，乾嘉以后几乎每年都有若干次大的武装起事。在这种情况下，清政府对民间宗教制定了严厉镇压、禁绝灭除的政策，实属为稳定社会秩序、巩固其统治所必须。

康熙、雍正两朝，采取种种措施恢复和发展生产，安定社会秩序，通过“与民休息”的政策，达到巩固政权的目的；在民间宗教的问题上，清政府也注意不故意扩大事态，能宁息则宁息之，优先解决最迫切的民生问题，这是有一定远见的。康熙皇帝曾告诫山东巡抚：“为治之道，要以爱养百姓为本，不宜更张生事。”雍正皇帝亦注意在惩办“邪教”时不扩大化，以防激之生变。雍正八年（1730年）福建巡抚刘世明以“习无为罗教者，阖家俱吃斋”，奏请要“通饬严禁”，雍正皇帝阅后大为恼怒，批驳说：“但应禁止邪教惑众，从未有禁人吃斋之理。此奏甚属乖谬纷扰。”他还下令取消香税，鼓励民间进香祷神。但从乾隆朝起，民间宗教已明显形成强大的政治异己力量，清政府开始由疏导而一律变为镇压，专务剿灭诛除，清政府在对待民间宗教政策上的弹性由此而丧失。[①]

---

① 参见牟钟鉴、张践著：《中国宗教通史》（下），社会科学文献出版社 2003 年版，第 909—911 页。

（二）清政府对白莲教的对策

乾隆末年，社会矛盾日益尖锐，白莲教在基层民众中长期秘密传播，已经成为一股巨大的社会力量，最终从清政府的潜在威胁转变为反抗清政府统治的武装力量。嘉庆元年（1796 年）爆发的白莲教起义，历时九年，波及湖北、四川、陕西、河南和甘肃五省。为了镇压这次武装反对清王朝统治的起义，清政府耗费了大量人力、物力，从此由盛转衰。

首先，在白莲教起义酝酿之初，清政府采取禁止政策。

康雍乾年间，白莲教结社主要以收元教、混元教、三阳教、西天大乘教等组织或名称而存在。

收元教是康熙年间山西长子西县人张进斗首倡，初称白莲教或无为教。至乾隆二十一、二十二年间，传至河南称“荣华会”。乾隆二十八年（1763 年）又恢复了收元教名称，以“南无天元太保阿弥陀佛”为十字真经，以“真空家乡，无生父母”为八字真言。乾隆三十二年（1767 年），收元教从河南传入了湖北北部。乾隆四十九年（1784 年），湖北襄阳人孙贵远、寄居湖北房山的王应琥和陈金玉等人开始在老林地区传教。乾隆五十年（1785 年），收元教被破获，教首孙贵远被处死，其徒姚应彩被处以杖责枷号。

乾隆五十七年（1792 年），宋之清成立“西天大乘教”，在湖北北部及老林地区传徒。他收襄阳的齐林等人为徒。齐林的徒子徒孙们，将西天大乘教传至陕西南部安康一带。齐林与妻王聪儿、传徒姚之富，在襄阳地区发展。齐林把襄阳的徒众分为南、北二会，二会中的很多人后来皆成了川楚陕白莲教起义军中的重要将领与骨干。

西天大乘教还分别从陕西南部与湖北西北部传入四川的东北部、东部、东南部及湖北的中部和南部。

在老林地区传播的混元教，主要是河南鹿邑县人樊明德传习的一支。乾隆四十年（1775 年）三月，混元教遭破获，樊明德被捕遇害。其后，教徒刘之协将混元教改称“三阳教”，寻觅一人捏名牛八，凑成朱字，假称明朝嫡派。

乾隆五十四年（1789 年），刘之协又传收元教内宋之清为徒。这样，以宋之清为中介，使收元教与混元教建立了密切关系。乾隆五十七年（1792 年）初，宋之清自立“西天大乘教”，同刘之协相抗衡。

混元教自改称三阳教，并提出“弥勒佛转世，保辅牛八”这一口号后，有较快发展。不过，在白莲教起义过程中，除个别首领外，混元教教徒所起作用不大。而以宋之清为首的西天大乘教，接受了刘松、刘之协提出的“弥勒佛降生，保辅牛八”的口号后，把反清的理想逐步付诸实践。乾隆五十九年（1794 年）四月，湖北各地教首已商定于“辰年辰月辰日”即嘉庆元年三月初十，在各地同时举义。

西天大乘教在各地的迅速传播，引起了当地官府的注意，开始对教徒进行搜捕。乾隆五十九年（1794 年）七月，四川大宁县教首谢添绣、谢添锦、萧太和等被捕，供出该教传自湖北竹溪的陈金玉及教内骨干名单。其后，陕西安康的教首萧贵、萧正杰等五人及教徒六十七人也被官府捕获。

清政府根据四川、陕西被捕者供出的线索，先后在襄阳拿获了西天大乘教首领宋之清及教内骨干樊学鸣、伍公美、齐林等六十二人。在郧阳府及房县、竹溪、竹山、咸丰、来凤等县，捕获陈樊等五十人，连同宋之清等共一百一十二人。在房县獐落河石岭沟地方捕获王应琥、王应凤等二十一人。九月下旬，在甘肃隆德配所审讯刘松，追查近年来到配所看望过他的人。刘松供出自乾隆五十四年至乾隆五十八年（1789 年—1793 年），刘之协、宋之清曾六次前来配所探望他。不久在河南拿获宋显功等五十一人，并将刘四儿捕获。刘松、刘四儿在押解襄阳的途中被处死。

清政府大肆搜捕白莲教，并没有能够彻底禁绝白莲教，相反，在王聪儿等人领导下，白莲教长期酝酿中的武装反抗清政府的斗争，终于一触即发。

其次，面对白莲教武装反政府起义，清政府采取了坚决镇压的政策。

清政府对湖北各地白莲教反政府武装甚为震惊。陕甘、湖广、四川等省的总督、巡抚等高级官员，纷纷出兵镇压。陕甘总督宜都负责剿办郧西一带的白莲教造反者；湖广总督毕沅、荆州将军成德、头等侍卫舒亮等负责剿办当阳、远安、东湖一带的叛乱者；湖北巡抚惠龄、总兵富志那负责剿办枝江、宜都一带的白莲教；头等侍卫鄂辉等负责剿办襄阳、谷城、均州、光化一带的白莲教，由都统明亮“总统湖北诸军”。此外，又调直隶古北口提督庆成、山西总兵德龄率兵两千，并赦免在湖北、河南的蒙古“窃马谪犯”，编为骑兵，协同作战。

嘉庆四年（1799年），乾隆皇帝去世后，嘉庆皇帝立即采取措施，改革弊端，进行整顿。（1）罢黜权臣和珅，改变镇压白莲教军务皆由和珅及其宠信调度指挥的状况。（2）任用勒保为经略大臣，节制川、楚、陕、豫、甘五省军务，撤换了一批无能的将领，惩办了一些贪官。（3）在军事上，推行“坚壁清野”与“剿抚兼施”的策略。由于勒保镇压不力，嘉庆皇帝大为恼火，下令革去勒保五省经略大臣之职，由额勒登保继任，以德楞泰为参赞大臣。额勒登保上任后，推行了两项打击白莲教武装的策略。一是把造反者引出老林地区，再驱赶到川北，集中加以消灭；二是加紧推行“坚壁清野”，以断绝造反者的粮食供给与人员补充。这两项策略在嘉庆五年（1800年）以后发挥了明显的效力，白莲教起义逐渐走向低潮。

清朝统治者提出“坚壁清野”策略的目的，在于切断反政府武装同各地民众之间的联系。“多一民即少一贼”，“民存一日之粮，即贼少一日之食”。其具体做法是：“自小村入大村，移平处就险处，深沟高垒，积谷练兵，移百姓所有积聚实于其中。贼未至则力农贸易，各安其生，贼既至则闭栅登陴，相与为守。民有所恃而无恐，自不至于逃亡。”清朝统治者还推行了“寨堡团练”的政策。寨堡建好之后，必得有防守之人，相应地便要“团练壮丁”。其办法是：“每户抽壮丁一人或二三人，编为部伍，鸟枪刀矛，各习一技，官为给价，制备器械。”壮丁由营中弁兵“勤加训练”，有事则“登陴守御，自保乡里”①。

湖北、四川、陕西各地的白莲教反政府武装，对清朝统治者虽然构成了严重的威胁。但因各地起事者之间，缺乏统一领导，各自为战，加上清政府采取了“寨堡团练”“坚壁清野”以及“剿抚兼施”的策略，从而使清政府得以调兵遣将，各个击

① 龚景瀚：《坚壁清野议》，见《皇朝经世文编》卷89。

破。到嘉庆九年（1804 年），这场历时九载，波及川、楚、陕、豫、甘五省的反政府起义最终失败。清政府为了镇压白莲教起义，从各省调集了大批兵力。九年中，被白莲教击毙的提督、总兵以下军官四百多人，其中提、镇大员即多达二十余人，耗用军费两亿两白银[①]，相当于当时清政府四年的全部财政收入。白莲教起义虽然最后以失败告终，但也使清王朝从此走上了衰落之路。

二、太平天国运动与清政府的对策

十九世纪列强的侵略虽然削弱了清王朝统治，但清王朝真正的统治危机却是来源于下层民众的反政府运动以及统治阶级内部出现的分离倾向。

咸丰元年至同治三年（1851 年—1864 年），洪秀全发动了中国历史上规模最大的一次农民运动。这场发生在历史大转折年代的旧式农民大革命虽然没有给中国带来新的因素，但它却以其空前的打击力撼动了清王朝高度集权体制，松动了僵硬的社会秩序，使权力和资源逐渐从中央政府流失到地方督抚的手中。

咸丰元年（1851 年）金田起义后，太平天国将矛头直接指向腐败的清政府，公开向清王朝的政治权威发起挑战。咸丰三年（1853 年）太平军攻克南京，改名天京，并定都于此。随后，太平天国建立了自己的一套从中央到地方的政权机构，颁布了一系列内政外交的政令，并派兵北伐、西征，继续扩大战果。这样，太平天国雄踞东南半壁江山，与清政权形成了南北对峙的局面。在太平天国的猛烈冲击下，清政府地方的政治力量，尤其是清政府的军事力量遭到了极大的削弱。太平天国基本上摧毁了清政府作为其军事支柱的八旗、绿营武装，使满洲贵族失去了控制国家武装力量的实际能力。除了依靠地方的政治与军事力量，清政府似乎已经难以再同太平天国进行有效的对抗与较量。

太平天国不仅摧毁了清政府赖以维持统治的军事力量，击垮了其维持统治秩序

---

① 参见魏源：《圣武记》卷 10，《嘉庆川湖陕靖寇记》。

的财政基础，同时还撼动了中国传统的政治秩序。与过去历代的农民反抗运动不同，太平天国更加针对中国社会危机的根源和数千年专制下农民的苦难，从理想到实践，都试图建立一系列崭新的结构，从而向清政府的政治权威与传统的政治秩序发起全面的挑战。

咸丰十一年（1861 年），咸丰皇帝病死，清政府发生重大人事变动，形成了两宫太后垂帘、奕䜣议政的暂时联合政体。慈禧太后、奕䜣对以曾国藩为首的地方督抚，由重用变为依赖，使用起来更加放手，授予的权力也越来越大，主要表现在以下几个方面：

第一，中央对曾国藩下放权力不断增多，使之承担的责任也越来越重。继咸丰十年（1860 年）授任两江总督、钦差大臣，督办江南军务、宁国军务、徽州军务之后，咸丰十一年（1861 年）十月又奉命督办江、皖、赣、浙四省军务，巡抚、提、镇以下官员皆归节制。

第二，清政府在下放军政大权的同时，在用人方面也为曾国藩打开方便之门。咸丰十年（1860 年）以前，曾国藩奏保的僚属很少获准。咸丰九年（1859 年），曾国藩先是保奏李鸿章补授两淮盐运使而不可得，随后，保奏其在江西南丰原籍办理团练的老友吴嘉宾升为候补同知，亦遭吏部议驳。慈禧太后执政以来，曾国藩大批保奏其部将、属吏与幕僚，则几乎无不批准。有时所保人员有违成例，被吏部驳回，曾国藩稍稍加以修改，再次上奏，吏部最后也只好照准。不仅如此，清政府还应曾国藩之请，特批在每年分发外省的新进士中特为安徽一省增额十六名，他省不得援以为例，以鼓励战争重灾区的安徽进行自救。

第三，在筹饷方面，清政府也给曾国藩以大力支持。同治元年（1862 年）五月，曾国藩奏请征集广东厘金以济江苏、浙江之饷，受到两广总督劳崇光的坚决反对，清廷立刻罢免劳崇光，以奉命赴粤办理厘金的曾国藩同年晏端书接任粤督，并任命曾国藩的好友黄赞汤为粤抚。不久，曾国藩又因粤厘征管不力、所收太少，与晏、黄二人发生矛盾，清政府又罢免晏、黄，以曾国藩好友毛鸿宾、郭嵩焘分别补授广东督、抚。如果不是清政府的支持，作为两江总督的曾国藩怎么可能到广东抽收厘金，更不可能征足定额。而没有这一部分厘金用来扩充饷源，曾国藩也就难以完成攻陷天京的最后一篑之功。

第四，清政府还大批任命曾国藩集团的骨干成员担任战区各省的督、抚、藩司及提、镇大员。咸丰三年（1853年），任命江忠源为安徽巡抚；咸丰五年（1855年），任命胡林翼为湖北巡抚；咸丰十年（1860年）闰三月，任命刘长佑为广西巡抚；十月，任命严树森为河南巡抚；咸丰十一年（1861年）正月，任命李续宜为安徽按察使署理巡抚；二月，任命毛鸿宾署理湖南巡抚；五月，任命张运兰为福建按察使；七月，实授毛鸿宾湖南巡抚，补授骆秉章四川总督；九月，任命彭玉麟为安徽巡抚，李续宜调任湖北巡抚，刘坤一补授广东按察使；十二月，任命左宗棠为浙江巡抚、沈葆桢为江西巡抚、李桓为江西布政使，李续宜调任安徽巡抚，严树森调任湖北巡抚，彭玉麟辞安徽巡抚，改任兵部侍郎；同治元年（1862年）正月，任命曾国藩为两江总督协办大学士，任命鲍超为浙江提督，蒋益澧为浙江布政使，曾国荃为浙江按察使，任命陈士杰为江苏按察使；三月，命李鸿章署理江苏巡抚；五月，曾国荃升浙江布政使，刘典补授浙江按察使；闰八月，刘长佑补授两广总督；十月，李鸿章实授江苏巡抚，阎敬铭署理山东巡抚；十一月，丁宝桢补授山东按察使，厉云官补授湖北按察使；十二月，刘长佑调任直隶总督；同治二年（1863年）三月，左宗棠晋升闽浙总督，曾国荃升补浙江巡抚，万启琛补授江苏布政使；四月，唐训方补授安徽巡抚；五月，毛鸿宾迁两广总督，恽世临补授湖南巡抚；六月，郭嵩焘补授广东巡抚；七月，刘蓉补授陕西巡抚；十一月，阎敬铭实授山东巡抚；同治三年（1864年）五月，杨载福补授陕甘总督；六月，曾国藩授一等侯爵，曾国荃、李典臣、萧孚泗依次授一等伯、子、男爵；九月，左宗棠授一等伯爵，鲍超授一等子爵；在此前后，李鸿章亦授一等伯爵。这样，曾国藩集团以三江两湖为基地，势力不断壮大。南至两广、云贵川，北至直隶、山东，东至苏浙闽，西至陕甘，都进入他们的权力范围之内。长江三千里，几乎无一处不挂曾国藩的旗帜。曾国藩集团终至一发而不可收，暂时形成尾大不掉之局。

在清王朝的政治体制中，兵权、财权、人事权是最重要的事权，这些事权的变化对于王朝政治体制的影响极为重大。太平天国运动时期，清政府虽然利用曾国藩等汉人地方督抚将太平天国、捻军起义镇压下去，使清王朝摇而不坠、危而复安，渡过了这场危机。但是，在这场长达十四年之久的战争过程中，很大一部分原属于中央政府的权力，如军事、财政、人事等项大权，都渐渐落入地方督抚，尤其是以曾国藩、李鸿章、左宗棠等为首领的地方集团的手中，内轻外重的局面已经形成。

三、义和团运动与清政府的对策

清政府对待义和团的政策，是近代史上一个颇值得深思的问题。它是由义和团本身性质以及清政府对内对外矛盾态度相辅相激而成，且中间经过许多波折和转变。

以慈禧太后为首的清政府，自戊戌政变后，在废帝立储和太后训政方面与列强出现了尖锐的矛盾。在如何对待义和团问题上，根据统治集团的利益需要，清政府对付义和团的政策先后经过了剿抚兼施、全面招抚和彻底镇压三个不同的阶段。

（一）剿抚兼施

中日甲午战争后，民族危机空前严重。康有为、梁启超发起的戊戌变法失败后，以农民为主体的义和团反帝风暴便接踵而来。从1898年到1900年，义和团运动从鲁西北蔓延到鲁中乃至直隶，锋芒所向直指列强侵华的洋教势力。面对北方民间掀起的这场反帝风暴，清政府最初十分慎重，采取了剿抚兼施、以抚为主的政策。

十九世纪末，在山东地区，由于教会势力长期欺压民众而形成的民教之间的矛盾十分尖锐。山东巡抚李秉衡在长期处理民教纠纷的过程中，对教会横行不法、欺压群众的行为有所了解，因此，他曾多次奏请清政府把对付义和团的重点放在认真防范和晓谕开导上，他主张但能“悔罪出会”，应“准其自新”。继李秉衡为山东巡抚的张汝梅也认识到洋教势力“凌轹乡党，欺侮平民”，害怕“民气遏抑太久”，“其患有不可胜言者”，乃主张持平办理民教纠纷，遇事“亟宜设法维持，不可徒恃兵力”。根据地方的奏报，清政府同意张汝梅剿抚兼施，以抚为主，亦即“改拳勇为民团”的建议，并命令张汝梅等对于起义者“预为之防，毋任煽动”。袁世凯继任山东巡抚后，初期也仍然继续执行这种政策。

对于声势日趋壮大的义和团运动，清政府之所以不剿而抚，是有原因的。

第一，地方官员在义和团早期采取的以抚为主的方针，行之有效。

第二，义和团高举“扶清灭洋”旗帜，这个口号部分地解除了清政府对义和团的恐惧，不再过分担心“祸起肘腋”。

第三，当时，由慈禧太后控制的清政府，看到各国公使或明或暗地支持光绪皇帝，反对慈禧的废帝立储行为，心中的不满情绪日益滋长。他们认为列强“势焰不可长”，乃群“思驱洋人而复旧制”①。

第四，在民族危机空前严重的情况下，从朝廷到地方都有为数众多的官吏和士绅同情和支持义和团的“灭洋”斗争。

正是基于这样几种原因，清政府产生了利用义和团抵制洋人的愿望。清政府对待义和团的这种态度，一方面增强了义和团对清政府的幻想，“扶清”的意愿进一步明确；另一方面，它在客观上有利于义和团的发展，从而迎来了反帝爱国运动的大好形势。

（二）从以抚为主到全面招抚

1900年夏，义和团运动进入高潮，清政府对待义和团的政策由剿抚兼施、以抚为主发展到全面招抚。后党赵舒翘与何乃莹联名提出招抚义和团的上奏：“拳会蔓延，诛不胜诛，不如抚而用之，统以将帅，编入行伍，因其仇教之心，用作果敢之气，化私忿而为公义，缓急可恃，似亦因势利导之一法。”这个奏议得到了慈禧太后的认可。很快，慈禧太后派遣赵舒翘、何乃莹和刚毅等到涿州一带调查情况。刚毅

---

①《周慎悫公全集》,《年谱》第37页，民国十一年（1922年）木刻。

等人先后回奏，义和团“无处无之”“诛不胜诛”“断无轻于用剿之理”，他们“力言团民忠勇有神术，若倚以灭夷，夷必无幸”。由于得到慈禧太后的认可，义和团由刚毅等“道（导）之入京师”[①]。在天津，当义和团进城之初，裕禄否决了派兵镇压的建议，乃至派兵“护坛”[②]。同时，慈禧太后谕令刚毅、董福祥把义和团“招募成军”。至此，招抚局面正式形成。

八国联军发动侵华战争后，慈禧太后连续召开御前会议，商讨对策。会上争吵激烈，“或言宜剿，或言宜抚，或言宜速止洋兵，或言宜调兵保护”，众说纷纭，莫衷一是。在会下各派官员也在极力活动，企图用各自的主张来影响慈禧太后。载漪等人力陈“义民起田间，出万死不顾一生，以赴国家之难，今以为乱欲诛之，人心一解，国谁与图存？”且拳民法术“甚神”，“可以报仇雪耻”，命董福祥“御夷，当无敌”，他们坚持招抚、宣战。光绪皇帝和许景澄等人则认为，甲午之战敌一国尚且一败涂地，今敌八国，战必败。他们认为，人心徒托空言，“纵容乱民，祸至不可收拾”[③]，因而极力主剿、主和。载漪等人的言论，貌似为国为民，可实际上包藏着争权夺势的祸心。光绪皇帝等人的主张虽然不无合理之处，但他们在八国联军逼近京畿、国家民族已经处在生死边缘的时候，还一味求和而不思抵抗，主张杀团民以谢洋人，显然也是与中国民众的愿望相违背的。最后，慈禧决定宣战，清政府同时发出三道有关宣战和招抚义和团的上谕，声称“与其苟且图存，贻羞万古，孰若大张挞伐，一决雌雄”，并在“慷慨以誓师徒”的同时，又明令嘉奖义和团为“义民”，把义和团“招集成团，借御外侮”，让他们“执干戈以卫社稷”，“翦彼凶焰，张我国威”。

清政府宣布招抚和宣战上谕后，义和团全面接受了招抚。当时，义和团普遍树起了“奉旨灭洋”旗帜；除山东以外，华北其他地区的义和团大多向清政府挂号，接受其统率；京津地区的义和团向清政府领取部分给养和武器。在京津，义和团在官

---

① 中国史学会主编：《义和团》第 1 册，上海人民出版社 1957 年版，第 12 页。

② 中国史学会主编：《义和团》第 2 册，上海人民出版社 1957 年版，第 141 页。

③ 中国史学会主编：《义和团》第 1 册，上海人民出版社 1957 年版，第 13 页。

府的统率下，担负或和清军共同把守城门、衙门等任务。形式上出现了官民联合的状态。在这种情况下，义和团的人数和声势迅速发展，然而也就在这种联合的形式下，义和团丧失了自己的独立性，被清政府严格控制起来。

（三）改抚为剿

但是，清政府宣布招抚义和团和对外宣战不过三天，就决定改抚为剿，改战为和。义和团运动从此走向低潮，被中外势力联合镇压，终至失败。

实际上，清政府招抚只不过是利用义和团的权宜之计，而非真正支持义和团运动。清政府和义和团之间的矛盾并未因招抚与接受招抚而消失，只不过是暂时有所缓和而已。清政府在宣战招抚之后，遇到了一系列的新情况。这些新情况促使慈禧太后迅速改抚为剿，改战为和。

第一，招抚之后的义和团迅速发展，清政府害怕无法控制而招致自身的毁灭。慈禧太后说过，招抚的原因是害怕“即刻祸起肘腋”，“只可因而用之，徐图挽救”。义和团进入北京之后，确有“祸起肘腋”的危险。但义和团之所以能够进入北京，“蔓延已遍”，有慈禧太后自身招引的因素，即所谓“因而用之”的原因，并非义和团主观力量所能达到的。然而，事物的发展，在一定条件之下，往往走向统治者预想的反面。在“因而用之”以后，这个“祸起肘腋”的危险，却有增无减。因为被招抚以后的义和团，以合法的地位，更加大量地涌进北京，在北方各地的发展也很迅猛。尽管清政府派载勋、刚毅等人统率，然而这种控制力极其微弱，在北京有的团民“专杀自如”，使得统带义和团的王大臣“不敢问”“不能作主”[①]。如果说，北京城的义和团被控制最严，尚能“专杀自如”的话，那么，京师之外地区的义和团就更有可能“专杀自如”了。随着形势的发展，各种矛盾会更加充分暴露出来，义和团变“扶清”为“扫清”，揭竿斩木的局面不是不可能出现的。这样，“祸起肘腋”的危险性比招抚前更大。

---

① 中国史学会主编：《义和团》第1册，上海人民出版社1957年版，第272页。

第二，权欲熏心、急于当太上皇的载漪，利用义和团之力，胡作非为，乃至通过其控制的义和团传出要杀“一龙、二虎、三百羊”，直到急急忙忙率领团民进宫对付光绪皇帝，“大有弑君之意”。面对着载漪的孟浪，精于平衡操纵术的慈禧太后，害怕他们继续胡闹会带来更严重的恶果，这就不能不使她因为担忧而另谋对策。

第三，宣战之后，主和派的内外臣工不断给慈禧太后施加压力，反对载漪。攻打使馆甫经开始，荣禄和奕劻进行破坏，决定宣战的当天，荣禄就私告李鸿章说，对宣战谕旨“不必”重视，他“正同汉族总督合作并反对端王”①，李鸿章、刘坤一、张之洞则声明宣战上谕乃“矫旨”“断不奉”。刘坤一、张之洞等东南督抚甚至背着朝廷与列强在沪议立“东南互保”章程。这批慈禧太后长期依靠的干城，竟然如此胆大妄为，不能不使她担心“众叛亲离”。

第四，宣战之后，慈禧太后曾幻想一战而胜，收复大沽，胜而后和。无如事与愿违，不仅大沽没有收复，攻打使馆也毫无进展，天津战事既趋剧烈又无进展，而八国联军却源源而来，战败之兆已经呈现。

由于上述情况的出现，处处都留着余地的慈禧太后权衡利害，翻云覆雨，把八国联军的入侵归结为“祸端肇自拳匪”，下令对义和团痛加剿除。在中外势力的联合剿杀下，义和团运动彻底失败。

四、辛亥革命与清政府的对策

经过庚子之役，清政府威信已扫地无余，惶惶不可终日。有志之士，多起救国之思，孙中山领导的反清革命风潮自此萌芽。革命党人以“驱除鞑虏，恢复中华，建立民国，平均地权”相号召，不断发动武装起义及暗杀活动，旨在以星星之火燃起灭亡清王朝的燎原之势。面对革命党颠覆清王朝的革命行动，清政府针锋相对，也采取了一系列相应的对策，但由于种种原因，这些举措最终并没有挽救自己的命运。

---

① 《英国蓝皮书》，《关于北京事件的补充函件》，1901 年，中国，第 2 号、第 222 件。

（一）针对革命党的排满论，清政府采取了平满汉政策

清末庚子事变以后，伴随着“新政”的实施，民族主义的政治宣传犹如一股汹涌的巨浪，以猛烈的态势，迅速席卷了全国知识阶层。民族主义潮流的盛行，使当时的社会精英几乎一致地把矛头指向了长期丧权辱国的清政府，从根本上否认了清政府统治的合法性。

针对革命党人的排满论调带来的不利影响，清政府采取的一项重要举措就是推行平满汉的政策。

1. 准满汉通婚

早在 1901 年，端方在《筹议变通政治折》中，就曾建议清廷让旗民移屯，“民旗杂居，耕作与共，婚嫁相联，可融满汉畛域之见”。1902 年 2 月 1 日，慈禧太后下令准满汉通婚。懿旨中说：“旧例不通婚姻，原因入关之初，风俗语言，或多未喻，是以著为禁令。今则风同道一，已历二百余年。自应俯顺人情，开除此禁。所有满汉官民人等，著准其彼此结婚，毋庸拘泥。”

2. 平满汉畛域

光绪三十年（1904 年），张之洞到北京朝见慈禧太后和光绪皇帝时，曾“力请两宫化去满汉畛域”，并具体建议“如将军、都统等官，可兼用汉人驻防，旗人犯罪用法与汉人同，不加区别”，慈禧太后当即表示同意。

光绪三十一年（1905 年），清廷派遣五大臣出洋考察政治并拟预备立宪以后，国内建议平满汉畛域的呼声达到了高潮。光绪三十二年（1906 年），端方考察政治归来，上《请平满汉畛域密折》。他“请降明诏，举行满汉一家之实，以定民志而固国本”。折中比较奥匈帝国、俄国、英国、美国等国种族关系的不同情形之后说：

窃见有一事焉，为中国新政莫大之障碍，为我朝前途莫大之危险，苟非我皇太后、皇上今日立行英断，销患未萌，则数年以后，事势所趋，将有为臣子

所不忍言者，用敢披沥陈之。奴才闻家无论贫富，而兄弟阋墙者必败；国无论大小，而民众内讧者必亡。欧美日本诸邦，前此无不经过内讧之时代，其能防祸未然，使内讧不致决裂，而旋以消弭者，则其国安全发达，莫能御焉。若内讧既决裂，胜则立判……终必有土崩瓦解之一时，而国遂至于不可救……内讧之原因不一端，而以种族之异同为最……大者召分裂，小者即衰颓……苟合两民族以上而成一国者，非先靖内讧，其国万不足以图强；而欲绝内讧之根株，惟有使诸族相忘，混成一体，此实奠安国基之第一义……独惜国初以来，满汉通婚之禁未开，故此两族者……言语宗教习尚罔不大同，而种族一线之界，犹未尽泯。近以列强交通，国威稍挫，民众何知，惟有责难政府……而一二不逞之徒，竟敢乘此时机，造为满汉异族权利不均之说，恣其鼓簧，思以渎皇室之尊严，偿叛逆之异志。加以多数少年，识短气盛，既刺激于时局，忧愤失度。复偶涉西史，见百年来欧洲二三国之革命事业，误认今世文明，谓皆由革命而来，不审利害，惟尚感情。故一闻逆党煽动之言，忽中其毒而不觉，一唱百和，如饮狂泉……后生小子，激于感情，被其利用，此种族革命之说，所以得乘间而入也。

端方强调，平满汉畛域实为消弭革命的必要措施。“今日欲杜绝乱源，惟有解散乱党；欲解散乱党，则惟有于政治上导以新希望，而于种族上杜其所藉口；则凡草茅中爱国之士，确然知政府之可以有为，喁喁然思竭其才以应国家之用，而不肯委其身于叛逆，而彼挑拨满汉感情之邪说，自无所容其喙；即更肆狂吠，亦莫或信从。如此则逆燄自衰，逆首一二人孤立而见摈于天下，无复能为患矣……若所谓于种族上杜其所藉口者，则奴才私计有二事焉。”端方认为，此二事即其平满汉畛域措施：“一曰改定官制，除满汉缺分名目也。”他建议将京师各衙门，悉依新设的外、商、学、警四部成例，除满汉缺分名目，所有堂官、司员，不问籍贯，惟才是用，以示满汉一体之仁。“二曰撤各省驻防也。”他认为应速下明诏，将各省驻防永远裁撤，旗丁之挂名兵籍者，悉令仍居原驻地方，编入民籍，依前此裁撤绿营成例，特加优待，给予十年口粮，为之安顿生计，使旗民各自独立经营。①

在这一背景下，光绪三十三年七月初二(1907 年 8 月 10 日)，慈禧太后下谕："现在满汉畛域应如何全行化除，著内外各衙门各抒所见，将切实办法妥议具奏，即予施行。钦此。"② 光绪三十四年八月（1908 年 9 月），清政府公布《钦定宪法大纲》，同时公布"逐年筹备事宜清单"。清单中规定在筹备的第一年设立变通旗制处。变通旗制处的任务是"筹办八旗生计，融化满汉事宜"；在第八年也就是 1915 年"变通旗制，一律办定，化除畛域"。光绪三十四年十一月十四日（1908 年 12 月 7 日），清政府设变通旗制处，派贝子溥伦，镇国公载泽，大学士那桐，侍郎宝熙、熙彦、达寿司理其事。

3. 将满汉法律同一

光绪三十三年九月初三（1907 年 10 月 9 日），慈禧太后懿旨说，"满汉沿袭旧俗，如服官守制，以及刑罚轻重，间有参差，殊不足以昭画一，除宗室本有定制外，著礼部暨修订法律大臣议定满汉通行礼制刑律，请旨施行。俾率土臣民，咸知遵守，用彰一道同风之治。"光绪三十三年十二月初七（1908 年 1 月 10 日），修订法律大臣沈家本等奏拟定办法五十条，"请嗣后旗人犯罪，俱照民人各本律本例科断，概归各级审判厅审理。所有现行律例中旗人折枷各制，并满汉罪名畸轻畸重及办法殊异之处，应删除者删除，应移改者移改，应修改者修改，应修并者修并。"不久，清廷作出了将满汉法律同一的决定。

（二）针对革命党人推翻专制政体的主张与宣传，清政府则用预备立宪之策以思抵制

在宣传革命思想的过程中，革命党人不断地提出了暴力推翻专制政体的主张。光绪二十年（1894 年），孙中山在兴中会入会的秘密誓词上提出了"创立合众政府"的政治主张，第一次提出了推翻清朝帝制政府，建立资产阶级民主共和国的思想。

① 参见中国史学会主编：《辛亥革命》(四)，上海人民出版社 1957 年版，第 39—44、44、44—46 页。
② 故宫博物院明清档案部编：《清末筹备立宪档案史料》，中华书局 1979 年版，第 918 页。

光绪二十九年（1903年），孙中山在日本东京创办革命党人的军事学校，在“创立合众政府”的基础上，进一步提出了“创立民国”的政治主张。光绪三十一年（1905年），孙中山在《民报》发刊词中正式提出了三民主义。孙中山认为，民权主义是政治的根本，民权主义的目的就是推翻君主专制政体，建立民主共和国。他在《中国同盟会革命方略》一文中说：“中国数千年来，都是君主专制政体，这类政体不是平等自由的，国民所不堪受的。”孙中山认为，专制政体是“恶劣政治的根本”。他主张建立一个以自由、平等、博爱为一贯精神的共和政体，让“凡为国民皆平等有参政权。大总统由国民公举。议会以国民公举之议员构成之。制定中华民国宪法，人人共守。敢有帝制自为者，天下共击之！”光绪三十二年（1906年），孙中山《在东京〈民报〉创刊周年庆祝大会的演说》中指出：“我们革命的目的是为众生谋幸福，因不愿少数满洲人专利，故要民族革命；不愿君主一人专利，故要政治革命；不愿少数富人专利，故要社会革命。”

在此前后，以孙中山为首的革命党人一方面积极展开广泛的宣传与鼓动工作，一方面不断以武装起义为手段，致力结束清王朝的封建专制政体。

针对革命党人的暴力革命及推翻帝制的政治宣传活动，清政府采取了以立宪来消弥革命的政策。如何才能消除革命呢？在立宪派人士看来，一言以蔽之：实行立宪。实行立宪，将国家公诸国民，一切平等，满汉不分，就可平息汉人的不平之气，抵消革命党人革命的宣传与活动。通过实行预备立宪，消除上下隔阂，开设议院，革命党人就失去了进取的借口。在内忧外患的危机形势下，清政府接受了立宪派的这些政治主张，逐步开始进行预备立宪的准备工作。

1. 派员出洋考察政治

光绪三十一年（1905年），在国内外形势推动下，执掌清室实际权力的慈禧太后表示了实行立宪的意图。她认为派各臣工前往列国调查之后，果无弊害，即决意实行立宪。9月24日，出洋考察政治五大臣在出行时遭到革命党人吴樾的炸弹阻挠。慈禧太后“慨然于办事之难，凄然泪下”。吴樾的炸弹震惊了清廷，但并未能阻挡住清廷派员出洋考察政治的举措，恰恰相反，倒是促使当权者越发感到实行立宪的必要与紧迫。端方在致上海报界电中说：炸药爆发，说明奸徒反对立宪，更加证明立宪之不可缓行。一些督抚、将军和出使大臣纷纷致电清廷，要求政府更宜考求各国政治，实行变法立宪。9 月 28 日的《申报》认为这不是坏事，而是好事："今日爆烈弹之一掷，实不啻以反对党之宗旨，大声疾呼于政府，俾知立宪之大有利于皇室，而不可不竭力以达成之。"

2. 设立考察政治馆

在革命党的暗杀与武装起义的推动下，光绪三十一年（1905 年）清政府下令设立考察政治馆。这是一个在政务处直接领导下，研究、编造各国宪政资料，供朝廷参考的新型机构。它的设立，表明了朝廷改革的意图和方向，是清政府为预备立宪而迈出的又一实际步骤。

3. 下诏"仿行宪政"

光绪三十二年（1906 年）五大臣返国，先后奏请实行立宪，力陈立宪三大利；一曰皇位永固，二曰外患渐轻，三曰内乱可弭；并且明言预备立宪之本义："今日宣布立宪，不过明示宗旨为立宪之预备。至于实行之期，原可宽立年限。日本于明治十四年宣布宪政，二十二年始开国会，已然之效，可仿而行也。"[①] 与此同时，部分军机大臣和地方疆吏也对立宪多有陈请。面对朝野上下的普遍请求，清廷开始权衡折中，试图借用立宪的形式，以达到抵制革命的目的，于是有 9 月 1 日正式颁发"仿行宪政"的上谕。

近代资产阶级宪政体制的两大要项在于制定宪法和召开国会。清政府筹备立宪的主要内容，即是颁制特定形式的宪法，以保君权万世不移；同时，又在中央和地方分别筹设了议会机关资政院和谘议局。光绪三十三年（1907 年），清廷仿照日本"制度取调所"之制，改"考察政治馆"为"宪政编查馆"，作为筹备宪政的总汇机关。光绪三十四年（1908 年）清政府正式颁定宪政编查馆进呈的《钦定宪法大纲》，核准九年筹备立宪事宜，宣布于九年之后颁布宪法、召集国会。

---

① 故宫博物院明清档案部编：《清末筹备立宪档案史料》（上），中华书局 1979 年版，第 175 页。

但是，清政府的仿行立宪是依据传统的“君为臣纲”“民惟邦本”之义，以此来规范无损于君权的政治体制，这显然与资产阶级倡导的立宪政治相去甚远，因而清廷的立宪举措并不能满足社会各阶层的立宪要求，也就起不到消弭革命的作用。特别是“皇族内阁”的出现，引起了国内各阶层的普遍不满，大大抵消了清政府预备立宪的努力。

（三）针对革命党人发动的武装起义，清政府采取坚决镇压、绝不姑息的政策

革命党与清政府是代表根本利益不同的两个政治团体。革命党人采取暴力革命的形式，积极发动武装起义来推翻清王朝的统治，这是清政府绝对不能允许的。因此，针对革命党人的不断暗杀与起事的举动，清政府采取了坚决镇压、绝不姑息的政策。造反与镇压，构成了清末革命党人与清朝统治者之间的基本互动。

（1）光绪二十一年（1895 年）的广州起义。孙中山从事革命活动一开始，就把以武装起义推翻清王朝的统治提到了议事日程上。1895 年，孙中山等人在广州联络会党、营勇、民团、绿林及一部分外籍人士，积极准备策动武装起义，不幸事泄，遭到两广总督谭锺麟的坚决镇压，陆皓东等人被杀，广州起义失败。

（2）光绪二十六年（1900 年）的惠州起义。1900 年，孙中山乘八国联军入侵、清王朝统治一片混乱的时机，在惠州策动会党与绿林，发动起义。两广总督德寿立即派水师提督何长清率领靖勇军和虎门防军前往镇压，惠州起义失败。

（3）光绪二十九年（1903 年）的《苏报》案。1903 年，以章太炎、邹容为首的革命党人，在上海的《苏报》上，公开倡言革命，号召国人起来“杀皇帝”“倒政府”，引起了清政府的极大震动。清朝商约大臣吕海寰函告江苏巡抚恩寿：上海租界有所谓热心少年者，在张园聚众议事，名为拒法抗俄，实则希图作乱。请即将为首之人密拿严办。恩寿饬上海道袁树勋向各国领事照会，指名要逮捕蔡元培、章太炎、邹容等人，并称奉廷谕旨，要求上海租界当局查封《苏报》。为了彻底绞杀革命派在上海地区的大张旗鼓的反清宣传活动，清政府又派俞明震到上海，会同袁树勋办理此案。7 月，《苏报》被封，章、邹等人被捕入狱。但是，《苏报》案一事，大大超出了

清政府的意料，清政府不但没能借此事来扼制住日益高涨的倒清运动，相反，从《苏报》案发生以后，革命思潮在国内更加迅速蔓延开来。

（4）光绪三十一年（1905 年）的吴樾炸弹案。9 月 25 日，革命党人吴樾趁五大臣出洋考察政治之机，在北京火车站用炸弹行刺。吴樾当场被炸死，五大臣受伤。事后，慈禧太后亲下谕旨，要求严查此事，镇压党人，并且，清廷为了对付革命党人的暗杀活动，专门成立了以徐世昌为首的巡警部。

（5）光绪三十二年（1906 年）的萍、浏、醴起义。这是同盟会成立后发动的第一次武装起义。12 月，同盟会在江西、湖南交界的萍乡、浏阳、醴陵地区发布了《中华国民军起义檄文》，宣布其宗旨为不仅要推翻清政府，"且必破除数千年之专制政体，不使君主一人独享特权于上。必建立共和民国与四万万同胞享平等之利益，获自由之幸福。而社会问题，尤当研究新法，使地权与民平均，不至富者愈富，成不平等之社会"。清政府对此大为震惊，从湖北、湖南、江西、江苏四省调集大批军队，谕令"各军乘势合力搜剿，一律荡平，勿留余孽，并各清各乡，安良除暴，以靖地方"。起义军坚持了一个多月，最终失败。

（6）光绪三十三年（1907 年）的潮州黄冈起义。1907 年初，孙中山派遣许雪秋回潮州黄冈发动起义，5 月，黄冈起义爆发。军机处为此电责两广总督周馥："著即严饬该军扼要堵截，赶紧会剿，迅即扑灭，毋任蔓延。土匪戕官重案，周馥何以尚未电奏？广东伏莽甚多，近日情形颇有不靖，该督务当振刷精神，认真整顿，毋稍贻误。"[①] 为了迅速扑灭这革命火种，清政府甚至将两广总督周馥开缺，另换更凶狠的岑春煊"以资镇慑"。在清政府的严厉督饬镇压下，黄冈起义不久失败。

（7）光绪三十三年（1907 年）的惠州七女湖起义。6 月，起义发生后，两广总督周馥急令驻惠各路营勇洪兆麟等部会剿，又调驻新会的钟子才部与黄冈清军往援，将起义镇压了下去。

---

① 中国第一历史档案馆编：《清代军机处电报档汇编》第 3 册，中国人民大学出版社 2005 年版，第 168 页。

（8）光绪三十三年（1907 年）的钦廉防城起义。9 月起义，由于起义准备不足，很快就被清军镇压下去。

（9）光绪三十三年（1907 年）的安庆起义。7 月 6 日，光复会会员徐锡麟刺杀安徽巡抚恩铭，乘机发动起义，旋被镇压下去。

（10）光绪三十三年（1907 年）的浙江绍兴秋瑾被杀事件。由于徐锡麟刺杀恩铭事件，牵连到正在绍兴大学堂任教的秋瑾。7 月 13 日，清军包围了大通学堂，逮捕并杀害了秋瑾，光复会欲通过秋瑾在浙江发动起义，行动胎死腹中。

（11）光绪三十三年—光绪三十四年（1907 年—1908 年）的镇南关起义、钦廉起义和河口起义。1907 年 12 月到 1908 年 5 月，孙中山、黄兴先后发动了镇南关起义、钦廉起义和河口起义。起义发生后，清政府急令署广西提督龙济光，挑选精锐，亲自统带，由桂边星夜开赴，相机进剿。同时，着两广总督张人骏、湖广总督陈夔龙、两江总督端方源源接济。云贵总督锡良又亲赴通海督师，率开化镇总兵白金柱等部进剿。在清政府的努力镇压下，革命党人先后发动的这三次起义也归于失败。

（12）光绪三十四年（1908 年）的安庆新军起义。受光复会起义的影响，11 月，革命志士熊成基在安庆策动新军起义。安徽巡抚朱家宝调巡防营及其他援军将起义镇压下去，全省牵连被害者达三百余人。但是，安徽之役虽未成，然霹雳一声，革命党运动军界起事之声浪，已足以寒一般清吏之胆。安庆起义给革命党人指出了新的方向，从此，革命党人将以联络会党起义为中心转向了策动新军起事。从此以后，清政府花尽心力训练的镇压革命的力量，不断变成推翻清王朝的主力，清政府患起肘腋、枕无安席了。

（13）宣统二年（1910 年）的广州新军起义。2 月 12 日，革命党人倪映典在广州策动新军起义，阵亡一百多人，旋遭镇压。

（14）宣统三年（1911 年）的广州黄花岗起义。4 月 27 日起义，黄兴亲自领导。经过激战，虽很快失败，但是这次起义是同盟会领导的历次武装起义中，最重要、影响最大的一次。孙中山在《建国方略》中说：“是役也，集各省革命党之精英，与彼虏为最后之一搏，事虽不成，而黄花岗七十二烈士轰轰烈烈之概，已震动全球，而国内革命之时势，实以之造成矣。”

革命党人发动的反清武装起义的不断失败，清政府对革命党人的残酷镇压，在革命队伍内部产生了某些消极的影响。一部分革命党人开始对革命失去了信心，转而铤而走险，转而专门从事暗杀清朝大员的偏激行动；一部分革命党人也对孙中山、黄兴的领导才能产生了怀疑。他们或脱离同盟会组织另立山头，或抛弃了孙中山的三民主义而自行其是。可以说，以黄花岗起义失败为标志，一些革命党人已经对革命前途失去了信心。同盟会内部的此种思想分歧、组织涣散的状况，在一定程度上削弱了革命派的整体力量。

革命党人的反清活动虽然被先后镇压下去，但先驱者的鲜血却促使了国人的猛醒。清政权进一步在国人心目中丧失了合法的地位，合法性权威急剧下降直到低谷。在慈禧太后、光绪皇帝先后去世后形成的权力真空中，地方督抚、立宪士绅也纷纷离心，清政府宛如一座将倒之冰山，在全国一致的排满呼声中迅速坍塌。从这个意义上说，镇压政策并未达到清政府消弭革命党人之目的。

（四）在镇压无望的情况下，清政府采取保全自身特权的议和政策

宣统三年八月十九日（1911 年 10 月 10 日），武昌新军起义发生。起义者高举革命的义旗，攻进总督衙门，光复武汉三镇，成立了湖北军政府。其后，湖南、陕西、江西、云南、上海、浙江、江苏、贵州、广西、安徽、福建、广东、山东、四川等各地相继响应，清王朝的统治处于土崩瓦解的状态。

对此，清政府的第一个反应还是镇压。

为了镇压起义，清政府以惊人的速度做了一次徒然的努力。由陆军大臣荫昌亲自率领的第一军迅速南下，军咨使冯国璋率第二军为策应，海军统制萨镇冰督率巡洋、长江两舰队急调武汉，企图“定乱”于俄顷之际。但是，革命如燎原之势迅速蔓延到其他省份，清军大有顾此失彼、力不从心之感；尤为严峻的是，清廷苦心孤诣编练的新军一镇接着一镇地倒向革命。在已编练成军的十四个镇、十八个混成协和另有未成协的四个标中，竟有七个镇、十个混成协和三个标相继反正、解散或败散。

而手中仅存的北洋六镇又不能真正控制住。正如荫昌所说："我一个人马也没有，让我到湖北去督师，我倒是去用拳打呀，还是用脚踢呀？"堂堂的陆军大臣竟然抱怨一个人马也没有，岂非咄咄怪事哉？原来，北洋六镇的将领们多是袁世凯的心腹，袁世凯虽然去职，但其影响仍在，别人根本指挥不动。在万般无奈的情况下，载沣被迫重新起用待价而沽的军界铁腕袁世凯。

清政府的第二个反应是迅速颁布"十九信条"特赦党人，企图以此来寻求化解危机的办法。

武昌起义发生后，清政府在资政院的推动下，明发上谕，解除党禁，特赦党人。上谕说：

> 党禁之祸，自古垂为炯戒，不特戕贼人才，抑且销沮士气。矧时势日有变迁，政治随之递嬗，往往所持之政见，在昔日为罪言，而在今日则为党论者。虽已逋亡海外，放言高论，不无微瑕，究因热心政治，以致逾越范围，其情不无可原。茈特明白宣示，特沛恩纶，与民更始。所有戊戌以来，因政变获咎，与先后因政治革命嫌疑，惧罪逃匿，以及此次乱事被胁自拔来归者，悉皆赦其既往，俾齿齐民。嗣后大清帝国臣民，苟不越法律范围，均享国家付与之权利，非据法律不得擅以嫌疑逮捕。至此次被赦人等，尤当深自拔擢，抒发忠爱，同观宪政之成，以示朝廷咸与维新之至意，钦此。

清政府的第三个反应则是在把命运托付给袁世凯，指望这位军界强人能像当年曾国藩镇压太平天国运动那样再次出现奇迹。在袁世凯出山，仍然无法渡过统治危机的情况下，清政府采取了保全自身特权的议和退位的政策。

清政府把命运托付给袁世凯，希望这位北洋新军头面人物能把起义镇压下去，但这种打算未免过于天真。如果说在光绪皇帝和慈禧太后去世之前，袁世凯还能听命于清政府的话，现在，能将袁世凯与清政府联系起来的因素已经基本上不复存在了。出山后，袁世凯利用北洋军的实力、列强与立宪派的支持、革命党的弱点及自己的资望，迫使革命党人同意让出中华民国临时大总统的位置，他则同意宣布赞成共和，并逼清帝退位，南北双方达成协议。

在袁世凯的逼宫下，宣统三年十二月二十五日（1912 年 2 月 12 日），清宣统皇帝奉隆裕皇太后懿旨，颁布逊位诏书：

> 前因民军起事、各省响应，九夏沸腾、生灵涂炭，特命袁世凯遣员与民军代表讨论大局，议开国会，公决政体，两月以来，尚无确当办法。南北睽隔，彼此相持，商辍于途，士露于野。徒以国体一日不决，故民生一日不安。今全国人民心理多倾向共和。南中各省既倡议于前，北方诸将亦主张于后。人心所向天命可知。予亦何忍因一姓之尊荣，拂兆民之好恶。是用外观大势，内审舆情，特率皇帝将统治权公诸全国，定为共和立宪国体。近慰海内厌乱望治之心，远协古圣天下为公之义。袁世凯前经资政院选举为总理大臣，当兹新旧代谢之际，宜有南北统一之方。即由袁世凯以全权组织临时共和政府，与民军协商统一办法。总期人民安堵、海宇乂安，仍合满汉蒙回藏五族完全领土为一大中华民国。予与皇帝得以退处宽闲，优游岁月，长受国民之优礼，亲见郅治之告成。岂不懿欤。钦此。[①]

至此，清政府对付革命党的政策彻底破产，统治中国二百六十八年的清王朝宣告结束。

① 第一历史档案馆藏：《清帝逊位诏书》。

第九章　派系之争与清朝灭亡

1912 年，统治中国二百六十八年的清王朝在辛亥革命的打击下退出政治舞台。清王朝的覆亡，固然是由于以孙中山为首的革命党人的长期努力斗争，但如果从内因来分析，统治阶级内部自身矛盾的发展也是导致其政权移鼎的一个重要原因。贯穿宣统朝始末，在统治阶级内部，利益集团的争斗十分激烈。他们是皇族亲贵派、政治中心的汉族官僚派、地方实力派、国内立宪派四个不同的政治利益集团。正是这几个代表着不同利益的政治派别的争斗与力量颉颃，让清王朝最终坠入了万劫不复的深渊。

一、宣统年间皇族亲贵的激烈争斗

在中国历史上，许多王朝移鼎皆由于其末期统治高层的权力分配不均，权力内讧所导致。大清王朝也不例外。光绪三十四年（1908年）十一月初九，太和殿上举行了清入关后的最后一次登基大典——溥仪登基。清代历史从此进入了以溥仪临朝、载沣摄政的宣统朝。

载沣监国摄政后，皇族亲贵的权力争斗日益激烈。慈禧太后当政时，皇族亲贵中纵有门户派系也不敢张扬。慈禧太后一死，载沣既没有慈禧太后那样的威望，也不懂得运用慈禧太后那样一套恩威并用的用人手法，皇族亲贵集团很快就四分五裂。其时政出多门，主要有八党：奕劻一党；载洵总持海军，兼办陵工，与毓朗合为一党；载涛统军咨府，侵夺陆军部权，收用良弼为一党；肃亲王善耆好结纳勾通报馆，踞民政部，领天下警政一党；溥伦阴结议员为一党；隆裕太后以母后之尊，宠任太监张德为一党；载泽是隆裕的姻亲，握财政全权，创设监理财政官盐务处为一党；监国福晋雅有才能，颇通贿赂，联络母族为一党。皇族亲贵虽然派系林立，政见分歧，你争我斗，但在抑制奕劻一事上，倒形成了完全一致的意见。奕劻为了对付各路敌党，拉拢那桐、徐世昌等人，别树一帜，[①] 以达到保护自己的目的。

奕劻系乾隆皇帝十七子永璘之孙，光绪二十九年（1903年）荣禄死后，慈禧授其为军机大臣，不久成为领衔军机大臣，光绪末年，奕劻一身而兼数任，集清政府的财政、外交、军事大权于一身。载沣监国摄政后，失去慈禧太后庇护的奕劻四面楚歌，“奕劻在光绪末年招权纳贿，咸欲得而甘心，监国益甚恶之。”[②] 然而，载沣因顾及奕劻与列强的关系，也因与隆裕太后的矛盾激化而打消了排斥奕劻的念头。载沣欲倚奕劻以防隆裕太后反而对奕劻优礼倍加。这样，奕劻在慈禧太后死后不仅没

---

① 参见胡思敬著：《国闻备乘》卷四，上海书店出版社1997年版，第83页。

② 参见胡思敬著：《国闻备乘》卷四，上海书店出版社1997年版，第78页。

有垮台，反而在宣统朝成立内阁时，摇身一变又成了清政府的内阁总理大臣。

载沣对奕劻的态度使亲贵各派十分不满，尤其是亲贵中的载泽一党，与奕劻更是势不两立。载泽出身于远支宗室，光绪三十一年（1905 年）曾作为五大臣之一出洋考察过西方宪政，加上其妻为隆裕太后之妹，常往来宫中通外廷消息，因而恃内援而“气焰益张”，有时还“私传隆裕言语以挟制监国”。[①] 载沣视载泽为亲信，令其掌管度支部，掌握财政大权。载泽眼看奕劻揽权纳贿危及清王朝统治，可又扳不倒他，这使他常常忿忿不平，又因载沣对奕劻的态度，使载泽在和奕劻的明争暗斗中总是失败。为此载泽对载沣大嚷：“老大哥这是为你打算，再不听我老大哥的，老庆就把大清断送啦！”[②]

亲贵中的肃党也是一股具有左右政局能力的势力。肃亲王善耆在宣统朝一身而兼数职。他任民政部尚书，领全国民政、警政；他又受命筹建海军，参与军政。善耆与奕劻是宿敌，在光绪末年，善耆就日夜谋夺奕劻之席。到了宣统朝，善耆看到奕劻因贪污已成中外攻击之的，身败名裂只是迟早的事，强弩之末的奕劻已不足顾虑，开始将矛头指向大权在握的载沣兄弟，企图另立山头，取而代之。为了实现掌握国家最高权力的梦想，善耆不仅加紧笼络立宪派人物，甚至还利用手中的权力向资产阶级革命党人暗中输忱。其中最突出的一件事是对谋刺载沣的革命党人汪精卫、黄复生、罗世勋的开脱和优待。[③] 善耆这种脚踩两条船的行为，渐渐地被载沣兄弟看破。他们对善耆采取了各种防范措施。善耆虽然参与了建军活动，但始终没有获得军权。后来，载沣干脆把他的民政部大臣也给撤了。

皇族亲贵中，隆裕太后一党也是令载沣最伤脑筋的一股势力。溥仪即位后，隆裕被尊为皇太后，并在遇有重大事件时，有参与军政事务的权力。隆裕太后在慈禧死后，有垂帘听政的意图，皇族亲贵、清朝遗老对这件事说法不一。有人说：“隆裕

---

① 胡思敬著：《国闻备乘》卷二，上海书店出版社 1997 年版，第 36—37 页。

② 爱新觉罗·溥仪著：《我的前半生》，群众出版社 1964 年版，第 24 页。

③ 参见杜如松著：《记肃亲王善耆》，《晚清宫廷生活见闻》，文史资料出版社 1982 年版，第 307 页。

初无他志，唯得及时行乐而已。”有人说：“光绪故后，隆裕一心想仿效慈禧‘垂帘听政’。迨奕劻传慈禧遗命立溥仪为帝，载沣为监国摄政王之旨既出，则隆裕想藉以取得政权的美梦，顿成泡影，心中不快，以至迁怒于载沣。因此后来常因事与之发生龃龉。”[①] 不管上述说法是否可靠，但宣统朝初始，隆裕和载沣，各遵慈禧懿旨，各司其事，这种相安无事的局面不可能维持长久。这不但因为在溥仪即位后的权力分配过程中，隆裕太后对于监国摄政王的权力过大很不放心，而且皇族亲贵中在隆裕太后面前中伤、攻击载沣的人也为数不少，致外间一度哄传“满洲八大臣联名请隆裕垂帘如孝钦故事”[②] 之事。此传说虽然没有成为事实，想来也并非空穴来风，故而使“监国大惧”，以致载沣后来“无日不揣”。

慈禧太后死后高层统治集团内部的极端混乱局面将载沣置于一种十分尴尬的境地。载沣原本胸无大志，对于亲贵的权力倾轧、中央政府的抽心之烂毫无应付的办法。当初，当慈禧决定把溥仪立为皇嗣，任命他为摄政王时，他也曾叩头力辞，惹得慈禧对他不争气的举动大动肝火，当众叱之曰：“此何时而讲谦让，真奴才也[③]。”监国后他“性极谦让，与四军机同席议事，一切不敢自专。躁进之徒，或诣王府献策，亦欣然受之”[④]。国家中枢权力运作如此状况，大清王朝的丧钟已经隐然响起了。

二、统治集团内部满汉联盟之破裂

有清一代，满汉地主阶级联盟是清王朝得以发展壮大及其统治稳定的政治基础。清朝入关前，皇太极重用范文正、洪承畴等汉人官僚，使得这个初兴的王朝得以迅速发展；重用吴三桂、尚可喜、耿精忠等汉人官僚，清王朝最终进关夺得了全国政权。康、雍、乾、嘉、道时期，清政府一脉相承，满汉并重。到了咸丰时期，由于

---

① 载润著：《隆裕与载沣之矛盾》，《晚清宫廷生活见闻》，文史资料出版社 1982 年版，第 76 页。
② 胡思敬著：《国闻备乘》卷四，上海书店出版社 1997 年版，第 78 页。
③ 胡思敬著：《国闻备乘》卷三，上海书店出版社 1997 年版，第 70 页。
④ 胡思敬著：《国闻备乘》卷四，上海书店出版社 1997 年版，第 78 页。

太平天国运动和捻军起义，瓦解了清王朝赖以维持统治的八旗、绿营军事力量，维护清王朝统治的力量就落在了以曾国藩、李鸿章为首的汉人官僚的势力派的手中。慈禧太后掌握政权后，继续重用和依赖曾国藩、李鸿章、左宗棠、袁世凯、张之洞等汉人官僚以维持日趋衰弱的王朝统治。载沣摄政后，一改慈禧太后对满汉联盟的重视，极力排斥汉族官僚，罢黜袁世凯、冷落张之洞，最终导致了统治阶级内部的满汉联盟的彻底破裂，造成了汉人官僚在辛亥革命中的相继背叛。

宣统年间，对清末政局产生重大影响的当首推载沣与袁世凯集团的矛盾和争斗。溥仪登基后一个月，监国摄政王载沣即罢黜了身为军机大臣的袁世凯。载沣放逐袁世凯后，又进一步剪除袁党，将北洋集团的地盘东三省与直隶以及京师警权转到亲贵的手中。尽管载沣扫荡政敌不遗余力，但袁世凯的势力毕竟是太雄厚了，“尚侍督抚，均属其私”，决非一朝一夕所能铲除。袁世凯虽然被黜，列强仍把他视为“有实力的人物”。英国《泰晤士报》仍把他排在世界伟大的“政治家”之列。① 当载涛、载洵赴欧洲考察军事时，西人“群口相谓，谓中国至今日奈何尚不用袁世凯”②。国内立宪派也认为袁“仍有猛虎在山之势”③。以袁世凯为代表的北洋集团与以载沣为代表的亲贵集团之间的生死搏斗，是统治阶级政治危机的反映，袁被罢官并没有使危机得到缓和；相反，由于政治中心的迅速变动，统治集团内部满汉联盟的破裂，清政府的统治危机更趋严重。

宣统元年（1909 年），载沣自封“代理统率陆海军大元帅”，成立了陆海军联合机构——军咨处，以控制全国海陆军的调动之权。随后，任命在他监国摄政后被晋封郡王衔的两个弟弟载洵、载涛分管海军和军咨处，形成弟兄三人分揽军政大权的局面。当时，醇王府一门三王，其显赫超过历代皇子。载沣兄弟均不过是二十多岁的青年，论其学识阅历，皆不足当此重任。醇王府一门“以全国军政委之于三二人。

① 参见［澳］骆惠敏编，刘桂梁等译：《清末民初政情内幕》（上），知识出版社 1986 年版，第 713 页。

② 黄远庸著：《袁总统此后巡回之径路》，《远生遗著》卷一，上海商务印书馆 1920 年版，第 40 页。

③ 刘厚生著：《张謇传记》，上海书店 1985 年版，第 181 页。

三二人中，属于亲贵，以其天潢贵胄，信之于朝廷，是否有军事之学问，军事之阅历，军事之常识，皆非计也……以此而欲求全国军事之进步，岂不是南辕北辙，缘木求鱼哉！故政府专筹统一军事以防内乱，实乃春蚕自缚耳。”①

三、中央与地方之间的矛盾无法调和

在中国封建社会，很多王朝的末期总是呈现出地方势力或地方军事集团的崛起、地方与中央分离的政象。这种中央大权旁落、地方跋扈不从的现象，往往都成为王朝崩溃的主要原因。

太平天国运动沉重地打击了清王朝的统治。为了渡过严重的统治危机，清政府不得不改变高度中央集权的体制，将权力下放地方，允许地方进行自救。地方督抚在镇压太平天国的过程中，逐渐拥有了相对独立的军权、财权、行政大权。太平天国被镇压下去以后，清政府虽然渡过了统治危机，但流失到地方的军政权力却未能再收归中央政府所有。慈禧太后在处理中央与地方的关系时，虽然恩威并用，用清议与权术迫使督抚们俯首贴耳，但对于地方督抚在太平天国运动以来形成的实际利益则深明其中的奥妙，始终没敢越雷池一步。双方都小心翼翼，彼此维持着平衡的利益和君臣关系。监国摄政王载沣却对此懵然无知，一上台便打破了这种微妙的权力平衡。

载沣摄政后面临的一个十分棘手的局面便是中央和地方之间的矛盾问题。“1907年—1911年间的主要特征，是中央政府和各省争夺权力。”②1909年7月24日，杨度在向清廷上奏的《宪政实行宜定宗旨敬陈管见折》中，对这一时期中央和地方关系的现状作了淋漓尽致的描述。杨度认为：“在吾国官吏中，论其权限，最大者莫如各省

① 佛掌：《中央集权发微》，《克复学报》第二期，《辛亥革命前十年时论选集》第三卷，第844页。

② 拉尔夫·尔·鲍威尔著，陈泽宪、陈霞飞译：《1895—1912年中国军事力量的兴起》，《中华民国史料丛稿》译稿，第一辑，中华书局1978年版，第170页。

督抚，其品位与其直接奏事之权尽与京部尚侍相同，而其宰制一方、威福由己，则又大异。现今各省之事，如币制则各自铸造，划疆而行；如外债则各自募集，立约自便；如军事则甲省德操，乙省日操，枪械子药又各歧异。凡世界各国制度，无论中央集权、地方分权，然外交、军事、财政数大端未有不集权于政府者，惟中国不然，西人讥为十数国固亦宜也。近数月来，度支部任劳任怨，切实清厘，各省已多不愿；陆军部主张集权多年，尚无统一规划；民政部除京城地面以外，凡各省自治、选举等事既无特设民政专官，一切未能直接筹划；邮传部直辖全国路电，亦多有名无实；外务部向喜推与各省自定，致启近年人民干涉之风。种种现状，皆因中央权轻、事不统一所致。”根据上述情况，杨度向中央提出了“渐裁督抚之议”，认为如果“长此不改，断无可以为治之理。然改之不得其道，又实足以致乱”①。

如果说慈禧在世时尚能凭其资望、能力和圆滑的政治手腕将地方督抚震慑住的话，年轻庸懦的载沣肆无忌惮地推行起集权中央尤其是集权皇室的做法，则引发了督抚的抵制。当时清政府主要从军事、财政两方面来削弱地方督抚的实力。而地方督抚也恰恰在这两项权力上紧抓不放，寸步不让，甚至不惜与政府针锋相对。

宣统元年（1909年）初，清政府颁布《清理财政章程》，并在中央设立清理财政处，各省设清理财政局，另派专任财政监理官到各省督同清理，按季详报本省财政收支确数。依据清理章程的要求，从宣统元年起，各省财政清理局必须按季详报本省财政收支确数。这样便把各省财政完全置于中央的监督之下，排除了督抚不经部准自行安排收支或隐匿收支项目的机会。显然，这是对督抚权益的极大侵犯，不能不引起他们的强烈不满。于是各省督抚纷纷上书，婉言抵制。当时报纸曾发表一条消息说：“度支部现在清理财政，各省督抚大员多怀疑惧，而泽贝子百折不回，务期得收成效。昨闻各督抚及司道之条陈财政者已多至百余起，惟其中各怀私见，恐难实行。”② 当度支部请旨任命的各省财政监理官赴任后，更是屡起纷争；地方官控告

---

① 杨度：《宪政实行宜定宗旨敬陈管见折》，《近代史资料》总七十一号，第234—235页。

② 《时报》，宣统元年五月十四日。

监理官如何骄横；监理官控告地方官如何阻挠。中央频频接到这种互相攻讦的文电，只好发电给各省财政监理官称："外间虽纷纷诋毁，各该员有则速改，无则专心办公，务须以清理财政为要。"[①] 为了推动中央清理地方财政，朝廷从甘肃入手，将阻挠清理的甘肃布政使毛庆蕃革职，以期杀一儆百。这起处分事件充分表现了中央与地方矛盾的尖锐。虽然清政府将毛庆蕃革职，但也未能收到预期效果。

宣统元年（1909年），清政府又成立以载泽为督办大臣的盐政处。摄政王载沣下令，"派贝子衔镇国公载泽为督办盐政大臣，凡盐务一切事宜，统归该督办大臣管理，以专责成。其产盐省份各督抚本有兼管盐政之责，均著授为会办盐政大臣，行盐省份各督抚于地方疏销缉私等事，考核较近，呼应亦灵，均著兼会办盐政大臣衔。"[②]次年正月，督办盐政处又奏准暂行章程三十五条，规定"嗣后凡各省盐务，一切用人行政事宜，均归臣处专责；其关系款项者，责在臣部；关系地方者，责在督抚"，[③]将原有盐务各省督抚的用人、理财权力，全部收归中央，这更引起有关督抚的强烈抗议。盐政一向为地方官吏敛财的主要门径，一旦全归中央，地方大吏财源立竭，岂能甘心？当时，就有人指出，中央"集权之事以财政为最显。督抚对于地方之事，无一不与财政有关系。财政既为中央所干涉，即无事不受中央之干涉。督抚即抱此恶感，于是督抚与中央情意分离。而督抚与督抚，因同病之故，乃相怜相亲焉，盖一人之力不足与中央抗，思互相联合，以为与中央争持之基础也"[④]。东三省总督锡良领衔致长电给盐政处，力争用人、用款及奏事等权力，并威胁道："督抚之权皆系中央之权，未有可专制自为者也。若至督抚无权，恐中央亦将无所措手。时方多故，独奈何去其手足而自危头目乎？"[⑤]"若仅集权中央，而不揆诸吾国历史及地方各种关系，以求适用，恐新章颁布后，督抚之命令既有所不行，督办之考察又有所不及，机关

① 《时报》，宣统元年七月十七日。

② 《宣统政纪》卷26。

③ 《宣统政纪》卷30。

④ 宣樊：《政治因果关系论》，《东方杂志》第七年，第十二期。

⑤ 《各省督抚为盐务致盐政电》，《国风报》第1年第11号。

窒滞，庶务因循，将成以痿痺不仁、散涣无绝之盐政。理辞益纷，其患害有不可胜言者。”[1] 督抚们对中央集权如此怨愤，清政府虽然恼羞成怒，但也不得不从缓计议，各种集权的如意算盘都难以达到预期的效果。

宣统二年（1910年）春，军咨处通知各省督抚，拟派参谋官到各省督理军事。督抚们明白这是要谋夺他们的军权，因而纷纷表示反对。海军处也针对过去由督抚调度指挥兵舰的旧例，规定各兵舰未得海军处命令，不准擅离原驻地。两江总督张人骏、湖广总督瑞澂致电质问海军处：督抚不能命令管下的兵舰，何以绥靖地方？迫使载洵收回成命。次年一月，由东三省总督锡良领衔上奏，要求各省防营从缓裁撤，明确归督抚调用，以别于陆军。皇族内阁成立后，军咨府再次提出派员到各省管理督练公所，遭到各省督抚的强烈反对。河南巡抚宝棻干脆致电各省提议联衔电驳，各省督抚群起响应。尤以云贵总督李经羲单衔上奏，态度异常坚决，军咨府的计划又被挫败。

载沣急躁地集权，严重破坏了自咸丰、同治以来形成的外重内轻的政治格局。地方督抚认为载沣剥夺他们视为命根子的军政财大权，严重侵害了他们的利益，从而对维护清政府的统治彻底失去了信心，这就造成了统治集团内部的分崩离析，加剧了朝局的动荡不安，终于使清朝陷于极其孤立的境地。正如《清史稿》所言：“洎乎末造，亲贵用事，权削四旁，厚集中央，疆事遂致不支焉。”[2] “摄政王监国，亲贵用事，某掌军权，某专财柄，某握用人，某操行政，以参预政务为名，遇事擅专，不复能制；各引私人，在争私利，某某为监国所倚恃，某某为太后所信宠，间有一二差明事理者为所牵率，亦不免逢君之恶。时又创中央集权，兵事、财政皆直接中央，疆吏不复负责，内重外轻，时争意见，国事不可为矣。”[3] 从某种意义上可以说，清末载沣急于削弱地方督抚权力的举措，造成了统治集团内部矛盾的空前激化，大大

---

① 《各督抚为盐政新章请军机处代奏电》,《国风报》第1年第10号。

② 《清史稿》卷114,《职官一》。

③ 金梁著:《光宣小记》，上海书店出版社1998年版，第30页。

加速了清朝灭亡的步伐。对于清政府自官制改革以后，一味采取集权中央的措施，当时就有人指出是“自取灭亡之道”，“设有大故，而欲督抚效命，岂可得耶？”[①]果不其然，武昌起义后，当清王朝处境岌岌可危时，清政府曾下令各地严厉剿伐，相当一部分督抚不仅不予以支持，反而或静观坐待，或宣布独立，从而注定了清王朝灭亡的命运。

四、清政府与立宪派的冲突和斗争

中国社会进入二十世纪后，一个新的政治势力——绅商开始崛起，迅速凭借其雄厚的财力从体制外走向体制内，在政治舞台上不断要求扩大自身的权益。这是因为：庚子以后，中央财政为各项新政所困。问官，官无款可筹；问民，民无力可赖。整个社会能承办公益事业者，唯商是赖。光绪二十九年（1903 年）商部的建立及此后不久《商律》的颁布，就是清廷不得不改变国策、提高士绅地位的结果。这一阶层主要由这样几部分人构成：（1）取得功名的未仕士子；（2）退职在籍的官员、因军功致显或保存虚衔的还乡人员；（3）因捐纳而获得职衔的商人和举办实业的人士。随着他们经济地位的提高，他们又开始形成一股强大的政治力量向政治舞台进军，谋求得到更大的发展。到宣统朝，代表地方士绅利益的国内立宪派与清廷中央的矛盾和冲突更趋激烈，二者斗争不可避免。主要表现在：

（一）在立宪问题上，由于载沣肆无忌惮地加强中央集权，置地方士绅的切身利益于不顾，引起了士绅代表们的强烈不满

从宣统元年（1909 年）开始，清政府开始在府州县及城镇乡筹办地方自治。清政府明确要求地方“饬所属地方官选择正绅，按照此次所定章程，将城镇乡自治各事

① 佛掌：《中央集权发微》，《克复学报》第二期。见《辛亥革命前十年间时论选集》第三卷，第 845 页。

宜，迅即筹办，实力奉行”[①]。这样，地方自治在某种程度上就成为乡绅之治。通过预备立宪中的地方官制改革，大批士绅直接进入地方行政部门。据四川省名山县地方志记载，光绪三十二年至宣统二年（1906年—1910年），该县相继成立劝学所、巡警署、谘议局选举事务所、自治研究所、清理财政处等机构，均由当地士绅负责。[②]随着地方士绅从体制外进入体制内，他们为保护自身利益，防止清政府的极端剥夺，极力主张迅速实行立宪，要求扩大地方自身的权力。在他们的要求得不到满足的情况下，地方士绅在心理上就开始逐渐背叛了清政府。江苏谘议局局长张謇通电全国："外侮益剧，部臣失策，国势日危，民不聊生，救亡要举，惟在速开国会，组织责任内阁。"[③]这表明士绅阶层已极为不满政治现状，对中央的离心倾向在不断拉大。从宣统元年至宣统二年（1909年—1910年），各省士绅代表组成"国会同志请愿会"，连续三次进京请愿，但皆为清政府拒绝，失望之余，他们走向了清政府的反面。一些绅商干脆转而与革命派接触，准备参加推翻政府的暴力革命。

（二）在铁路路权问题上，中央政府与地方士绅矛盾无法调和，最终引发了一场结束清王朝统治的社会和政治革命

宣统三年（1911年），清政府铁路国有政策出台以后，四川、湖南、湖北、广东士绅反对国有的势力极为强大。在反对铁路国有的斗争中，湖南省有一部分激进的士绅认为"北京政府势将亡国，高喊湖南为湖南人之湖南，欲独自借款经营铁路"[④]。武昌起义前，四川也有士绅提出《川人自保商榷书》，措辞激烈地认为"用人行政一切国本民命所关之大本，早为政府立约擅给外人，并将各行省暗认割分"，所以只有寻求自保，表现出强烈的脱离清政府的倾向。[⑤]也正是这些省份出现的反对铁路国有

① 故宫博物院明清档案部编：《清末筹备立宪档案史料》（下），中华书局1979年版，第743页。
② 参见《四川辛亥革命史料》下册，四川人民出版社1981年版，第158页。
③ 胡成著：《困窘的年代——近代中国的政治变革和道德重建》，上海三联书店1997年版，第182页。
④ 宓汝成著：《中国铁路史资料》第三册，中华书局1963年版，第1260页。
⑤《四川辛亥革命史料》上册，四川人民出版社1981年版，第352页。

的风潮，最终引发了结束清王朝统治的辛亥革命。立宪派与汉族官僚、地方实力派为了自己的利益，先后背叛清政府而站到了革命党的一方，这是造成清王朝灭亡的一个重要原因。

武昌起义发生后，士绅们表现出积极和主动的态度。继湖北谘议局立宪派士绅附和革命后，又有湖南、安徽、贵州、四川、广西、上海、浙江、江苏、广东、山西的立宪派士绅积极敦促督抚反正，在各地独立中起了重要作用。在各州县，革命消息传来，也有一部分士绅迅速转向革命。在四川夔州，“办理团防士绅鲍立贵，鲍超之后裔也，劝该令（县令）投诚，该令以城亡与亡拒之，盖鲍欲独立也”。在丰都县，“邑人虑客军入境糜烂，集绅决议，由本县自动组织，推前云南楚雄知府朗承诜为临时军政分部兼县长。十月初三日宣布独立”。[①] 江苏光复的四十一个县中，有十六个县是由士绅、绅商或自治团体主持光复的；独立后，又有三十三个县靠士绅、绅商和自治团体维持秩序。

在外乱内讧的情况下，拥有时望与军事力量的袁世凯趁机出山收拾时局。他以北洋集团为后盾，内挟清廷，外制民军，准备成立一个新的政权。清政府在手忙脚乱地进行了一番无谓的抵抗后，终于认输。宣统三年十月十六日（1911年12月6日），处于内外矛盾中心的载沣，“奏皇太后，缴监国摄政王章，退归藩邸”。[②] 宣统三年十二月二十五日（1912 年 2 月 12 日），在袁世凯集团和南京临时政府的进逼下，隆裕太后颁布了清帝退位诏书，统治中国二百六十八年的清王朝就这样退出了中国政治的舞台。

---

① 《四川辛亥革命史料》，四川人民出版社 1981 年版，上册，第 531 页；下册，第 138 页。

② 《清史稿》卷 25,《宣统皇帝本纪》。

结 语

清朝是中国由传统走向现代、由农业立国转向工业立国、由帝制转向共和的一个重要转折时代。

一般而言，历史上具有转折性意义的关键时代，常常出现在动荡的岁月。这样的岁月，既充满危机，又富含机遇，作为危机会延续，作为机遇则每每会瞬息即逝。国家的前途、王朝的命运，究竟是遇危机而沉沦，还是抓住机遇而振兴，与清政府有关，更与当国执政者面对变局能否善于应变、驭变、用变，是否善于因革损益、制定出一个能够适应形势发展要求且实用有效的国策有关。清朝统治者对国家治理之得失、清王朝灭亡的教训等，都非常值得总结与借鉴。

一、清朝前期的辉煌

清朝从白山黑水起家，前面数位君王个个都是人中的龙凤。清太祖努尔哈赤以十三幅盔甲起事，开启山林，1616 年建立了后金政权。清太宗皇太极子继父业，在 1636 年改国号为清。清世祖顺治皇帝福临挥师入关，定鼎北京，消灭李自成与南明政权，一统华夏，代明而兴。到康熙皇帝、雍正皇帝、乾隆皇帝祖孙三代时，终于将这个帝国治理得如夏花般绚丽，将清王朝托上了康乾盛世。

翻开历史，从十七世纪后半期至十八世纪，确实是中国历史上十分辉煌的一页。

康熙、雍正、乾隆三个英主统治中国达一百三十余年之久。

在这段时间内，清政府平定三藩之乱；收复台湾、琉球；挫败准噶尔、大小和卓木分裂新疆的阴谋；有效地统一与管理了蒙藏地区；多次打败入侵中国东北地区的沙俄侵略者。

在这段时间内，清帝国的疆域已经发展成为东到大海，西跨葱岭，北越外兴安岭、贝加尔湖，南到南海诸岛的广大地区，奠定了中国今日版图之基础。

在这段时间内，中国的农业生产发展到了一个更高的水平。从耕地面积之广、农作物种类之多、产量之丰富来讲都超过了过去的任何一个朝代。中国农作物的总产量已经跃居世界第一位。

在这段时间内，手工业与商品经济也都有了突飞猛进的发展。冶炼业、采煤业、纺织业都有了新的发展。粮食、布匹、棉花、丝、绸缎、茶、盐、瓷器、木材等已经成为主要的流通商品。

在这段时间内，中国的对外贸易始终保持着大量的出超地位，大量白银流入中国，中国的经济总量与综合国力大幅提升。

在这段时间，清政府从事了两项科学工程。一项是《律历渊源》，系统总结了中西各种音乐理论、天文历法以及数学等方面的成就；另一项是用近代方法绘制了第一幅中国地图。

在这段时间，中国的城市也有了很大的发展。到十九世纪初，全世界有十个拥有五十万以上居民的城市，中国就有六个，它们是：北京、南京、扬州、苏州、杭州、广州。

在这段时间，清政府国库富裕、财力雄厚、民众富庶，宇内晏然，中国历史上自汉唐以来又一个新高峰已经到来。

但是，几乎是同一时间，就在康、雍、乾三代君主谨慎地牵引着中华帝国这艘古老的航船，沿着既定的航线徐徐前行的时候，西方世界却在悄悄发生着重大的变化。中国还会是伏尔泰赞扬的那种“举世最优美、最古老、最广大、人口最多而治理最好的国家”吗?

二、清中期的蹉跎

山中方一日，世上已千年。

1640 年，英国发生了资产阶级革命。

1775 年，美国开始了要求从大英帝国独立出来的独立战争。

1789 年，法国资产阶级大革命发生。

1861 年，俄国废除农奴制，开始走上资本主义发展的道路。

1859 年，意大利资产阶级夺取政权。

1868 年，东方的日本经过明治维新，也走上了资本主义发展的道路。

资产阶级革命的成功，为资本主义的发展及对外扩张开辟了广阔的道路。

十七世纪以后，科技革命席卷了欧洲，继而开始波及全球。继哥白尼“太阳中心说”出现后，伽利略的天文望远镜、自由落体运动说，又大大改进了科学观测手段。特别是牛顿三大定律与万有引力定律的问世，极大地带动了一大批近代自然科学家的出现。科技革命的进程，自然而然地又带动了工业革命热潮的到来。

从十八世纪六十年代开始，海狮英国率先开始了工业革命。

在棉纺织业领域，1733 年，凯伊发明飞梭，大大提高了织布的效率；1764 年，哈格里夫斯发明“珍妮纺织机”，使织布效率提高了四十倍以上。

在动力机器领域，1769 年，瓦特发明了蒸汽机。1785 年，英国纺织工厂开始用蒸汽做动力。1814 年，斯蒂芬孙发明了火车机车。1807 年，美国人富尔顿制造出了第一艘轮船。

在冶金业领域，十八世纪三十年代，英国发明了用焦煤冶铁的新技术。到六十年代，冶铁技术又得到了进一步的革新。冶铁业的发展，极大地促进了煤炭工业的发展。

工业革命使英国的经济出现了腾飞。

很快，英国就由一个农业国一跃成为世界上头号工业大国。

很快，英国就击败了称霸海上数百年的西班牙的无敌舰队。

接下来，这个富强起来了海狮又张开了它的血盆大口，盯上了早已垂涎三尺的东方——那片被马可·波罗描绘为“满地是黄金”的神秘国土。

与西方国家在政治、经济、科技领域突飞猛进的同时，古老的中国，正处在嘉庆、道光的统治时期，统治者昧于世界大势，又为国内出现的一系列新形势、新问题、新矛盾所困扰，前辈积极进取的那种宏阔气象在统治者的身上已经荡然无存。

1796 年，英国马戛尔尼使团来华要求建立中英外交，遭到乾隆皇帝的拒绝。

1816 年，英国外交大臣罗加事里又继马戛尔尼之后指派阿美士德为前往中国北京的特命全权大使，再次试图与中国建立外交关系并寻求扩大和加强中英经济贸易的往来事宜。然而，阿美士德使团带着和马戛尔尼同样的要求，遭遇到的是和马戛尔尼使团同样的待遇。嘉庆皇帝的保守、固执甚至比其父乾隆皇帝更有过之而无不及，他干脆拒绝接见阿美士德使团并下令“即日遣令归国”。

在错失走向世界机遇的同时，清朝经济、军事发展也陷入了停滞的状态。从乾隆末年开始，因为阶级矛盾的激化，各地即不断发生民间的反清斗争，尤其是嘉庆朝的白莲教起义，已经摧垮了清政府赖以维持统治的军事力量——八旗军，清政府只能依靠各地民团的支持才得以转危为安。

道光二十年（1840年），英国不再满足规模越来越大的鸦片走私欲望，在取消东印度公司对华贸易垄断权以后，又掀起了强行打开中国门户的狂潮，发动了侵略中国的鸦片战争。在英国的坚船利炮的进攻下，道光二十二年（1842年），清政府被迫同英国签订了《南京条约》，赔偿英国两千一百万元，割让香港给英国，同时开放广州、福州、厦门、宁波、上海五处为通商口岸。道光二十三年（1843年）又同英国签订了《中英五口通商章程》和《虎门条约》，作为《南京条约》的附件。随后，美、法等国接踵而来，纷纷仿效英国，于1844年也强迫清政府签订了《望厦条约》《黄埔条约》，扩大了外国在中国的特权，诸如领事裁判权、片面最惠国待遇、允许外国传教士来华传教，等等。以鸦片战争为标志，清王朝从此国无宁日，在欧风美雨中进入了它的晚期——晚清时期。

三、晚清的挫败

晚清时期，面对列强的不断侵略与国内民众的反抗运动，清朝统治者也在积极寻求救亡的良方。

十九世纪六十至九十年代，清政府发起了第一次自强运动——洋务运动，以自强、求富为目标，建立起了中国第一支近代化陆海军，并在经济发展上有所探索，然因为经营不善，最终失败。

二十世纪最初十年，为了挽救统治危机，清政府全面推行新政，在政治、经济、军事、文化教育等方面都学习与引进西方国家的所谓“先进模式”，结果因为食古不化而最终导致灭亡。

大致而言，清政府于1840年至1912年在国策上所犯的错误主要有：

第一，昧于对世界大势的了解与不善变通。自乾隆末年起，面对西方国家一次又一次想与中国接触的事实，清政府抱着传统的夷夏观念不放，不去了解世界已经变化了的形势，积极寻求应对之策，反而继续故步自封，结果丧失了可以从容调整与发展自己的宝贵时机。孙中山说：“世界潮流浩浩荡荡，顺之者昌，逆之者亡。全球时代，不是迎头赶上，就必然会被动挨打。”

第二，面对西方列强的炮舰侵略政策，清政府长期没有自强自立的决心，不去积极建设国防现代化，对外政策也只是以抚为主，苟安图存。虽然也发起过洋务运动与清末新政，但在失去民族自信心后由盲目排外到照搬照套，其结果自然可想而知。

第三，吏治腐败，权力基础“癌变”。晚清官场腐败黑暗，官吏做官的目的大多是追名逐利，从中央到地方，没有人将国家与民众的事情真正放在心上。官员们只知贪财索贿，取宠保荣，维护国家基础的权力场已经彻底发生了病变。面对这种情况，清政府束手无策，最终官逼民反，统治者丧失了先辈们通过努力好不容易在国民心目中才建立起来的合法性资本。

第四，统治集团内争不休，削弱了其统治的基础，引发了统治危机。从道光年间到宣统时期，统治集团内部高层争斗不断。决策层内耗的结果，必然会引发统治的混乱，从而给野心家祸国乱政提供机会。

第五，在中央与地方关系上，由内重外轻演变成为内轻外重。经过太平天国运动、洋务运动与义和团运动，地方督抚逐渐侵夺了原本属于中央政府的诸多军政大权，尤其是经过曾国藩集团、李鸿章集团、袁世凯集团“接力棒”式的侵蚀，清政府的统治基础——地方的军政人事权力皆为地方督抚所控制，这是引发清政府垮台的一个重要原因。

第六，因为统治政策不当，改革引发革命。在改革过程中，清政府废弃了科举制度，将传统士子赶向了对立面；受立宪派的蛊惑与地方督抚挟持，不顾自己统治基础而生搬硬套地引用西方国家的民主立宪体制，伤筋动骨地实行政治体制改革，大搞君主立宪与地方自治，结果因为丧失统治基础而引发全面统治危机，不仅没能巩固统治，相反倒培养出了三个新生的异己利益集团。第一个是以张謇为代表的国内立宪派集团，这个集团以新生的商人阶层与士大夫精英阶层为核心力量。第二个是以袁世凯为代表的北洋集团，这个集团以官僚阶层与军人阶层为根本。第三个是以留学生为主的各省新军团体。正是这三个利益集团不断的政治诉求与政治鼓荡，耗尽了清王朝最后一点生命能量。对于在新政过程中形成的这三个新生的利益集团，清政府处置不力。最终，三者在根本利益一致的情况下利用辛亥革命之机合流倒戈，与革命党人联手结束了清政府的统治。

总之，清王朝覆灭，一是由于列强侵略，二是因为民众的革命，三是统治者治国理政能力不足以及政策错误、内部异己力量的膨胀。清王朝覆亡的原因值得深入总结。

附录　主要参考书目

王铁崖编:《中外旧约章汇编》,生活·读书·新知三联书店 1957 年版。

中国史学会编:《义和团》,上海人民出版社 1957 年版。

中国史学会编:《辛亥革命》,上海人民出版社 1957 年版。

朱寿朋编:《光绪朝东华录》,中华书局 1958 年版。

钱实甫著:《清代的外交机关》,生活·读书·新知三联书店 1959 年版。

李剑农著:《戊戌以后三十年中国政治史》,中华书局 1965 年版。

赵尔巽编纂:《清史稿》,中华书局 1976 年标点本。

[美] 拉尔夫·尔·鲍威尔著,陈泽宪、陈霞飞译,《1895—1912 年中国军事力量的兴起》,中华书局 1978 年版。

中国社会科学院近代史研究所中华民国史组编:《清末新军编练沿革》,中华书局 1978 年版。

故宫博物院明清档案部编:《清末筹备立宪档案史料》,中华书局 1979 年版。

陈旭麓等主编:《辛亥革命前后——盛宣怀档案资料选辑之一》,上海人民出版社 1979 年版。

邹念之编译:《日本外交文书选译——关于辛亥革命》,中国社会科学出版社 1980 年版。

钱实甫编:《清代职官年表》,中华书局 1980 年版。

金冲及、胡绳武著:《辛亥革命史稿》,上海人民出版社 1980—1991 年版。

杜春和、林斌生、丘权政编:《北洋军阀史料选辑》,中国社会科学出版社 1981 年版。

[美] 李约翰著,孙瑞芹、陈泽宪译:《清帝逊位与列强》,中华书局 1982 年版。

彭泽益著:《十九世纪后半期的中国财政与经济》,人民出版社 1983 年版。

薛福成著:《庸庵笔记》,江苏人民出版社 1983 年版。

孙宝瑄著:《忘山庐日记》,上海古籍出版社 1984 年版。

胡滨译:《英国蓝皮书有关辛亥革命资料选译》,中华书局 1984 年版。

中国第一历史档案馆整理:《康熙起居注》,中华书局 1984 年版。

王德昭著:《清代科举制度研究》，中华书局 1984 年版。

刘厚生著:《张謇传记》，上海书店 1985 年影印版。

费正清编:《剑桥中国晚清史》，中国社会科学出版社 1985 年版。

陈夔龙著:《梦蕉亭杂记》，北京古籍出版社 1985 年版。

《清实录》，中华书局 1985 年影印本。

吴永口述、刘治襄记:《庚子西狩丛谈》，岳麓书社 1985 年版。

荣庆著:《荣庆日记》，西北大学出版社 1986 年版。

［澳］骆惠敏编，刘桂梁等译:《清末民初政情内幕》（上），知识出版社 1986 年版。

廖一中、罗真容整理:《袁世凯奏议》，天津古籍出版社 1987 年版。

章伯锋、荣孟源主编:《近代稗海》，四川人民出版社 1985—1989 年版。

《清史列传》，中华书局 1987 年点校本。

刘子扬编著:《清代地方官制考》，紫禁城出版社 1988 年版。

来新夏主编:《北洋军阀》，上海人民出版社 1988—1993 年版。

王文韶著:《王文韶日记》，中华书局 1989 年版。

劳祖德整理:《郑孝胥日记》，中华书局 1993 年版。

侯宜杰著:《二十世纪中国政治改革风潮——清末立宪运动史》，人民出版社 1993 年版。

中国第一历史档案馆编:《光绪朝朱批奏折》，中华书局 1995 年版。

谢俊美著:《政治制度与近代中国》，上海人民出版社 1995 年版。

许纪霖、陈达凯主编:《中国现代化史》（第一卷），上海三联书店 1995 年版。

中国第一历史档案馆编:《光绪宣统两朝上谕档》，广西师范大学出版社 1996 年版。

白钢主编，郭松义、李新达、杨珍著:《中国政治制度通史》第十卷，人民出版社 1996 年版。

刘成禹著:《世载堂杂忆》，辽宁教育出版社 1997 年版。

胡思敬著:《国闻备乘》，上海书店出版社 1997 年版。

罗尔纲著;《晚清兵志》，中华书局 1997 年版。

金梁著:《光宣小记》，上海书店出版社 1998 年版。

张国淦著:《北洋述闻》，上海书店出版社 1998 年版。

熊志勇著:《从边缘走向中心——晚清社会变迁中的军人集团》，天津人民出版社 1998 年版。

周育民著:《晚清财政与社会变迁》，上海人民出版社 2000 年版。

郑曦原编:《帝国的回忆——〈纽约时报〉晚清观察记》，生活·读书·新知三联书店 2001 年版。

郑永福等校点，王锡彤著:《抑斋自述》，河南大学出版社 2001 年版。

周志初著:《晚清财政经济研究》，齐鲁书社 2002 年版。

史晓风整理:《恽毓鼎澄斋日记》，浙江古籍出版社 2004 年版。

张德泽著:《清代国家机关考略》，学苑出版社 2004 年版。

《清代全史》，方志出版社 2007 年版。

徐珂编撰:《清稗类钞》，中华书局 2010 年版。

[清]章梫纂，曹铁注:《康熙政要》，中州古籍出版社 2012 年版。